本書爲 全國高校古委會古籍整理研究項目
教育部人文社會科學重點研究基地項目
巢湖學院人文社會科學研究項目

本書出版得到國家古籍整理出版專項經費資助

中國古典文學基本叢書

張籍集繫年校注

上册

徐禮節 余恕誠 校注

中華書局

圖書在版編目(CIP)數據

張籍集繫年校注:典藏本/(唐)張籍撰;徐禮節,余恕誠校注. —北京:中華書局,2016.10
(中國古典文學基本叢書)
ISBN 978-7-101-11630-4

Ⅰ.張… Ⅱ.①張…②徐…③余… Ⅲ.唐詩-注釋
Ⅳ.I222.742

中國版本圖書館 CIP 數據核字(2016)第 048503 號

責任編輯:李天飛

中國古典文學基本叢書
張籍集繫年校注(典藏本)
(全三册)
〔唐〕張 籍 撰
徐禮節 余恕誠 校注
*
中 華 書 局 出 版 發 行
(北京市豐臺區太平橋西里 38 號 100073)
http://www.zhbc.com.cn
E-mail:zhbc@zhbc.com.cn
北京市白帆印務有限公司印刷
*
850×1168 毫米 1/32 · 39 印張 · 6 插頁 · 900 千字
2016 年 10 月北京第 1 版 2016 年 10 月北京第 1 次印刷
印數:1-3000 册 定價:176.00 元

ISBN 978-7-101-11630-4

前　言

中唐尤其是貞元、元和時期，是唐詩與中國古代詩歌發展史上的一個重要階段。在這個階段，詩歌創作突破了自《詩經》、《楚辭》以來的傳統的審美規範，呈現出求新求變、多彩紛呈的繁榮局面，從而直接影響了其後自晚唐五代至宋詩的走向。張籍就是這個階段的一位重要詩人。

一

張籍，字文昌，行第十八，籍貫蘇州。約於唐代宗大曆元年（七六六）生於蘇州或和州烏江縣（治今安徽和縣烏江鎮）。十歲前後居烏江。少年時代在蘇州一帶度過。一生經歷了求學、漫游和爲官三個主要階段。

德宗建中四年（七八三），張籍十八歲，北上河北求學，與同齡的王建相互「追隨」於「鵲山漳水」一帶長達十載。其間約於貞元二年（七八六），二人同游洛陽，客寓至少半載。

此十年是張籍也是王建人生中最爲重要的時期之一。一方面，二人寄居道觀、僧舍，「門館」，轉益多師，「孜孜日求益，猶恐業未博」（王建《勵學》），爲後來的詩歌創作與入仕打下了堅實的基礎。另一方面，當時國家内憂外患頻仍（吐蕃侵占隴西，頻繁寇擾關隴；山東軍閥割據，内戰連綿不息），給廣大人民和社會造成了深重的災難，而河北又是藩鎮割據之地，遭安史兵燹後的洛陽也不再有盛世陪都的繁華，這些使年輕的詩人切身地感受到戰争的罪惡、軍閥割據的黑暗與人民的痛苦，激發起安邦定國、興利除弊的理想和抱負，因此，二人十年間創作了大量的積極干預現實的樂府詩，從而奠定了其在文學史上的顯著地位。同時，頻繁的詩藝交流與切磋，形成了共同的審美志趣，對二人的詩風也産生了深遠的影響。這十年的求學生活，張、王後來皆有詩追憶，如張籍云：「年狀皆齊初有髭，鵲山漳水每追隨。使君座下朝聽《易》，處士庭中夜會詩。新作句成相借問，閑求義盡共尋思。」（《逢王建有贈》）「十年爲道侣，幾處共柴扉。」（《登城寄王建》）王建云：「昔歲同講道，青襟在師傍。出處兩相因，如彼衣與裳。」（《送張籍歸江東》）

貞元八年（七九二）秋，張籍學成，前往長安求薦應舉，未果。「失意未還家，馬蹄盡四方」（王建《送張籍歸江東》），次年春詩人離長安，踏上漫游的征程。先南游鄂、湘、贛、嶺南，再北游薊北；十二年（七九六）返蘇州，隨即又南游湖州、杭州、剡谿，最後經宣州歸和州。四年中，詩人「弊裘羸馬」（《行路難》），「四支不」「寧」（《南歸》），南北奔走，主要目的是拜謁地方政要以求舉薦，這從其詩句「豈知東與西，憔悴竟無成」（《南歸》）、「薄游空感惠，失計自憐貧」（《舟行寄李湖州》）可以見出。同唐代多數詩人一樣，張籍并未取得預期的成效。但艱苦的漫游，開闊了視野，豐富了創作素材。這時期詩人大量創作羈旅行役詩和描寫風土人情的樂府詩，即直接緣於旅中的所見所聞所感；張籍詩風新奇，與其漫游四方的新奇體驗也不無關係。

貞元十三年（七九七）十月，張籍北游至汴州，偶逢韓愈，受到韓愈激賞並被「館置城西」以習古文。這是詩人人生的重要轉折點。十四年秋，韓愈知汴州試，籍得「首薦」，次年春進士及第，六年後得官入仕。要特別指出的是，張籍一生交游甚廣，其中韓愈對其人生與創作的影響至爲重要，不僅科舉及第與後來的仕途晉升多得力於韓愈的相助，其蜚聲詩壇也與韓愈的稱揚有關，張籍在《祭退之》中即云：「北游偶逢公，盛語相稱明。名因天下聞，傳者入歌聲。」詩人獨特的詩風是在結識韓愈後纔逐漸成熟的，多少也有韓愈影響的因素；至於「古文」，更是直接師從韓愈。

元和元年（八〇六），張籍「依選」調補太常寺太祝（正九品上）；「十年不改舊官銜」（白居易《重到城七絶句·張十八》），至元和十一年（八一六）春纔遷國子助教（從六品上），後歷廣文博士（正六品上）、秘書郎（從六品上）。十五年冬，韓愈薦爲國子監博士（正五品上），始登朝班。再轉水部員外郎（從六品上）、主客郎中（從五品上），約於大和四年（八三〇）春終於國子司業（從四品下）。雖然張籍所任多是品位較低且清閑的職位，但相對於唐代大多數詩人來説，其仕途還算是比較平坦的，不僅不曾遭貶，甚至不曾外任地方官。總的説來，其後期的生活比較閑静，這直接影響着其後期的詩歌創作：多寫自己貧病清静的生活及這種生活的感受，缺乏入仕前詩歌開闊的胸襟和深廣的社會内容；以近體爲主，較少入仕前的古體尤其是樂府歌行；更講求精思苦煉和新奇平淡。

二

唐朝思想解放，儒、佛、道相容並存，詩人很少有單獨受到或儒或道或佛一家影響的，張籍没有例外。但同多數詩人一樣，其主導思想又始終是儒家。

張籍入仕前，儒家修身、用世的思想非常顯著。其《祭退之》云：「籍在江湖間，獨以道自將。」所謂「道」，指的就是儒家之道。貞元十二年他在《贈孟郊》中贊揚孟郊：「君生衰俗間，立身如《禮經》。」居汴期間所作《董公詩》歌頌董晉：「單車入危城，慈惠安群凶。」「不自以爲資，奉上但顒顒。」「所憂在萬人，人實我寧空。」「輕刑寬其政，薄賦弛租庸。」所立足的都是儒家的立身與用世準則。這種思想在其給韓愈的兩封書信中表現得尤爲鮮明。針對「浮屠之法」、「黄老之術」昌熾，「世俗陵靡」，「聖人之道廢弛」的現實，他强烈要求韓愈效法孟子、揚雄，「爲一書以興存聖人之道，使時之人、後之人」「去絶異學」，認爲韓愈「尚駁雜無實之説」，「爲博塞之戲與人競財」，「累於令德」，君子不爲，勸其絶棄二者，「弘廣以接天下之士」。張籍早期潛心苦讀，四方求薦，積極入仕，也充分表明積極用世是其思想的主導。入仕後，隨着年齡、閱歷的增加，張籍的用世思想有所消退，但儒學仍是立身之本。元稹《授張籍秘書郎制》：「以爾籍雅尚古文，不從流俗，切磨諷興，有助政經。而又居貧宴然，廉退不競。俾任石渠之職，思聞木鐸之音。」韓愈《舉薦張籍狀》：「學有師法，文多古風；沈默静退，介然自守；聲華行實，光映儒林。」白居易《張籍可水部員外郎制》：「文教興則儒行顯，王澤流則歌詩作。若上以張教流澤爲意，則服儒業詩者，宜稍進之。頃籍自校秘文而訓國胄，今又覆名揣稱，以水曹郎處焉。」都從儒的角度給予張籍的人品、學業以充分的肯定和褒揚。

張籍也受到佛、道思想的影響，詩中常常寫到修道和參禪。寫入仕前的生活如《憶故州》：「累石爲山伴野夫，自收靈藥讀仙書。」《寄菖蒲》：「君能來作棲霞侶，與君同入丹玄鄉。」寫入仕後的生活如《春日李舍人宅見兩省諸公唱和因書情即事》：「官閑人事少，年長道情多。」《寒食夜寄姚侍御》：「作酒和山藥，教兒寫道書。」《題暉師影堂》：「日早欲參禪，竟無相識緣。」但佛、道的影響始終是有限的。譬如張籍就不信鬼神之説，其《閑居》云：「唯教推甲子，不信守庚申。」「守庚申」指的是道教所謂的每逢庚申日須通宵静坐以防尸鬼競亂。他對道家「長生」之法也表示懷疑，《不食仙姑山房》云：「丹砂如可學，便欲住幽林。」在張籍看來，「丹砂」是否可學，難以肯定。又如《書懷》：「自小習成疏嬾性，人間事事總無功。别從仙客求方法，時到僧家問苦空。」可見詩人是因「事事」「無功」纔「求」道「問」佛的；又因對道、佛没有深入研究，纔不免請教「仙客」、「僧家」。張籍早期還借助樂府詩對道家的「求仙」行爲進行深刻揭露和批判，典型的如《學仙》；甚至主張「去絶」佛、道二教，這在上韓愈的兩封書信中表現得最爲鮮明。可以説，張籍之於釋、道，主要是藉以調節心性，平抑煩惱，其立身處世之本始終是强調「有爲」的儒家。

與其主導思想一致，張籍的詩學思想也具有鮮明的儒學特徵。其核心是主張復「古」，提倡「大雅」、「正聲」，也就是强調學習先秦詩歌（樂歌），發揚「風雅」傳統。其《廢瑟詞》：「千年曲譜不分明，樂府無人傳正聲。……幾時天下復古樂，此瑟重奏《雲門》曲。」明確提出要恢復先秦《雲門》一類的「樂府」、「正聲」。這裏説的是音樂，實則與詩歌相通。王建《送張籍歸江東》：「君詩發大雅，正氣回我腸。」白居易《讀張籍古樂府》：「爲詩意如何？六義互鋪陳。風雅比興外，未嘗著空文。」都指出張籍崇尚「大雅」、「六義」。這種詩學觀是與陳子昂、李白、沈千運、元結等一脈相承的。當然，受時代思潮的影響，張籍也主張創「新」。他在《與韓愈書》中就反對「守章句之學，因循於時」；其《送辛少府任樂安》云「才多不肯浪容身，老大詩章轉更新」，對辛少府詩藝上的不斷創「新」，給予高度贊揚。要之，張籍是主張寓「變」於「復」，在「復」中求「變」。其創作大量的反映現實、諷刺時弊的「新題」樂府，詩風呈現「平淡」、「新奇」的特徵，都是這種詩學思想在創作中的具體體現。

也由於儒家思想的主導作用，張籍爲人端正持重，介然自守，前引元、白的兩篇制文與韓愈的薦舉狀對此都有明確的評定。兩《唐書》、《唐才子傳》所謂張籍「性詭激」、「性狷直」，未免有不實之嫌。這種品格也是張籍詩風平淡、後期能長期居京爲官而不曾卷入政治風波的主要因素之一。

三

張籍以樂府詩著稱，後世將其與王建並稱爲「張王」。其樂府當大多創作於入仕之前，主要有以下幾方面的特徵和成就。

一、發揚《詩經》、漢樂府「感於哀樂，緣事而發」的現實主義傳統，廣泛而深刻地揭示社會弊端和民生疾苦，具有强烈的諷諭性。中唐時期吐蕃入侵、藩鎮叛亂、佛道昌熾、土地兼併、統治者腐朽糜爛、世風澆薄，以及種種封建剥削、壓迫等社會問題及其給廣大百姓造成的災難和痛苦，張籍樂府有全面、深刻而生動的反映。如《隴頭行》、《西州》、《築城詞》、《野老歌》、《猛虎行》、《學仙》、《離婦》等都是這方面的名篇。

二、美教化，厚人倫，移風俗，具有鮮明的風教性。如《董公詩》頌揚董晉臨危受命，治亂有方；《將軍行》贊美將軍的報國精神與驅敵戰功；《江陵孝女》歌頌孝女的孝行孝道，都非常典型。上述兩方面，白居易《讀張籍古樂府》曾給予高度評價：「讀君《學仙》詩，可諷放佚君。讀君《董公詩》，可誨貪暴臣。讀君《商女》詩，可感悍婦仁。讀君《勤齊》詩，可勸薄夫敦。上可裨教化，舒之濟萬民。下可理情性，卷之善一身。」

三、廣泛反映百姓的現實生活尤其是風土人情。如《少年行》寫少年英雄殺敵報國，《烏啼引》寫囚吏之妻盼夫遇赦，《各東西》寫朋友離别，《白紵歌》寫少婦爲夫裁製春衣，《採蓮曲》寫少女採蓮，《江南曲》寫江南水鄉風土，等等，都是廣大平民生活與情感、願望的生動寫照。明胡震亨云「張文昌只得就世俗俚淺事做題目」（《唐音癸籤》卷九），宋張戒云「專以道得人心中事爲工」（《歲寒堂詩話》卷上），指出的就是這方面的特徵。

四、學習古樂府民歌，多采用民歌的語言和表現手法，具有「古質」的特徵。這是「張王」樂府區别於唐代多數文人樂府的主要所在。宋曾季貍即云：「唐人樂府，惟張籍、王建古質。」（《艇齋詩話》）明高棅亦云：「大曆以還，古聲愈下，獨張籍、王建二家體制相似，稍復古意。或舊曲新聲，或新題古義，詞旨通暢，悲歡窮泰，慨然有古歌謡之遺風。」（《唐詩品彙·七言古詩叙目》）正因爲這些特徵和成就，張籍樂府受到時人和後世的很高評價。如白居易云：「尤工樂府詩，舉代少其倫。」（《讀張籍古樂府》）元辛文房云：「（籍）於樂府古風，與王司馬自成機軸，絶世獨立。」（《唐才子傳·張籍》）清李調元云：「王建、張籍樂府……與漢、魏樂府並傳。」（《雨村詩話》卷下）宋周紫芝甚至認爲「唐人作樂府者甚多，當以張文昌爲第一」（《竹坡詩話》）。

張籍詩歌創作衆體兼善，律詩成就也很高，尤其是五律。南唐張洎曾云：「（籍）長於今體律詩，貞元已前，作者間出，大抵互相祖尚，拘於常態，迨公一變，而章句之妙，冠於流品矣！」（《張司業集序》）清管世銘認爲元和七律，柳宗元與劉禹錫爲「二豪」，「其次則張水部，風流蘊藉，不失雅音」（《讀雪山房唐詩序例・七律凡例》）明唐汝詢評其五律：「籍詩意遠，語若天成。就一體論，元和間堪執牛耳。」（明周珽輯《删補唐詩選脉箋釋會通評林・五言律詩》卷三四引）清潘德輿同樣認爲：「文昌……五律清妙處不亞王、孟。」（《養一齋詩話》卷三）。張籍律詩在題材和氣格上的主要特徵是收斂，這與「大曆」是一脈相承的。清賀裳即云：「盛唐人無不高凝整渾，隨州短律，始收斂氣力，歸于自然，首尾一氣，宛若面語。其後遂流爲張籍一派，益事流走，景不越于目前，情不踰于人我，無復高足闊步，包括宇宙，綜攬人物之意。」（《載酒園詩話又編》「劉長卿」條）清喬億亦云：「陳、杜、沈、宋、二張（燕公、曲江）、王、孟、高、岑、李、杜及劉、韋、錢、郎諸家五律，雖氣有厚薄，骨有輕重，並入高品，後來惟張文昌稍步趨大曆。」（《劍谿説詩》卷下）張籍律詩的藝術特徵主要表現爲「字清」、「意遠」、「平淡」。如南唐張洎云：「張水部爲律格詩，尤工於匠物，字清意遠，不涉舊體，天下莫能窺其奥。」（《項斯詩集序》）清賀裳云：「司業律詩以淺淡而妙。」（《載酒園詩話又編》「張籍王建」條）當然，因爲體制不同，張籍的五、七律也有差異，誠如宋劉攽所言：「張籍……五言律詩亦平澹可愛，至七言則質多文少。」（《中山詩話》）張籍五律對中晚唐詩歌的影響是深遠的，對此，南唐張洎早已論及：「張水部爲律格詩……唯朱慶餘一人親授其旨。沿流而下，則有任蕃、陳標、章孝標、倪勝、司空圖等，咸及門焉。」（《項斯詩集序》）後來元人方回、明人楊慎、清人李懷民皆認爲晚唐詩分兩派，一派張籍，一派賈島。明許學夷也説：「張王五言清新峭拔……爲另一種，五代諸公多出此矣。」（《詩源辯體》卷二七）

張籍的絶句同樣優秀，清田雯評其七絶就指出：「標致悠閒，宛轉流暢，如天衣無縫，鍼鏤莫尋。」（《古歡堂雜著》卷二「論七言絶句」條）

張籍的詩風可以概括爲「平淡新奇」。對此，古人多有評述，如：

張籍學古淡，軒鶴避雞群。（唐韓愈《醉贈張秘書》）

古風無手敵，新語是人知。（唐姚合《贈張籍太祝》）

張籍盧仝鬭新怪，最稱東野爲奇瑰。（宋梅堯臣《依韻和永叔澄心堂紙答劉原甫》）

看似尋常最奇崛，成如容易卻艱辛。（宋王安石《題張司業詩》）

司業之詩新而奇。（明劉成德《唐司業張籍詩集序》）

晚唐張爲《詩人主客圖》將張籍列爲「清奇雅正主」李益之入室，也是基於這種詩風的考慮。可見，張籍與當時的韓、白兩派的詩風是有所不同的，簡單地將其劃歸韓派或白派都是不太恰當的。

張籍還擅長古文，韓愈曾稱「其文與（李）翱相上下」（《與馮宿論文書》），惜作品佚失殆盡，今唯存上韓愈二書，無從知其全貌。

四

張籍卒時作品尚未結集，無可《哭張籍司業》：「樂章誰與集，壠樹即堪攀。」五代時文集已行世，因戰亂散佚。南唐張洎《張司業集序》即云：「自皇朝多故，薦經離亂，公之遺集，十不存一。」今知最早的張籍集爲張洎所編，其《序》云：「予自丙午歲（九四六）迨至乙丑歲（九六五），相次緝綴，僅得四百餘篇，藏諸篋笥，餘則更俟博訪，以廣其遺闕云爾。」洎所編有兩本。晁公武《郡齋讀書志》（卷一七）：「《張籍詩集》五卷。……張洎爲之編次。」陳振孫《直齋書録解題》（卷一九）：「《木鐸集》十二卷。張洎所編。錢公輔名《木鐸集》。」知一爲「五卷」本，一爲「十二卷」本。何以有兩本，余嘉錫先生云：「是洎原欲陸續搜訪以求完善，故其所編，遂有數本，其作五卷或三卷者，初編之本也，蓋即乾德乙丑以前所綴輯；其作十二卷者，續編之本也，所謂『博訪以廣遺闕』者，後爲錢公輔所得，名之爲

《木鐸集》，以别於他本，非張洎所自名也。」（《四庫提要辨證》卷二〇）或是。關於錢公輔更名《木鐸集》之「十二卷」本，南宋魏峻刻《張司業詩集》附拾遺詩跋載：「『木鐸』者，司業詩之别名也。前國子監書庫官張元龍震發得於故家，張氏問其由來，則皇祐三年（一〇五一）舍人毗陵錢公輔通守越郡時，得於太守楊君，云張洎家本也。視他本最完。」《宋史·藝文志》（卷二〇八）所載「《張籍集》十二卷」當即《木鐸集》。

除張洎所編二本外，宋代尚有「七卷本」、「湯氏元豐本」、「歷陽本」、「盱江本」、「平江八卷本」、「蜀刻本」、「書棚三卷本」。

「七卷本」，爲北宋館閣所藏本，《崇文總目》（卷一二）、《新唐書·藝文志》（卷六〇）、《通志·藝文略》（卷七〇）均載，今失傳。余嘉錫《四庫提要辨證》（卷二〇）：「此不知何人所編，疑在張洎之前。」明高儒《百川書志》（卷一四）：「《張司業集》七卷。……今併一册，卷數仍舊。」未知是否此「七卷本」。

「平江八卷本」，南宋末番陽湯中（季庸）校定，魏峻（叔高）刻於平江（蘇州）。湯中《序》：「張司業詩集，世所傳者，歷陽、盱江二本爾，編次不倫，字亦多誤。余家藏元豐八年（一〇八五）寫本，以樂府首卷，絶句繫後，既有條理，其間古詩亦多二本十數首。……今合三本校定爲八卷，共四百二十六首。」魏峻附拾遺詩跋：「右五詩見《木鐸集》。『木鐸』者，司業詩之别名也。……視他本最完，大略與今所刻司諫湯公家藏本相出入，而此五詩則今刻本無之。今刻本第六卷《贈項斯》，七言，則《木鐸集》闕焉，因互見云。」《直齋書録解題》（卷一九）：「《張司業集》八卷，附録一卷。湯中季庸以諸本校定，且考訂其爲吴郡人。魏峻叔高刻之平江，續又得《木鐸集》，凡他本所無者，皆附其末。」知此本以「元豐八年」寫本爲底本，兼以「歷陽」、「盱江」二本校定，後又與《木鐸集》對勘，補詩五首，是一個比較完備的本子。「元豐八年」寫本、「歷陽」本、「盱江」本，今皆不傳。

「蜀刻本」，不知何人所刻，殘存前四卷，今藏國家圖書館。中華書局上海編輯所一九五九年版《張籍詩集·出版説明》：「宋蜀刻本唐人詩集中的《張文昌文集》，名爲文集，所收均係詩篇，共三百十七首，分爲四卷。此本編刊時間，晚於張洎，但並不出於張本的系統。以現存的刻本論，則爲最早的本子。」又，《直齋書録解題》（卷一九）：「川本作五卷。」所謂「川本」或即此蜀刻本。民國十一年上海涵芬樓主人張元濟先生所印「續古逸叢書」四卷本《張文昌文集》即據此殘本影印。

「書棚三卷本」，南宋臨安府棚北大街陳氏書籍鋪刊刻。《直齋書録解題》（卷一九）所録「《張籍集》三卷」或即此本。今臺北「中央圖書館」藏有一本，王民信主編的《中國歷代詩文别集聯合書目》第四輯：「《張司業詩集》三卷。宋臨安陳氏書籍鋪刊本（「中圖」

存二卷，缺卷上）。」國家圖書館藏清順治十八年陸貽典影宋鈔本《張司業詩集》三卷，前兩卷所據即此本（卷下配明刻「唐百家詩」本）。陸氏在中卷後附記：「宋刻張司業集有二，一本八卷，一本上中下三卷，而要以八卷爲勝。『百家唐詩』中所刻一卷，僅三卷中之下卷耳，其爲可笑如此。予既别抄北宋本，復借遵王南宋本補此二卷。聞此外尚有《木鐸集》，惜無從一見之也。」陸氏本前有張洎序，知此「三卷本」出自「張洎本」。

明、清兩代，張籍詩集刻、鈔本較多，要者有「劉成德本」、「嘉萬本」、「合刻本」、「陸鈔本」（見上）、「席氏本」、「全唐詩本」等。

明正德十年（一五一五）劉成德刻本《唐張司業詩集》（不分卷）。劉序云：「張司業，按唐史云，有集七卷，不傳。余登進士，同年沁水常倫明卿，授以録本，蓋以乃翁侍御所藏者。惜不見其全集，所幸有古體七首、今體三百四首。後余於載籍中，又得樂府、五七言古詩三十首，今體五十二首，而次編之，共得三百九十三首。」知此本爲劉氏在常倫家藏本基礎上補輯增佚，重新編次而成。據劉序後有張洎序可知，常倫家藏本屬於「張洎本」系統。

明嘉靖、萬曆間刻八卷本《唐張司業詩集》。前有劉成德序，次張洎序，跋云：「張司業詩集，世所傳者，有歷陽、盱江二本，咸編次不全；番陽湯侍講司諫中，乃以家藏元豐八年寫本，刻而傳之，其間篇什，頗多於二本。辛酉歲，余移告家居，因合三本校之，得其樂府、古風、近體詩，共七十九首，録於毗陵蔣氏刊本後，錯字亦稍爲正，惜未能盡去也。……今增定之，則滄海之珠庶幾無遺，延津之劍得以復合，非敢附於四公之後也。」知此本以毗陵蔣氏刊本（劉成德本之翻刻本）爲底本，校以歷陽、盱江、平江三本，補詩七十九首。這是一個比較好的本子，「《四部叢刊》」本即據此影印。

明合刻本《張司業集》八卷，即「四庫全書本」。《四庫全書總目提要》：「此本爲明萬曆中和州張尚儒與張孝祥《于湖集》合刻者，尚儒稱購得河中劉侍御本，又參以朱蘭嵎太史金陵刊本，得詩四百四十九首，并録《與韓昌黎書》二首，訂爲八卷，則已非張洎、湯中之舊。然其數不甚相遠，似乎無所散佚也。」知此本出自劉成德、朱之藩二本，并有增補。

清康熙席氏琴川書屋刻「唐詩百名家全集本」《張司業詩集》八卷。此本係翻刻宋「平江本」，余嘉錫先生云：「明刊各本，多所竄亂，惟康熙間席啟寓刻《百名家集》本，獨能不失宋刻之舊耳。」（《四庫提要辨證》卷二〇）

《全唐詩》本張籍詩集五卷，是在明胡震亨《唐音統籤》和清季振宜《全唐詩》稿本二書所收張籍詩集的基礎上增訂而成，是今天通行的本子之一，也是收詩比較全的本子之一。

今人在張籍詩集輯校注釋等方面做了大量工作，主要著作有陳尚君《全唐詩補編》、陳延傑《張籍詩注》、中華書局上海編輯所《張籍詩集》、陳貽焮主編《增訂注釋全唐詩》、徐澄宇《張王樂府》、李樹政《張籍王建詩選》、李冬生《張籍集注》、李建崑《張籍詩集校注》等。

本次重新整理張籍作品，充分吸納或參酌了上述前賢的研究成果，書中並未一一説明。

由於水平的限制，書中一定存在疏漏和錯誤之處，敬請讀者批評指正。

凡例

一、本書係存世張籍詩、文繫年校注本，包括甄僞、補遺、校勘、注釋、繫年、集評六方面内容。

二、張籍詩校勘選用明嘉靖、萬曆年間所刻《唐張司業詩集》八卷本爲底本，簡稱「原本」。以下列各本爲校本：

（一）宋蜀刻殘本《張文昌文集》（殘存前四卷，藏國家圖書館），簡稱「宋本」；

（二）明正德十年（一五一五）劉成德刻本《唐張司業詩集》（不分卷，藏國家圖書館），簡稱「劉本」；

（三）清順治十八年（一六六一）陸貽典影宋鈔本《張司業詩集》三卷（卷上、卷中爲南宋書棚本殘存二卷，卷下配明刻唐百家詩本，藏國家圖書館），簡稱「陸本」；

（四）清康熙席氏琴川書屋刻「唐詩百名家全集」本《張司業詩集》八卷，附録一卷（藏國家圖書館），簡稱「席本」；

（五）清康熙《全唐詩》本張籍詩集五卷（上海古籍出版社縮印康熙揚州詩局本，一九八六年版)，簡稱「全詩」；

〔六〕清乾隆文淵閣《四庫全書》本《張司業集》八卷(臺北商務印書館一九八三年影印版)，簡稱「庫本」。

同時參校下列總集、選集：

〔一〕唐令狐楚編《御覽詩》，《唐人選唐詩十種》本，上海古籍出版社一九七八年版，簡稱「御覽」；

〔二〕唐韋莊編《又玄集》，同上，簡稱「又玄」；

〔三〕五代蜀韋縠編《才調集》，《四部叢刊》影印述古堂影宋鈔本，簡稱「才調」；

〔四〕宋李昉等編《文苑英華》，中華書局影印明刊配宋刊殘本，一九六六年版，簡稱「英華」；

〔五〕宋姚鉉編《唐文粹》，《四部叢刊》影印明嘉靖徐焴刊本，簡稱「文粹」；

〔六〕宋洪邁編《萬首唐人絶句》，文學古籍刊行社影印明嘉靖本，一九五五年版，簡稱「萬絶」；

〔七〕宋郭茂倩編《樂府詩集》，文學古籍刊行社影宋本，一九五五年版，簡稱「樂府」；

〔八〕宋祝穆等編《古今事文類聚》，影印文淵閣《四庫全書》本，簡稱「事聚」；

〔九〕宋周弼編《三體唐詩》，影印文淵閣《四庫全書》本，簡稱「三體」；
〔十〕宋蒲積中編《歲時雜詠》，影印文淵閣《四庫全書》本，簡稱「雜詠」；
〔十一〕宋趙師秀編《衆妙集》，影印文淵閣《四庫全書》本，簡稱「衆妙」；
〔十二〕宋計有功編著《唐詩紀事》，《四部叢刊》影印明嘉靖洪楩刊本，簡稱「紀事」；
〔十三〕元方回編《瀛奎律髓》，明成化三年紫陽書院刻本（藏國家圖書館），簡稱「律髓」；
〔十四〕元楊士弘編《唐音》，影印文淵閣《四庫全書》本，簡稱「唐音」；
〔十五〕明高棅編《唐詩品彙》，上海古籍出版社影印明汪宗尼本，一九八一年版，簡稱「品彙」；
〔十六〕明曹學佺編《石倉歷代詩選》，影印文淵閣《四庫全書》本，簡稱「石倉」。
〔十七〕《永樂大典》，中華書局一九八六年版（影印殘存本），簡稱「永樂」。
卷八聯句參校《四部叢刊》影印元刊本《朱文公校昌黎先生集》、影印文淵閣《四庫全書》本《五百家注昌黎文集》、卞孝萱校訂《劉禹錫集》（中華書局一九九〇年版）、朱金城箋校《白居易集箋校》（上海古籍出版社一九八八年版），分別簡稱「朱校」、「百家」、「劉集」、「白集」。

卷九新補詩據《全唐詩》、影印文淵閣《四庫全書》本《張司業集》、陳尚君《全唐詩續拾》增補；參校《四部叢刊》影印述古堂影宋寫本《温庭筠詩集》、明弘治刊本《遺山先生文集》、明景泰刊本《高太史大全集》，分别簡稱「温集」、「遺山」、「大全」。卷十與韓昌黎二書據影印文淵閣《四庫全書》本《張司業集》增補；參校「朱校」、「百家」以及中華書局影印清嘉慶原刊本《全唐文》（一九八三年版）、馬其昶校注本《韓昌黎文集校注》（上海古籍出版社一九八六年版），後二書分别簡稱「唐文」、「馬校」。

凡刊正底本處，出校；非顯誤而刊正者，簡述理由。底本不誤而他本誤者，不出校，但通行本之誤者或有例外。底本與他本異文兩通者，出校，但不改底本。校勘者或有所斷，以「按」語表明。以總集、選集對校者，於校記首條注明校本卷次。

三、底本共收詩四百六十二首（去除重複），其中三十二題四十首與他人詩集重出互見，屬誤收者二十一題二十八首（唐詩十九題二十六首，宋詩二題二首）。凡誤收者，皆從集中删去，而按其在底本中的前後順序彙録於「附録一」，並作甄僞説明。餘者十一題十二首，或確爲張籍所作，或尚待考辨，亦於詩後「重出」中作甄辨説明。

四、底本未收而見於他本張籍集以及今人補輯的作品，本集全部收納並加以甄辨。確爲張籍所作或存疑者，補編於卷九，計九首。非張籍之作者，彙録於「附録二」，並附以甄辨説明。

五、注釋中所徵文獻，儘量直引原文；不宜直引者，間接概述。凡注者所補充、説明的内容，皆以「按」語表明。

六、時人唱和（包括追和）、贈答或同唱之作，歷代有關評點、評論，皆彙録於作品之後，以供讀者參考。

七、附録

（一）删去詩及説明

（二）補遺詩甄僞

（三）張籍譜略

（四）張籍研究資料

目録

張籍集繫年校注卷一

張籍集繫年校注卷二

五言律詩

張籍集繫年校注卷三

五言排律

張籍集繫年校注卷四

七言律詩

張籍集繫年校注卷五

五言絶句

張籍集繫年校注卷六

七言絶句

張籍集繫年校注卷七　拾遺

樂府三十三首

古風二十七首

張籍集繫年校注卷八

十九首

張籍集繫年校注卷九

張籍集繫年校注卷十

附録

張籍集繫年校注卷一

五言古詩

野居①

貧賤易爲適，〔一〕荒郊亦②安居。端坐無餘思，〔二〕彌樂古人書。秋田多良苗，野水多游魚。我無耒與網，安得充庖廚？寒天白日短，檐下暖我軀。四肢漸③寬柔，中腸鬱不舒。〔三〕多病減志氣，爲客足憂虞。況復時節晚④，覽景獨⑤踟躕。〔四〕

【校 記】

① 原本卷七「拾遺」重收，題注：「此一首當補在古風中《城南》後。」卷七删。

② 亦：庫本作「有」。

③ 漸：原本卷七、席本、全詩作「暫」。

④ 時節晚：品彙（拾遺卷二）、劉本、陸本、全詩作「苦時節」。

⑤ 景獨：原本卷七、席本作「物空」。

【注　釋】

〔一〕適：滿足。

〔二〕餘思：雜念。

〔三〕寬柔：舒展。中腸：内心。三國曹植《送應氏》：「愛至望苦深，豈不愧中腸。」

〔四〕時節晚：謂時爲秋季。二句有年近不惑而無所作爲之歎。

【繫　年】

當作於貞元十九年（八〇三）晚秋，時詩人離軍幕而賃居長安城郊守選。按：詩寫詩人客居他鄉，無所作爲，貧病交加的愁苦。

【集　評】

（明）鍾惺：「法緊氣寬，古詩至此，不得以中唐限之矣。」評「中腸」句：「快樂未已，忽入此語，感深意遠。」（《唐詩歸》卷三〇）

（明）譚元春：「有道氣。」（同上）

（明）陸時雍：「語近真際。」（《唐詩鏡》卷四一）

西州〔一〕

羌胡據西州，近甸無①邊城。〔二〕山東收税租，〔三〕養我防塞②兵。胡騎來無時，〔四〕居人常震驚。嗟我五陵間，〔五〕農者罷耘耕。邊頭多煞傷③，〔六〕士卒難全形。郡縣發丁役，丈夫各征行。生男不能養，懼身有姓名。〔七〕良馬不念④秣，烈士不苟營⑤。〔八〕所願除國難，再逢天下平。

【校　記】

① 無：席本作「爲」。

② 防塞：席本作「塞下」。

③ 煞傷：石倉（卷五九）、全詩、庫本作「殺傷」，席本作「傷殺」。

④ 念：庫本作「戀」。

⑤ 營：席本作「榮」。

【注釋】

〔一〕西州：張籍自創的新樂府題。西州，泛指西部州郡。唐賈島《岐下送友人歸襄陽》：「蹉跎隨汎梗，羈旅到西州。」此指隴右地區。

〔二〕羌胡：古代北方游牧民族之一。此指吐蕃。《新唐書·地理志一》（卷三七）：「天寶盜起，中國用兵，而河西、隴右不守，陷於吐蕃，至大中、咸通，始復隴右。」甸：古稱京城郊外之地。《周禮·天官·大宰》：「三曰邦甸之賦。」賈公彦疏：「郊外曰甸，百里之外，二百里之内。」《國語·周語上》：「邦内甸服。」韋昭注：「《王制》曰：『千里之内曰甸。』京邑在其中央……甸，王田也。」無邊城：謂隴右諸州盡陷於吐蕃，隴外已無城池可守。《舊唐書·吐蕃傳上》（卷一九六上）：「乾元之後，吐蕃乘我間隙，日蹙邊城，或爲虜掠傷殺，或轉死溝壑。數年之後，鳳翔之西，邠州之北，盡蕃戎之境，湮没者數十州。」《元和郡縣圖志·隴右道》（卷三九、四〇）各條載：乾元元年（七五八）廓州陷；上元二年（七六一）岷州陷；寶應元年（七六二）蘭州、河州、鄯州、臨州陷，二年（七六三）秦州、渭州陷；廣德元年（七六三）洮州陷，二年（七六四）涼州陷；永泰二年（七六六）甘州陷；大曆元年（七六六）肅州陷，十一年（七七六）瓜州陷；建中二年（七八一）沙州陷；貞元七年（七九一）西州（治今新疆吐魯番東南高昌廢址）陷。

〔三〕山東：又稱「關東」。崤山或華山以東地區。《戰國策·趙策二》：「六國從親以擯秦，秦必不敢出兵於函谷關以害山東矣。」

〔四〕來無時：謂時常侵擾。《舊唐書·德宗本紀上》（卷一二）：「（貞元二年七月）丙戌，吐蕃寇涇、隴、邠、寧，諸鎮守閉壁自固，京師戒嚴。遣河中節度駱元光鎮咸陽。」「（三年九月）甲戌，吐蕃退，俘掠邠、涇、隴等州民户殆盡。白是蕃寇常至涇、隴。」「（四年五月）吐蕃寇涇、邠、寧、慶、鄜等州，焚彭原縣，邊將閉城自固。賊驅人畜三萬計，凡二旬而退。」

〔五〕五陵：渭水北岸（今陝西咸陽市附近）西漢長陵、安陵、陽陵、茂陵、平陵五縣。漢元帝以前，每立帝陵，輒遷徙四方富豪及外戚居此，令供奉園陵，稱爲陵縣。五縣分别爲漢高祖、惠帝、景帝、武帝、昭帝陵縣。此借指京畿地區。

〔六〕邊頭：邊地。煞：殺死。晉葛洪《抱朴子·内篇·金丹》：「取烏轂之未生毛羽者，以真丹和牛肉以吞之，至長，其毛羽皆赤，乃煞之。」

〔七〕「生男」句：用秦時民謡「生男慎勿舉，生女哺用脯。不見長城下，尸骸相支拄」之意。「懼身」句：唐廷按户籍徵兵，故謂。二句寫戰爭帶給百姓的痛苦。

〔八〕烈士：有節氣有壯志的人。《韓非子·詭使》：「好名義不進仕者，世謂之烈士。」二句以良馬志在疆場喻廣大將士志在殺敵報國。

【繫年】

據首二句與五、六句可斷，詩當作於貞元二年至四年間，或稍後，時張籍游寓洛陽或在河北「鵲山漳水」一帶求學。按：詩寫吐蕃入侵造成的災難與廣大人民驅敵報國的願望。

【集　評】

（清）沈德潛：「西州屬隴右道，天寶末陷於吐蕃。此願中朝恢復，於烈士有厚望焉。」（《重訂唐詩別裁集》卷四）

雜①怨〔一〕

切切重切切，秋風桂枝②折。〔二〕人當少年嫁，〔三〕我當少年別。念君非③征行④，年年長遠⑤途。妾身甘獨歿，高堂有舅姑。〔四〕山川豈遥⑥遠，行人自不返。

【校　記】

①雜：唐音（卷三）、品彙（卷二一）、石倉（卷五九）、席本作「離」。

②枝：唐音作「花」。

③非：庫本作「昨」。

④行：唐音作「役」。

⑤ 長遠：庫本作「役長」。

⑥ 遥：唐音作「悠」。

【注釋】

〔一〕雜怨：樂府相和歌辭楚調曲古題。《樂府詩集》卷四三《相和歌辭·楚調曲下》録孟郊詩三首、聶夷中一首，此詩失收。怨，怨恨。詩歌（樂府）體裁之一種。唐元稹《樂府古題序》：「《詩》訖于周，《離騷》訖于楚。是後，詩之流爲二十四名：賦、頌、銘、贊、文、誄、箴、詩、行、詠、吟、題、怨、歎、章、篇、操、引、謡、謳、歌、曲、詞、調，皆詩人六義之餘。」

〔二〕「切切」二句：比興起，渲染烘托思婦孤悽的内心世界。切切，象聲詞。形容風聲淒切。南朝齊謝脁《宣城郡内登望》：「切切陰風暮，桑柘起寒烟。」

〔三〕少年嫁：古代女子十五歲許嫁，故謂。《禮記·内則》：「（女子）十有五年而笄。」鄭玄注：「謂應年許嫁者。女子許嫁，笄而字之。其未許嫁，二十則笄。」

〔四〕舅姑：對丈夫父母的稱呼，俗謂公婆。宋趙彦衛《雲麓漫鈔》（卷五）：「婦謂夫之父曰舅，夫之母曰姑。」

【集評】

（宋）劉辰翁評三、四句：「真是婦人本色。」評末二句：「甚是優游。」（《唐詩品彙》卷二一引）

（元）劉履：「（張籍）工爲樂府詞，昌黎韓文公稱其『學古淡』者是也。蓋唐人之古詩，於此焉止矣。」「或言籍樂府古淡，昌黎既許之，宜其可取者多矣。愚謂古人制作，自有體格，雖或因時高下，其氣韻亦不相遠，此難以言語形容，在識者自能心領意會也。今觀籍所作，詞雖古淡，音調則唐而已，獨此《離怨》一篇庶幾近之，餘皆似是而實非。大抵貞元以後稱學古者類如此。夫唐以詩名世者，無慮三百家，而欲求古作之純全合乎風雅之遺響者，何其不易得也。嗚呼，世降風移，一至於此也夫！」（《風雅翼·選詩續編》卷一三）

（明）譚元春評三、四句：「淺而苦。」（《唐詩歸》卷三〇）

（明）邢昉評末二句：「『願將太行山，移來君馬前。』得此一翻。」（《唐風定》卷六）

（清）沈德潛：「責以『高堂有舅姑』，怨之正也，與泛作閨房之言有别。」（《重訂唐詩别裁集》卷四）

（清）葉矯然：「古人送别，苦語不一，而意實相師。……猶有傷心者，隴西『長當從此别，且復立斯須』，屬國『生當復來歸，死當長相思』，延之『生爲久别離，没爲長不歸』，子美『孰知是死别，且復哀其寒』，張籍『人當少年嫁，我當少年别』，亦一意也。」（《龍性堂詩話·初集》）

（清）宋宗元評「妾身」、「高堂」二句：「思深義正。」（《網師園唐詩箋》卷三）

胡適：「這三首（按：另指《妾薄命》、《别離曲》）都是很明白地攻擊『活守寡』的婚姻生活。」（《白話文學史》第一五章）

三原李氏園宴集〔一〕

暮春天早熱，邑居苦囂煩。〔二〕言從君子樂，〔三〕樂彼李氏園。園中有草堂，池引涇水泉。〔四〕開户西北望，遠見嵯峨山。〔五〕借問主人翁，北州佐戎軒。〔六〕僕夫守舊宅，爲客施揚①筵。〔七〕高壤②有餘滋③，竹樹④芳且鮮。〔八〕傾我所持觴，盡日共留連。疎拙不偶俗，常喜形體閑。〔九〕況來幽棲地，能不重笑⑤言？〔一〇〕

【校　記】

①施揚：英華（卷二一六）作「施華」，全詩、庫本作「侍華」，席本作「施榻」。
②高壤：英華、全詩、庫本作「高懷」，英華、全詩校「一作膏壤」。
③滋：英華、全詩、庫本作「興」。
④竹樹：英華作「滋竹」，劉本作「行樹」。
⑤笑：全詩作「歎」。

【注　釋】

〔一〕三原：唐京兆府屬縣。治今陝西三原縣北清水峪。《舊唐書·地理志一》（卷三八）：「三原。

隋縣。武德四年，移治清谷南故任城，改爲池陽縣。六年，又移故所，改爲華池縣，仍分置三原縣，屬北泉州。貞觀元年，廢三原縣，仍改華池縣爲三原縣，屬雍州。……大足元年，隸京兆府。」《元和郡縣圖志·京兆府·三原縣》（卷一）：「本漢池陽縣。……苻秦於此山北置三原護軍，以其地西有孟侯原，南曰豐原，北曰白鹿原。」李氏：名不詳。

〔二〕邑居：城居。

〔三〕言：助詞，無義。《詩·周南·葛覃》：「言告師氏，言告言歸。」君子：指參加宴集的人。

〔四〕涇水：渭水支流。源出今寧夏涇源縣南六盤山，東南流經陝西涇陽縣入渭水。

〔五〕嵯峨山：山名。《元和郡縣圖志·京兆府·雲陽縣》（卷一）：「嵯峨山，一名巀嶭山，在縣東北十里，東西二十五里，南北二十里。山上有雲必雨，常以爲候。」同書同卷《三原縣》：「巀嶭山在今縣西北六十里。」

〔六〕借問：猶「詢問」。南朝梁庾肩吾《隴西行》：「借問隴西行，何當驅馬征。」主人翁：指園之主人。北州：泛指北方諸州。此所指不詳。佐戎軒：佐軍幕。戎軒，兵車。借指將帥。

〔七〕施搨筵：謂設宴招待。搨，同「榻」。

〔八〕「高壤」二句：高：《黄帝内經·素問·生氣通天論》：「高梁之變。」王冰注：「高，膏也。」此爲肥沃之意。寫李氏園中竹木花草繁盛。滋：滋養，養分。鮮：美好。南朝齊謝朓《郡内登望》：「誰規鼎食盛，寧要狐白鮮。」劉良注：「鮮，麗也。」（《六臣注文選》卷三〇）

〔九〕偶俗：迎合世俗。偶，投合。唐釋皎然《答鄭方回》：「説詩迷頹靡，偶俗傷趨競。」形體：身體。

〔一〇〕重：多。音蟲。《左傳·成公二年》：「重器備，椁有四阿。」杜預注：「重，猶多也。」

【繫　年】

據「邑居苦囂煩」、「常喜形體閑」知詩作於元和元年（八〇六）以後張籍居京爲官期間。按：詩寫三原李氏園的幽静與詩人宴集的快樂。

七言古詩

寄遠曲〔一〕

美人來去①春江暖，江頭無人湘水滿。〔二〕浣紗②石上水禽栖，〔三〕江南路長③春日短。蘭舟桂楫常渡江，無因重寄雙瓊④璫。〔四〕

【校　記】

① 來去：樂府（卷九四）、陸本、席本作「去來」。

②紗：原本與樂府、全詩作「沙」，據品彙(卷三四)、庫本改。

③長：劉本作「上」。

④瓊：席本作「明」。

【注釋】

〔一〕寄遠曲：張籍、王建自創的新樂府題。《樂府詩集》收入卷九四《新樂府辭五・樂府雜題五》。遠，遠行之人。多指親人或情人。曲，詩歌(樂府)體裁之一種。詳《雜怨》(卷一)注釋〔一〕。

〔二〕美人：指懷遠的少女。江頭：江邊。湘水：今湖南湘江。

〔三〕浣紗石：亦作「澣紗石」，用以浣紗的石頭。《太平御覽・地部》(卷四七)「土城山」條引晉孔曄《會稽記》：「山邊有石，云是西施澣紗石。」

〔四〕蘭舟：木蘭樹製造的船。對船的美稱。瓊璫：美玉製作的耳飾。瓊，美玉。《詩・衛風・木瓜》：「投我以木瓜，報之以瓊琚。」毛傳：「瓊，玉之美者。」璫，古代婦女的耳飾。漢劉熙《釋名・釋首飾》(卷四)：「穿耳施珠曰璫。此本出於蠻夷所爲也。蠻夷婦女輕淫好走，故以此琅璫鍾之也，今中國人效之耳。」

【同　唱】

王建《寄遠曲》：「美人別來無處所，巫山月明湘江雨。千回相見不分明，井底看星夢中語。兩心相對尚難知，何況萬里不相疑。」（全詩卷二九八）

按：張、王二詩同題，題材、内容近似，現存唐詩唯有二作。

行路①難〔一〕

湘東行人長歎息，十年離家歸未得。弊②裘羸馬苦難行③，僮④僕飢寒⑤少筋力。〔二〕君不見，床頭黄金盡，壯士無顏色。〔三〕龍蟠泥中未有雲，不能生彼升天翼。〔四〕

【校　記】

①路：席本作「客」。按：當依樂府古題作「路」。
②弊：事聚（別集卷二五）作「敝」。
③行：席本作「前」。
④僮：品彙（卷三四）作「童」。
⑤飢寒：文粹（卷一二）、事聚作「盡飢」。

【注　釋】

〔一〕行路難：樂府雜曲歌辭古題。《樂府詩集》收入卷七一《雜曲歌辭十一》，前卷題解：「《樂府解題》曰：『《行路難》，備言世路艱難及離别悲傷之意，多以「君不見」爲首。』按《陳武别傳》曰：『武常牧羊，諸家牧豎有知歌謡者，武遂學《行路難》。』則所起亦遠矣。」

〔二〕弊裘：破舊的衣服。《戰國策·秦策一》：「（蘇秦）説秦王書十上而説不行，黑貂之裘弊，黄金百斤盡，資用乏絶，去秦而歸。」羸馬：瘦弱的馬。《三國志·魏書·杜恕傳》（卷一六）：「所以統一州之民，經營九州之地，其爲艱難，譬策羸馬以取道里。」筋力：猶「體力」。二句寫奔波求仕的艱辛。

〔三〕床頭：借指放置書、物的地方。古代文人常置書、物於床頭。《晉書·王湛傳》（卷七五）：「濟嘗詣湛，見床頭有《周易》。」唐岑參《送孟孺卿落第歸濟陽》：「客舍少鄉信，床頭無酒錢。」黄金盡：謂貧困。典出蘇秦説秦王事。詳注釋〔二〕引《戰國策》。無顔色：謂身心憔悴。顔色，面色。

〔四〕二句語出漢班固《答賓戲》：「應龍潛於潢汙，魚黿媟之，不睹其能奮靈德，合風雲，超忽荒，而躆昊蒼也，故夫泥蟠而天飛者，應龍之神也。」李善注：「項岱曰，天有九龍，應龍有翼。」（《六臣注文選》卷四五）又化用鮑照《擬行路難》：「對案不能食，拔劍擊柱長歎息。丈夫生世會幾時，安能蹀躞垂羽翼。」以龍蟠泥中，無雲可憑「升天」，喻身陷困境，得不到舉薦，無以施展才能與抱負。

【繫　年】

作於貞元九年(七九三)秋，時張籍離家十載，漫游湘東。按：詩借樂府古題，抒寫詩人壯志難酬的悲憤。

【集　評】

(清)余成教：「文昌《離婦》云：『有子未必榮，無子坐生悲。』《贈孟郊》云：『苦節居貧賤，所知賴友生。』《行路難》云：『君不見床頭黄金盡，壯士無顏色。』《寄李司空》云：『還君明珠雙淚垂，何不相逢未嫁時？』皆清麗深婉，稱情而出。」(《石園詩話》卷二)

征婦怨〔一〕

九月匈奴殺邊將，漢軍全没①遼水上。〔二〕萬里無人收白骨，家家城下招魂葬。〔三〕婦人依倚子與夫，〔四〕同居貧賤心亦舒。夫死戰場子在腹，妾身雖存如晝燭。〔五〕

【校　記】

①没：文粹(卷一二)、樂府(卷九四)作「歿」。

【注　釋】

〔一〕征婦怨：新樂府題。《樂府詩集》收入卷九四《新樂府辭五・樂府雜題五》。怨，見《雜怨》（卷一）注釋〔一〕。

〔二〕匈奴：戰國至漢時北方民族之一，常侵擾中原，曾多次爲漢所敗。此借指入侵的北方異族敵人，疑指貞元四年七月入侵振武（治今内蒙古和林格爾縣西北土城子）之契丹、奚族、室韋。《舊唐書・北狄傳》（卷一九九下）：「貞元四年，（契丹）與奚衆同寇我振武，大掠人畜而去。」「奚國，蓋匈奴之别種也……貞元四年七月，奚及室韋寇振武。」詩所謂「九月」或爲「七月」之訛。漢：漢朝。唐人常借以稱唐。遼水：今遼河。《水經注・大遼水》（卷一四）：「大遼水出塞外衛白平山，東南入塞，過遼東襄平縣西。又東南過房縣西。又東過安市縣，西南入於海。又玄菟高句麗縣有遼山，小遼水所出，西南至遼隧縣，入於大遼水也。」按：契丹、奚、室韋皆居遼水之北，皆可以「匈奴」稱代。

〔三〕招魂葬：古葬俗。又稱「衣冠葬」。人死外地，不得屍身入殮，招其魂魄並以其生前所著衣冠葬之。招魂，招喚死者靈魂歸來。《晉書・袁瓌傳》（卷八三）：「時東海王越尸既爲石勒所焚，妃裴氏求招魂葬越，朝廷疑之。瓌與博士傅純議，以爲招魂葬是謂埋神，不可從也。」

〔四〕依倚：依靠。《儀禮・喪服》：「婦人有三從之義，無專用之道，故未嫁從父，既嫁從夫，夫死從子。」

〔五〕晝燭：白晝之燭。以其燃而無光喻人雖生猶死。陳後主《自君之出矣六首》其二：「自君之出矣，房空帷帳輕。思君如晝燭，懷心不見明。」

【繫　年】

詩或有感於契丹、奚族、室韋入侵振武而作，時在貞元四年（七八八）七月或稍後，張籍與王建在河北「鵲山漳水」一帶求學。按：詩寫異族入侵給百姓造成的災難。

【集　評】

（明）胡應麟：「李、杜外，短歌可法者：岑參《蜀葵花》……王建《望夫石》、《寄遠曲》，張籍《節婦吟》、《征婦怨》，柳宗元《楊白花》，雖筆力非二公比，皆初學易下手者。但盛唐前，語雖平易，而氣象雍容；中唐後，語漸精工，而氣象促迫，不可不知。」（《詩藪·内編》卷三）

（明）許學夷：「張王樂府七言，張如『青天漫漫覆長路，遠游無家安得住？願君到處自題名，他日知君從此去。』『浮雲上天雨隨地，暫時會合終離異。我今與子非一身，安得死生不相棄？』『力盡不得拋杵聲，杵聲未盡人皆死。家家養男當門户，今日作君城下土。』（《築城詞》）『婦人依倚子與夫，同居貧賤心亦舒。夫死戰場子在腹，妾身雖存如晝燭。』『蘭膏已盡股半折，雕文刻樣無年月。雖離井底入匣中，不用還與墜時同。』（《古釵行》）……等句，皆懇切痛快者也，宋、元、國初多習爲之，

蓋以其短篇，語意緊密，中才者易於收拾耳。」（《詩源辯體》卷二七）

（明）陸時雍：「『招魂葬』語佳。」（《唐詩鏡》卷四一）

（明）唐汝詢：「『夫死戰場子在腹』，征婦之最慘者。燭以照夜，晝無所用之，故取以自喻。」（《唐詩解》卷一八）

（明）周珽：「『全没』、『魂葬』，可憐！覓封戰死，何如貧賤同居？故燭以照夜，晝無用之；婦人無倚，『晝燭』何異？聲聲怨恨，字字凄慘。」（明周珽輯《删補唐詩選脉箋釋會通評林》卷二四）

（明）楊慎：「依倚子、夫，得怨之正。」（同上）

（明）吴山民：「『夫死戰場子在腹』，苦中苦語。」（同上）

（明）周敔琦：「末二語悲甚。」（同上）

（明）邢昉：「顧云：王、張樂府，體發人情，極於纖細，無不至到，後人不及正在此，不及前人亦在此。」（《唐風定》卷一一）

（清）沈德潛：「李華《吊古戰場文》，篇中可云縮本。」（《重訂唐詩别裁集》卷八）

（清）史承豫：「張、王樂府並稱，文昌情味較足，以運思清而措辭俊也。」（《唐賢小三昧集》，轉引自陳伯海主編《唐詩彙評》）

（清）吴瑞榮：「説征婦者甚多，慘淡經營，定推文昌此首第一。」評首二句：「妙起，便聲聲是怨。」（《唐詩箋要後集》卷四）

錢鍾書：「《征婦怨》云『夫死戰場子在腹，妾身雖在如晝燭』，謂贅也，立譬極妙。《大般涅槃經·壽命品》第一云：『如以一掬水投於大海，燃一小燈助百千日。』《法苑珠林》卷六十一僧亡名《自誡》云：『一伎一能，日下孤燈。』英十七世紀文家蒲頓《解愁論》第二部第二節謂愛欲之苦，無須例證；十八世紀詩家楊氏《諷諭詩》第七篇笑注疏之學爲多事；小説家史木萊脱《旅行趣牘》六月十日梅爾福作函，譏以人智妄測天道：皆有白日中舉燭之喻。取譬與文昌巧合。《陽明傳習録》卷下《答黄勉叔》曰：『既去惡念，如日光被雲來遮蔽，雲去光已復出。若惡念既去，又要存善念，即是日光之下，添燃一燈。』比喻亦同。」（錢鍾書《談藝録·張文昌詩》）

【同　唱】

張籍《别離曲》：見本卷。

王建《渡遼水》：「渡遼水，此去咸陽五千里。來時父母知隔生，重著衣裳如送死。亦有白骨歸咸陽，營家各與題本鄉。身在應無回渡日，駐馬相看遼水傍。」（全詩卷二九八）

王建《遼東行》：「遼東萬里遼水曲，古戍無城復無屋。黄雲蓋地雪作山，不惜黄金買衣服。戰回各自收弓箭，正西回面家鄉遠。年年郡縣送征人，將與遼東作丘坂。寧爲草木鄉中生，有身不向遼東行。」（同上）

王建《遠征歸》：「萬里發遼陽，處處問家鄉。回車不淹轍，雨雪滿衣裳。行見日月疾，坐思道路

長。但令不征戍，暗鏡生重光。」（全詩卷二九七）

按：據張、王五詩内容皆寫及「遼水」、「遼陽」判斷，其創作背景當相同，或爲同唱。

白紵歌①〔一〕

皎皎白紵白且鮮，將作春衣②稱少年。〔二〕裁縫長短不能定，自持刀尺向姑前。〔三〕復恐蘭膏汙纖指，常遣傍人收墮珥。〔四〕衣裳著時寒食下，還把玉③鞭鞭白馬。〔五〕

【校　記】

①歌：席本作「詞」，陸本作「詩」。

②衣：樂府（卷五五）作「衫」。

③玉：品彙（卷三四）、劉本、庫本作「白」。

【注　釋】

〔一〕白紵歌：樂府舞曲歌辭古題。《樂府詩集》收入卷五五《舞曲歌辭四》。紵，又作「苧」。白紵，苧麻之一種，可以製衣。歌，詩歌（樂府）體裁之一種。詳《雜怨》（卷一）注釋〔一〕。晉時吴地民間流行《白紵舞》。《宋書·樂志》(卷一九):「又有《白紵舞》,按舞詞有巾袍之言;紵本吳地所出,宜是吳舞也。晉《俳歌》又云:『皎皎白緒,節節爲雙。』吳音呼緒爲紵,疑白紵即白緒。」唐吴兢《樂府古題要解·白紵歌》:「古詞盛稱舞者之美,宜及芳時爲樂。其譽白紵曰:『質如輕雲色如銀,製以爲袍餘作巾,袍以光軀巾拂塵。』」

〔二〕白紵:指白紵布。鮮:見《三原李氏園宴集》(卷一)注釋〔八〕。少年:指年少夫君。

〔三〕姑:婆婆。

〔四〕蘭膏:一種潤髮香油。傍:通「旁」。珥:珠玉做的耳飾,也叫瑱、璫。漢枚乘《七發》:「九寡之珥以爲約。」李善注引《蒼頡篇》:「珥,珠在耳也。」(《六臣注文選》卷三四)二句寫製衣時防止污染白紵。

〔五〕白馬:用以襯托夫君年少英武。漢樂府《陌上桑》:「何用識夫婿?白馬從驪駒。」三國曹植《白馬篇》:「白馬飾金羈,連翩西北馳。」二句寫少婦想像夫君著衣時的情形。

【集 評】

(明)鍾惺:「情深而至。」評「復恐」二句:「此語略帶豔情。」(《唐詩歸》卷三〇)

(明)顧璘:「《白紵》本意不如是。」(陶文鵬等點校《唐音評注·正音》卷二)

(明)邢昉:「婉細妍秀,微有右丞風韻。」(《唐風定》卷一一)

（清）賀裳：「謝惠連《擣衣》詩曰：『腰帶准疇昔，不知今是非。』至張籍《白紵歌》則曰：『裁縫長短不能定，自持刀尺向姑前。』裴説《寄邊衣》則曰：『愁捻銀針信手縫，惆悵無人試寬窄。』雖語益加妍，意實原本於謝，正子瞻所云：『鹿入公庖，饌之百方，究其所以美處，總無加於煮食時』也。然庖饌變换得宜，實亦可口。」（《載酒園詩話・三偷》卷一）

（清）方南堂：「唐人最善於脱胎，變化無跡，讀者惟覺其妙，莫測其源。如謝惠連《擣衣》云：『腰帶准疇昔，不知今是非。』張文昌《白紵詞》則云：『裁縫長短不能定，自持刀尺向姑前。』裴説《寄邊衣》云：『愁捻銀針信手縫，惆悵無人試寬窄。』非皆本於謝語乎？」（《輟鍛録》）

野老歌①〔一〕

老翁②家貧在山住，耕種山田③三四畝。苗疏税多不得食，輸入官倉化爲土。〔二〕歲暮鋤犁倚④空室，呼兒登山收橡實⑤。〔三〕西江賈客珠百斛，〔四〕船中養犬長食肉。

【校　記】

① 原本、劉本、全詩校「一作山農詞」。

② 翁：全詩作「農」。

③山田：事聚（後集卷二二）作「南山」。

④倚：文粹（卷一六下）、宋本、陸本、席本、全詩作「傍」。

⑤實：文粹、宋本作「食」。

【注釋】

〔一〕野老歌：張籍自創的新樂府題。野老，村野老人。歌，詩歌（樂府）體裁之一種。詳《雜怨》（卷一）注釋〔一〕。

〔二〕税多：安史之亂造成巨大社會災難，爲減輕農民負擔，唐廷曾於建中元年（七八〇）施行兩税法，然次年五月即恢復十一而税，三年五月又於兩税錢每貫增二百、榷鹽錢每斗增一百，四年六月，還税屋間架、除陌錢，且「常賦之外，進奉不息」（《舊唐書·食貨志上》卷四八）。化爲土：謂糧食長時間堆積而腐爛。唐白居易《秦中吟·重賦》：「進入瓊林庫，歲久化爲塵。」

〔三〕空室：極言家貧。橡實：橡栗。能食，味澀。《晉書·摯虞傳》（卷五一）：「轉入南山中，糧絶飢甚，拾橡實而食之。」

〔四〕西江：長江中下游之稱。斛：古時量器。《唐六典·尚書户部》（卷三）：「凡量以秬黍中者，容一千二百爲龠，二龠爲合，十合爲升，十升爲斗，三斗爲大斗，十斗爲斛。」

【集　評】

（元）范德機：「（樂府篇法）張籍爲第一……要訣在於反本題結。如《山農詞》，結卻用『西江賈客珠百斛，船中養犬多食肉』是也。又有含蓄不發結者。又有截斷頓然結者，如『君不見蜀葵花』是也。」（《木天禁語·六關》「樂府篇法」條）

（明）鍾惺：「語有經國隱憂。」（《唐詩歸》卷三〇）

（明）唐汝詢：「文昌樂府，就事直賦，意盡而止，絶不於題外立論。如《野老》之哀農，《別離》之感戍，《泗水》之趨利，《樵客》之崇實，《雀飛》之避禍，《烏栖》之微諷，《短歌》之憂生，各有一段微旨可想，語不奥古，實是漢魏樂府正裔。」（明周珽輯《删補唐詩選脉箋釋會通評林》卷二四）

（明）周珽：「愛民體國之念，淋漓□□，發所欲言而止此。與王仲初《當窗織》篇合讀，覺骨法機神□絶，有均平之責者，可不知憫恤耶！」「詩以清遠爲佳，不以苦刻爲貴，固矣。然情到真處，事到實處，音不得不哀，調不得不苦者。説者謂文昌、仲初樂府，瘖啞傴側，每到悲惋，一如兒啼女哭，所爲真際雖多，雅道盡喪，不知彼心口手眼各自有精靈，不容磨滅光景。如病其欠厚，非善讀二家者也。《詩鏡》云：『七古欲語語生情，自張、王始爲此體，盛唐人只寫得大意。』得矣。」（同上）

寄衣曲〔一〕

織①素縫②衣獨苦辛，〔二〕遠因回使寄征人。官家亦自寄衣去，貴從妾手著③君身。〔三〕高堂

姑老無侍子，〔四〕不得自到邊城裏。慇懃④爲看初著時，征夫身上宜不宜。〔五〕

【校　記】

①織：文粹（卷一二）、樂府（卷九四）、唐音（卷三）、席本、庫本作「纖」。

②縫：唐音、庫本作「裁」。

③著：樂府作「看」。按：作「著」是。

④慇懃：文粹、樂府、宋本、唐音、品彙（卷三四）、席本、全詩作「殷勤」。

【注　釋】

〔一〕寄衣曲：張籍自創的新樂府題。《樂府詩集》收入卷九四《新樂府辭五·樂府雜題五》。曲，詩歌（樂府）體裁之一種。詳《雜怨》（卷一）注釋〔一〕。

〔二〕素：白色生絹。《禮記·雜記下》：「純以素，紃以五采。」孔穎達疏：「素，謂生帛。」

〔三〕二句謂朝廷亦送冬衣，但不比妻子手縫的珍貴。唐初承襲西魏「府兵制」，應征士兵自備兵器、鞍馬、衣物，中唐以後改爲「募兵制」，軍衣由官府送發。

〔四〕姑：婆婆。詳《雜怨》（卷一）注釋〔四〕。侍子：奉養父母的兒子。

〔五〕二句懇求邊使代爲審視新衣是否合夫之身。

【集　評】

（宋）劉辰翁：「其思曲而細。」（明周珽輯《删補唐詩選脉箋釋會通評林》卷二四）

（宋）何汶：「念邊遠情。」（《竹莊詩話》卷一五）

（宋）劉克莊：「謝惠連《擣衣篇》云：『腰帶準疇昔，不知今是非。』張籍『殷勤爲看初著時，征夫身上宜不宜』、張文潛『别來不見身長短，若比小郎衣更長』之句皆本此。」（《後村詩話·續集》卷一）

（明）吴敬夫：「文昌樂府，伯仲仲初，而彌加藴藉，諸體亦淡雅宜人。王元美謂張籍善言情，王建善徵事，而境皆不佳。『殷勤爲看初著時，征夫身上宜不宜』、『梨園子弟偷曲譜，頭白人間教歌舞』，情、事與境皆佳矣。」（清劉邦彦《唐詩歸折衷》引，轉引自陳伯海主編《唐詩彙評》）

（明）陸時雍：「同意而言之難，同言而出之難，故詞氣古人所貴。《寄衣曲》中之意亦無不佳，若使李青蓮出之，便有高風雅韻。」（《唐詩鏡》卷四一）

（明）鍾惺：「至情重義，無此不成樂府。」（《唐詩歸》卷三〇）

（明）譚元春評「初著時」三字：「情想在此。」評末句：「深曲之想，説來全不費力。」（同上）

（明）周珽：「從憂苦中，釀出一段悲怨之語，真所謂筆下全是血，紙上全是魂也。鍾伯敬云『至情重義，無此不成樂府』。」（明周珽輯《删補唐詩選脉箋釋會通評林》卷二四）

（明）周敬：「深婉，結極細膩。」（同上）

（明）顧璘：「酸苦殷勤，理極情極。」（同上）

（明）邢昉：「意婉辭雅，似非仲初所及。」（《唐風定》卷一一）

【同　唱】

王建《送衣曲》：「去秋送衣渡黄河，今秋送衣上隴坂。婦人不知道徑處，但問新移軍近遠。半年著道經雨濕，開籠見風衣領急。舊來十月初點衣，與郎著向營中集。絮時厚厚綿纂纂，貴欲征人身上暖。願身莫著裹屍歸，願妾不死長送衣。」（全詩卷二九八）

送遠曲〔一〕

戲馬臺南山簇簇，〔二〕山邊飲酒歌别曲。行人醉後起登車，席上回尊①勸僮僕。〔三〕青天漫漫覆長路，遠游無家安得住。〔四〕願君到處自題名，〔五〕他日知君從此去。

【校　記】

①　尊：樂府（卷二〇）、席本作「樽」。

【注　釋】

〔一〕送遠曲：樂府鼓吹曲辭古題。《樂府詩集》收入卷二〇《鼓吹曲辭五・齊鼓吹曲》。參《送遠曲》（卷七）注釋〔一〕。遠：遠行之人。曲，詩歌（樂府）體裁之一種。詳《雜怨》（卷一）注釋〔一〕。

〔二〕戲馬臺：臺名。公元前二〇六年，項羽滅秦後自立爲西楚霸王，定都彭城（今江蘇省徐州市），於城南南山構築叢臺以觀戲馬、演武和閱兵等，故得名。《元和郡縣圖志・徐州・彭城縣》（卷九）：「戲馬臺，在縣東南二里。項羽所造，戲馬於此。」簇簇：一叢叢。此形容山峰密集。清王堯衢《唐詩合解箋注》（卷三）：「簇簇，山頭尖穎而團簇也。」

〔三〕勸：勸酒。

〔四〕漫漫：曠遠無際貌。《管子・四時》：「五漫漫，六惽惽，孰知之哉！」尹知章注：「漫漫，曠遠貌。」住：停留。

〔五〕題名：題詩留名。

【繫　年】

作於建中四年（七八三）春張籍北上河北求學經徐州時。按：詩借樂府古題寫客中送别。

【集評】

（宋）劉辰翁：「能幾許得恁沈著宛轉數語矣。」（《唐詩品彙》卷三四引）

（明）鍾惺評「青天」句：「奇語真景。」（《唐詩歸》卷三〇）

（明）許學夷：見《征婦怨》（卷一）「集評」。

（明）郝敬：「情在辭外，惻然動人。」（《批選唐詩》，轉引自陳伯海主編《唐詩彙評》）

（明）陸時雍：「『席上回尊勸僮僕』，此語絶得景趣。」（《唐詩鏡》卷四一）

（明）唐汝詢：「此文昌送其友遠游，而舉所别之地以紀事。友既醉而登車，復勸其僕者，敬其與主相親也。天迴路遥，游無定所，非到處題名，異日何以蹤跡之哉？司業樂府，皆泛然之辭，唯此疑本實事。不然，天下皆可别，何獨戲馬臺南耶！」（《唐詩解》卷一八）

（明）周珽：「首舉所别之地以紀事。遠游舉目無親，所藉惟有僮僕，所以回尊相勸也。路長，居無定所，欲寄莫知蹤跡，所以到處題名也。括盡送遠情境。唐仲言云：『司業樂府，皆泛然之辭……何獨戲馬臺南耶！』」（明周珽輯《删補唐詩選脉箋釋會通評林》卷二四）

（明）王世貞：「一結深穩。」（同上）

（清）王堯衢：「别酒既醉，行人登車，乃以敬主之杯，回勸其僕，何其情之殷勤也。」「從别時望其去路漫漫，只有青天覆著，是與長空共遠矣。長途無家，安得暫住？願君到處題名，使知從此而去，不但後日易尋，亦各無忘此别也。」「此篇上下截，只一轉韻。」（《唐詩合解箋注》卷三）

（清）沈德潛評末二句：「從前送遠詩，此意未曾寫到。」（《重訂唐詩别裁集》卷八）

（清）徐增：「此題是樂府，文昌賦此詩，或當時曾于此送别，故即以此入詩也。臺南之山，遠望去如箭頭之簇簇。山邊設祖，復唱驪歌，行人醉後起身作别。客登車時必再敬酒，敬客過，即回尊斟酒以勸所隨之僮僕，不獨敬其主以及其使，欲其于途間用心事主也。于是主賓眼光各向前面之去路，見青天漫漫無極，一條長路直豎其中，天之下即路，路之上即天，若天覆于路上者，路又杳茫，送者爲之心怯，因作念曰：如此長路，必須有住處方好，有家則好住；今遠游無家，安得暫住？只管要在此路上行幾時，行盡此長路哉！傷心處在此，今日我與爾别于此，見我兩人者，止臺南簇簇之山，後人誰知我兩人在此離别之苦？願君每到一處，或亭或橋或樹或石，題君名字，使他日知從此而去，便于尋訪，後會難期，路又不一，存此行跡，追想恍然。古人待友之厚，用意之深，有如此。」（《而菴説唐詩》卷六）

（清）吴瑞榮：「結語開後人傳奇多少關目。」評三四句：「極周到，兒女心腸，聖賢道理。」（《唐詩箋要後集》卷四）

（清）黄周星：「送遠行者多矣，此獨勸僮僕，勸題名；雖是無聊之思，豈非深情古道？」（《唐詩快》卷七）

（清）吴昌祺：「有餘味，亦即從古詩脱出。勸童僕，亦是深於惜别之意。結是無可奈何之詞。」（《删訂唐詩解》卷一〇）

（清）宋宗元評末二句：「妙語深情，得未曾有。」（《網師園唐詩箋》，轉引自陳伯海《唐詩彙評》）

（清）王壽昌：「結句貴有味外之味，弦外之音。言情則如……張秘書之『願君到處自題名，他日知君從此去』……是皆一唱而三歎，慷慨有餘音者。」（《小清華園詩談》卷下）

築城詞①〔一〕

築城處②，千人萬人抱③把④杵。〔二〕重重土堅試行⑤錐，軍吏執鞭催作遲。〔三〕來時一年深磧裏，盡著⑥短衣渴無水。〔四〕力盡不得休⑦杵⑧聲，杵聲未定⑨人皆死。家家養男當門户，今日作君城下⑩土。

【校　記】

① 詞：樂府（卷七五）作「曲」。

② 處：文粹（卷一二）、樂府、陸本、席本作「去」。

③ 抱：文粹、樂府、品彙（卷三四）、劉本、陸本、席本、全詩、庫本作「齊」。

④ 把：文粹、樂府、品彙、陸本、席本作「抱」。

⑤ 行：席本作「用」。

⑥ 盡著：文粹、樂府、品彙、陸本、席本作「著(或着)盡」。

⑦ 休：文粹、樂府、品彙、全詩、庫本作「抛」，陸本作「拘」。

⑧ 杵：原本作「村」，據樂府、席本、全詩等改。

⑨ 定：品彙、全詩作「盡」。

⑩ 下：席本作「上」。

【注釋】

〔一〕築城詞：樂府雜曲歌辭古題。《樂府詩集》收入卷七五《雜曲歌辭十五》，題解：「馬暠《中華古今注》曰：『秦始皇三十二年，得讖書云：「亡秦者胡。」乃使蒙恬擊胡，築長城以備之。』《淮南子》曰：『秦發卒五十萬築修城，西屬流沙，北繫遼水，東結朝鮮，中國内郡輓車而餉之。』後因有《築城曲》，言築長城以限胡虜也。又有《築城睢陽曲》，與此不同。《古今樂録》曰：『築城相杵者，出自漢梁孝王。孝王築睢陽城，方十二里。造唱聲，以小鼓爲節，築者下杵以和之。後世謂此聲爲《睢陽曲》。』《晉太康地記》曰：『今樂家《睢陽曲》，是其遺音。』《唐書・樂志》曰『《睢陽操》用舂牘』是也。」詞，詩歌(樂府)體裁之一種。詳《雜怨》(卷一)注釋〔一〕。

〔二〕杵：用以夯實泥土的木製棒槌。《周易・繫辭下》：「斷木爲杵，掘地爲臼。」《廣雅・釋器》(卷八)：「築謂之杵。」

〔三〕重重：猶「層層」。試行錐：以錐刺城以檢驗其夯築的硬度。《晉書·赫連勃勃載記》（卷一三〇）：「阿利性尤工巧，然殘忍刻暴，乃蒸土築城，錐入一寸，即殺作者而並築之。」催作遲：嫌作業進度緩慢而催促。遲，緩慢。《荀子·修身》：「或遲或速，或先或後。」

〔四〕磧：沙石之地。多指沙漠。短衣：便於勞動的短裝。平民所服。《史記·叔孫通傳》（卷九九）：「叔孫通儒服，漢王憎之，乃變其服，服短衣。」司馬貞索隱：「孔文祥云『短衣便事，非儒者衣服。……』」

【繫　年】

當作於貞元十年（七九四）。《舊唐書·德宗本紀下》（卷一三）載：貞元九年二月「辛酉，詔復築鹽州城。貞元三年，城爲吐蕃所毁，自是塞外無堡障，犬戎入寇，既城之後，邊患息焉」。《新唐書·吐蕃傳下》（卷二一六下）：「自虜得鹽州，塞防無以障遏……帝復詔城之……右神策將軍張昌爲鹽州行營節度使，板築之，役者六千人……（貞元）九年始栽，閲二旬訖功。」張國光《唐樂府詩人張籍生平考證》以爲詩當以此爲背景，當是。鹽州，治今寧夏回族自治區鹽池縣北，正所謂「深磧裏」。據「來時一年」知詩作於詔下後一年，即貞元十年。是年秋張籍由嶺南徑中原北上薊北，或途中聞其事而作此詩。按：詩寫築城役夫所遭受的摧殘與人民的怨憤。

【集　評】

（明）許學夷：見《征婦怨》（卷一）「集評」。

猛虎行〔一〕

南山北山樹冥冥，猛虎白日繞林①行。向晚②一身當道食，山③中麋鹿盡無聲。〔二〕年年養子在空④谷，雌雄上下⑤不⑥相逐。谷中近窟有山村⑦，長向村家⑧取黄犢。〔三〕五陵年少不敢射，〔四〕空來林下看行跡。

【校　記】

① 林：英華（卷二一〇）、事聚（後集卷三六）作「村」。
② 晚：英華、事聚作「曉」。
③ 山：英華、事聚作「此」。
④ 空：英華、事聚、樂府（卷三一）、陸本、席本作「深」。
⑤ 下：原本與樂府、品彙（卷三四）、席本、全詩、庫本作「山」，據英華、事聚改。
⑥ 不：事聚作「常」。按：當作「常」，「常相逐」謂猛虎在山間經常雌雄追趕，上下嬉戲，無所忌

憚;作「不」則詩意不甚明。

⑦村:原本與樂府、品彙、劉本、陸本、庫本作「林」,據英華、事聚、全詩改;席本作「川」。

⑧村家:英華、事聚作「林中」。

【注釋】

〔一〕猛虎行:漢樂府相和歌辭平調曲古題。《樂府詩集》收入卷三一《相和歌辭六》,題解:「古辭曰:『飢不從猛虎食,暮不從野雀棲。野雀安無巢,游子爲誰驕。』魏明帝辭曰:『雙桐生空枝,枝葉自相加。通泉溉其根,玄雨潤其柯。』《古今樂録》曰:『《猛虎行》,王僧虔《技録》曰:「荀録所載,明帝『雙桐』一篇,今不傳。」』《樂府解題》曰:『晉陸機云「渴不飲盜泉水」,言從遠役,猶耿介,不以艱險改節也。又有「雙桐生空井」,亦出於此。』」行,詩歌(樂府)體裁之一種。詳《傷歌行》(卷一)注釋〔一〕。按:詩以比法揭露地方惡勢力長期爲非作歹而朝廷不敢剪除的黑暗現實,或有感於軍閥割據而發。

〔二〕當道食:攔路捕食。麋鹿:麋和鹿。性温順。借指山中弱小的獸。李樹政《張籍王建詩選》:「善良温順的人恰似山中麋鹿,懾伏於『猛虎』的淫威之下。」

〔三〕五陵少年:影射朝廷官員。五陵,見《西州》(卷一)注釋〔五〕。此借指京城長安。

【集　評】

（明）周珽：「國有大害，憑威猛以肆毒，而畏縮養奸者徒徇名位，罔所剪除，讀經豈不赧然。」（明周珽輯《删補唐詩選脉箋釋會通評林》卷二四）

（明）顧璘：「起語好，有諷。」（同上）

（明）邢昉：「比仲初作，微婉勝之。」（《唐風定》卷一一）

（清）賀裳：「『妙絶《江南曲》，淒涼怨女詞』，姚秘書之評張司業也。此言甚當。王之《當窗織》、《簇蠶詞》、《去婦》、《老婦歎鏡》、《促刺詞》，若令出司業手，必當倍爲可觀。惟形容獰惡之態，則王勝于張。王《射虎行》曰：『自去射虎得虎歸……射殺恐畏終身閒。』張《猛虎行》曰：『南山北山樹冥冥……空來林下看行跡。』張詠猛虎，故摹寫怯弱以見負嵎之威，王詠射虎，故曲盡狡獪之態，用意不同，俱爲酷肖。《詩歸》評王詩曰：『有激之言，字字痛切，似爲千古朝事邊事寫一供狀。』此論妙甚。張詩雖工，僅詞人之言，王詩意深遠矣。（黄白山評：『張詩亦似爲權門勢要傾害朝士之喻，非徒詠猛虎而已。』）」（《載酒園詩話又編》「張籍王建」條）

（清）吴瑞榮：「與李涉《牧童詞》參看，一豪甚，一儒甚，會心不遠。」評三四句：「極説恣肆，其狀活現。」評五六句：「又説得安閑，更妙！」（《唐詩箋要後集》卷四）

【同　唱】

王建《射虎行》：「自去射虎得虎歸，官差射虎得虎遲。獨行以死當虎命，兩人因疑終不定。朝朝暮暮空手回，山下緑苗成道徑。遠立不敢汙箭鏃，聞死還來分虎肉。惜留猛虎著深山，射殺恐畏終身閑。」（全詩卷二九八）

按：王詩爲《猛虎行》之「變題」，與張詩「同源」。

別離曲〔一〕

行人結束出門去，幾時更踏門前路①？〔二〕憶昔君初納采②時，不言身屬遼陽戍。〔三〕早知今日當別離，成君家計良爲誰。〔四〕男兒生身自有役，〔五〕那得誤我少年時？不如逐君征戰死，誰能獨老空閨裏？

【校　記】

①「幾時」句：樂府（卷七二）作「馬蹄幾時踏門路」，宋本、陸本作「馬蹄幾時更踏門」，席本作「馬蹄幾時更踏門前土」。

②采：樂府、宋本作「綵」。

【注　釋】

〔一〕別離曲：樂府雜曲歌辭題。《樂府詩集》收入卷七二《雜曲歌辭十二》；同書卷七一梁江淹《古別離》題解：「《楚辭》曰：『悲莫悲兮生別離。』《古詩》曰：『行行重行行，與君生別離。相去萬餘里，各在天一涯。』後蘇武使匈奴，李陵與之詩曰：『良時不可再，離別在須臾。』故後人擬之爲《古別離》。梁簡文帝又爲《生別離》，宋吴邁遠有《長別離》，唐李白有《遠別離》，亦皆類此。」此題與《古別離》、《生別離》、《遠別離》等同源。曲，詩歌（樂府）體裁之一種。詳《雜怨》（卷一）注釋〔一〕。

〔二〕結束：收拾、整理行裝。南朝梁褚翔《雁門太守行》：「便聞雁門戍，結束事戎車。」

〔三〕納采：古婚禮六禮之一。男方向女方送求婚禮物。《儀禮・士昏禮》：「昏禮。下達納采，用雁。」賈公彦疏：「納采言納者，以其始相采擇，恐女家不許，故言納。」遼陽：遼水北岸。遼水，見《征婦怨》（卷一）注釋〔二〕。

〔四〕計：指婚姻規劃。「成君」句謂不必許這門親事。

〔五〕自有役：謂不能免於服兵役。

【繫　年】

寫作背景當同《征婦怨》（卷一），或作於貞元四年（七八八）七月或稍後，時張籍與王建在河北

「鵲山漳水」一帶求學。按：詩寫征人離去後征婦的痛苦與悲傷。

【集　評】

（明）鍾惺：「字字怨，卻不宜作怨詩看。」（《唐詩歸》卷三〇）

（明）唐汝詢：見《野老歌》（卷一）「集評」

【同　唱】

見《征婦怨》（卷一）「同唱」。

牧童詞〔一〕

遠牧牛，繞村四面禾黍稠。陂中飢烏①啄牛背，〔二〕令我不得戲壟②頭。入陂草多牛散行，〔三〕白犢時向蘆中鳴。隔堤吹葉應同伴，還鼓③長鞭三四聲。〔四〕牛群④食草莫相觸，官家截爾頭上角。〔五〕

【校　記】

①烏：席本、庫本、全詩作「烏」。

②壟：品彙(卷三四)、陸本、席本、庫本作「隴」。

③鼓：品彙作「鼓」。

④群：陸本、席本、全詩作「牛」，品彙、劉本、庫本作「羊」。

【注　釋】

〔一〕牧童詞：新樂府題，唐儲光羲首創。儲詩云：「不言牧田遠，不道牧陂深。所念牛馴擾，不亂牧童心。圓笠覆我首，長蓑披我襟。方將憂暑雨，亦以懼寒陰。大牛隱層坂，小牛穿近林。同類相鼓舞，觸物成謳吟。取樂須臾間，寧問聲與音。」(《全唐詩》卷一三六)詞，詩歌(樂府)體裁之一種。詳《雜怨》(卷一)注釋〔一〕。

〔二〕陂中：澤中。陂，澤畔堤岸，即下文「隔堤」之「堤」。《詩·陳風·澤陂》：「彼澤之陂，有蒲與荷。」毛傳：「陂，澤障也。」孔穎達疏：「澤障，謂澤畔障水之岸。」壟頭：堤上。壟，高地。

〔三〕散行：謂散放食草。

〔四〕吹葉：卷葉吹而發聲。鼓長鞭：猛力揮動鞭子而作響。

〔五〕相觸：以犄角相牴。末句用北魏拓跋暉典。《魏書·昭成子孫傳》(卷一五)：「(暉)出爲冀州刺史，下州之日，連車載物，發信都，至湯陰間，首尾相繼，道路不斷。其車少脂角，即於道上所逢之牛，生截取角以充其用。……聚斂無極，百姓患之。」二句譏刺統治者恣意欺壓掠奪百姓。

【集評】

（明）顧璘評「隔堤」、「還鼓」二句：「太瑣細，無味。」（陶文鵬等點校《唐音評注·正音》卷二）

（明）陸時雍：「詩文中須得一段蕭散之氣。『入陂草多牛散行，白犢時向蘆中鳴』，其中氣勢，稍得一展。」（《唐詩鏡》卷四一）

（明）邢昉：「一味深婉，風氣迴超。」（《唐風定》卷一一）

（清）王夫之：「正意翻似帶出。」「前八句堅忍之力，如謝傳賭墅時。」（《唐詩評選》卷一）

沙堤行呈裴相公①〔一〕

長安大道沙爲堤，風吹②無塵雨③無泥。宮中玉漏下三④刻，朱衣導騎丞相來⑤。〔二〕路傍高樓息歌吹，〔三〕千車不行行者避。街官閭吏相傳呼，〔四〕當⑥前十⑦里惟⑧空衢。白麻詔下移相印，新堤未成舊堤盡。〔五〕

【校記】

①公：席本作「國」，全詩校「一本無呈裴相公四字」。
②風吹：文粹（卷一三）作「旱風」，品彙（卷三四）、石倉（卷五九）、席本、全詩、庫本作「早風」。
③雨：文粹、陸本作「暖」，品彙、石倉、劉本、庫本作「晚」。
④三：劉本作「二」。
⑤來：庫本作「至」。
⑥當：文粹、品彙、石倉、劉本作「宫」。
⑦十：陸本作「一」。
⑧惟：文粹作「唯」。

【注釋】

〔一〕沙堤行呈裴相公：爲張籍自創的新樂府題。沙堤，爲宰相上朝通行車馬所鋪築的沙石大路。唐李肇《唐國史補》（卷下）：「凡拜相，禮絶班行，府縣載沙填路，自私第至子城東街，名曰『沙堤』。」唐白居易《新樂府・官牛》：「官牛官牛駕官車，滻水岸邊般載沙。一石沙，幾斤重，朝載暮載將何用。載向五門官道西，緑槐陰下鋪沙堤。昨來新拜右丞相，恐怕泥塗汙馬蹄。右丞相，馬蹄踏沙雖淨潔，牛領牽車欲流血。右丞相，但能濟人治國調陰陽，官牛領穿亦無妨。」行，詩歌（樂府）體裁之一種。詳《傷歌行》（卷一）注釋〔一〕。裴相公：裴度（七六五—八三九）。字中立，河東聞喜縣（今屬山西）人。貞元五年進士及第。元和十年拜門下侍郎同中書門下平章事；平蔡有功，封晉國公；十四年出爲太原尹、河東節度使。長慶間以守司徒同平章事，復知政事，尋出爲山南西道節度使。文宗立，加門下侍郎，集賢殿大學士，充山南東道節度等使。大和八年，進位中書令。開成四年卒於東都。中唐著名政治家。

〔二〕玉漏：以滴水多寡計時的儀器。漏壺中插入一根標竿，稱爲箭。箭下用一箭舟相托，浮於水面。水流出或流入壺中時，箭下沉或上升，藉以指示時刻。前者稱沉箭漏，後者稱浮箭漏，統稱箭漏。以玉爲飾者稱「玉漏」。下三刻：所指時間今難確定，約在天明前半個時辰左右。南朝梁陸佐公《新刻漏銘》：「夫自天觀象，昏旦之刻未分。」李善注引《五經要義》：「日入後漏三刻爲昏，日出前漏三刻爲明。」（《六臣注文選》卷五六）朱衣：朱衣吏。貴戚、大臣出行的前導之吏，因著朱衣，故稱。唐鄭谷《獻制誥楊舍人》：「隨行已有朱衣吏，伴直多招紫閣僧。」

〔三〕息歌吹：停止歌唱、演奏等娛樂活動。

〔四〕街官閭吏：指沙堤所經街坊的官吏。傳呼：傳遞呼告宰相出行。

〔五〕白麻：一種用檾麻製造的專供翰林學士起草詔書的紙張。宋葉夢得《石林燕語》（卷三）：「唐中書制詔」用黄紙，「學士制不自中書出，故獨用白麻紙而已，因謂之『白麻』」。《新唐書·百官志一》（卷四六）：「凡拜免將相、號令征伐，皆用白麻。」移相印：謂罷相。新堤：指爲裴度復相而修築的沙堤。舊堤：指爲前任宰相修築的沙堤。二句謂裴度始復相又被罷免。事在長慶二年，裴度與元稹有隙而遭李逢吉黨陷害，俱罷相。《舊唐書・于方傳》（卷一五六）：「元稹作相，欲以其策平河朔群盜，方以策畫干稹。而李逢吉之黨欲傾裴度，乃令人告稹欲結客刺度。事下法司，按鞫無狀，而方竟坐誅。」同書《元稹傳》（卷一六六）：「長慶二年（二月），拜平章事。……神策軍中尉奏于方之事，乃詔三司使韓皋等訊鞫，而害裴事無驗，而前事盡露，遂俱罷稹、度平章事，乃出稹爲同州刺史，度守僕射。」同書《裴度傳》（卷一七〇）：「（長慶）二年三月，度（自太原）至京師」，「守司徒、同平章事，復知政事」，尋「罷元稹爲同州刺史，罷度爲左僕射，李逢吉代度爲宰相」。同書《穆宗本紀》：「（長慶二年六月）甲子，司徒、平章事裴度守尚書右僕射，工部侍郎、平章事元稹爲同州刺史。」

【繫　年】

作於長慶二年（八二二）六月，時張籍在水部員外郎任。按：詩寫裴度始復相又被罷免，流露出詩人的遺憾和不平。

求仙行〔一〕

漢皇欲作飛仙子，年年採藥東海裏。〔二〕蓬萊無路海無邊，方士舟中相枕①死。〔三〕招摇在

天迴②白日，甘泉玉樹無仙實。〔四〕九皇③真人終不下，空向離宫祠太乙④。〔五〕丹田有氣凝素華，君能保之昇絳霞。〔六〕

【校　記】

① 枕：樂府（卷九五）、宋本作「就」。

② 迴：樂府、宋本作「因」，品彙（卷三四）、庫本作「囙」。

③ 皇：席本作「華」。

④ 太乙：樂府、宋本、席本作「太一」。

【注　釋】

〔一〕求仙行：張籍自創的新樂府題。《樂府詩集》收入卷九五《新樂府辭六》。行，詩歌（樂府）體裁之一種。詳《傷歌行》（卷一）注釋〔一〕。

〔二〕漢皇：指漢武帝劉徹。採藥：求得仙人不死之藥。《史記・孝武本紀》（卷一二）載，元光二年（公元前一三三年），「少君言於上曰：『祠竈則致物，致物而丹沙可化爲黄金，黄金成以爲飲食器則益壽，益壽而海中蓬萊仙者可見，見之以封禪則不死，黄帝是也。臣嘗游海上，見安期生，食臣棗，大如瓜。安期生仙者，通蓬萊中，合則見人，不合則隱。』於是天子始親祠竈，而遣方士入海求蓬萊安期生之屬」，後多次派船入海訪求仙人。

〔三〕蓬萊：傳説中的海上仙山。《史記·封禪書》（卷二八）：「自威、宣、燕昭使人入海求蓬萊、方丈、瀛洲。此三神山者，其傳在勃海中。」方士：所謂能訪仙煉丹以求長生的方術之士。相枕死：彼此枕藉而死。以上四句揭露漢武帝海上求仙的荒誕。

〔四〕招摇：星名，即北斗第七星摇光。《禮記·曲禮上》：「招摇在上。」孔穎達疏：「《春秋運斗樞》云：『北斗七星，第一天樞，第二旋，第三機，第四權，第五衡，第六開陽，第七摇光。』案此摇光則招摇也。」「招摇」句謂斗轉星移，日月運行。以時光不能停留，喻人之不能違道逆天而不死。甘泉：漢宫名。在今陝西淳化縣西北甘泉山上。《三輔黄圖·漢宫》（卷二）引《關輔記》：「林光宫，一曰甘泉宫，秦所造，在今池陽縣西故甘泉山，宫以山爲名（或曰高泉山，蓋習俗語訛爾）。宫周匝十餘里。漢武帝建元中增廣之，周十九里。」玉樹：所指説法不一。《三輔黄圖·漢宫》（卷二）：「今按甘泉谷北岸有槐樹，今謂玉樹，根幹盤峙，三二百年木也。楊震《關輔古語》云：『耆老相傳，咸以謂此樹即揚雄《甘泉賦》所謂『玉樹青葱』也。」又，漢揚雄《甘泉宫賦》：「翠玉樹之青葱。」李善注：「《漢武帝故事》曰，上起神屋，前庭植玉樹，珊瑚爲枝，碧玉爲葉。」（《六臣注文選》卷七）

〔五〕九皇：傳説遠古的九個帝王。《史記·孝武本紀》（卷一二）：「（漢武帝）欲放黄帝以嘗接神仙人蓬萊士，高世比德於九皇。」裴駰集解引韋昭曰：「上古人皇者九人也。」真人：道家稱存養本性或修真得道的人。《莊子・大宗師》：「古之真人，其寢不夢，其覺無憂，其食不甘，其息深深。……古之真人，不知説生，不知惡死，其出不訢，其入不距。翛然而往，翛然而來而已矣。」神仙家以之稱仙人。《史記・秦始皇本紀》（卷六）：「盧生説始皇曰：『臣等求芝奇藥仙者常弗遇，類物有害之者。方中，人主時爲微行以辟惡鬼，惡鬼辟，真人至。人主所居而人臣知之，則害於神。真人者，入水不濡，入火不爇，陵雲氣，與天地久長。今上治天下，未能恬倓。願上所居宫毋令人知，然後不死之藥殆可得也。』於是始皇曰：『吾慕真人，自謂「真人」，不稱「朕」。』」離宫：正宫之外供帝王出巡時居住的宫室。此指甘泉宫。太乙：天神名。亦作「太一」、「泰一」。《史記・孝武本紀》（卷一二）：「亳人薄誘忌，奏祠泰一方，曰：『天神貴者泰一，泰一佐曰五帝。……』於是天子令太祝立其祠長安東南郊，常奉祠如忌方。」司馬貞索隱：「宋均以爲天一、太一，北極之别名。」以上四句揭露漢武帝宫中求仙的愚妄。《資治通鑑・漢紀・孝武帝元狩四年》（卷一九）：「齊人少翁，以鬼神方見上。……乃拜少翁爲文成將軍，賞賜甚多，以客禮禮之。文成又勸上作甘泉宫，中爲臺室，畫天、地、太一諸鬼神而置祭具，以致天神。居歲餘，其方益衰，神不至。」

〔六〕丹田：人身臍下三寸處，道教認爲是元氣凝聚之地。《太上黄庭外景經・上部經》：「呼吸廬間入丹田。」務成子注：「呼吸元氣會丹田中。丹田中者，臍下三寸陰陽户，俗人以生子，道人以生身。」（《雲笈七籤》卷一二）素華：白花。《楚辭・九歌・少司命》：「秋蘭兮蘼蕪，羅生兮堂下。緑葉兮素華，芳菲菲兮襲予。」此指元氣彙聚丹田所形成的神異的素華之狀。《靈寶洞玄自然九天生神章經·寂然兜術天生神章》：「神公攝游氣，飄飄練素華。」（《雲笈七籤》卷一六）二句謂能夠節欲養身，保住自身元氣，便能昇霞成仙，不勞求仙服藥。

【繫　年】

當作於元和末。《舊唐書·憲宗本紀下》（卷一五）載：元和十三年十一月「丁亥，以山人柳泌爲台州刺史，爲上於天台山採仙藥故也。制下，諫官論之，不納」；次年十一月，「上服方士柳泌金丹藥，起居舍人裴潾上表切諫」，「己亥，貶裴潾爲江陵令」；「十五年春正月甲戌朔，上以餌金丹小不豫，罷元會」，「上自服藥不佳，數不視朝」，庚子夕「崩於大明宫之中和殿，享年四十三」。此詩較《學仙》（卷七）更具諷諭性，然白居易元和九年冬所作《讀張籍古樂府》稱贊《學仙》「可諷放佚君」卻未提及此詩，可佐證。按：詩借漢寫唐，諷諭憲宗迷信方士求仙。

古釵歎①〔一〕

古②釵墮③井無顔色，百尺泥中今復得。鳳凰宛轉有④古儀，〔二〕欲爲首飾不稱時。女伴傳看不知主⑤，羅袖拂拭生光輝。蘭膏已盡股半折，雕文刻樣無年月。〔三〕雖離井底入匣中，

不用還與墜時同。〔四〕

【校　記】

① 古釵歎：陸本作「寶釵曲」；古，全詩校「一作寶」。

② 古：陸本、席本作「寶」。

③ 墮：席本作「墜」。

④ 有：陸本作「太」。

⑤ 不知主：席本作「玉窓下」。

【注　釋】

〔一〕古釵歎：張籍自創的新樂府題。歎，詩歌（樂府）體裁之一種。詳《雜怨》（卷一）注釋〔一〕。

〔二〕鳳凰：傳説中的百鳥之王。雄曰鳳，雌曰凰，通稱鳳凰。此指釵的鳳凰形狀或所鏤鳳凰圖案。宛轉：動人貌。形容鳳凰栩栩如生。古儀：古時的式樣、形制。

〔三〕蘭膏：見《白紵歌》（卷一）注釋〔四〕。此指粘附於釵上的潤髮油。股半折：兩股折斷一股。二句謂釵已損壞，從雕紋刻樣不能判斷其製作的年月。

〔四〕二句當有所諷諭。

【集　評】

（宋）劉辰翁：「好。」（《唐詩品彙》卷三四引）

（明）鍾惺評末二句：「達甚。」（《唐詩歸》卷三〇）

（明）顧璘評三四句：「古道難用，可哀。」評末二句：「士貴得行其志。」（陶文鵬等點校《唐音評注·正音》卷二）

（明）許學夷：見《征婦怨》（卷一）「集評」。

（明）周珽：「惟儀不稱時，故不爲人所用；不用則匣中與在井底何異？故士貴得時以行其志；否則岩穴與貶黜，胡鴻鉅之足負也！」（明周珽輯《删補唐詩選脉箋釋會通評林》卷二四）

（明）邢昉：「與仲初《鞦韆》結語同一法。」（《唐風定》一一）

（清）賀裳：「張《古釵歎》曰：『古釵墮井無顔色……不用還與墜時同。』王《開池得古釵》曰：『美人開池北堂下……還似前人初得時。』王詩作驚喜之意，亦佳。尤妙在暗想墮地時啼，思路周折。至學梳古髻，尤肖嬌憨之態。然意盡于得釵。張所寄託便在弦指之外，令人想見淮陰典連敖，鳳雛治耒陽時也。」（《載酒園詩話又編》「張籍王建」條）

（清）宋宗元評末二句：「此爲見遇而未盡其用者寫照。」（《網師園唐詩箋》卷六）

【同　唱】

王建《開池得古釵》：「美人開池北堂下，拾得寶釵金未化。鳳凰半在雙股齊，鈿花落處生黄泥。當時墮地覓不得，暗想窗中還夜啼。可知將來對夫婿，鏡前學梳古時髻。莫言至死亦不遺，還似前人初得時。」（全詩卷二九八）

按：二詩題目、内容、藝術表現皆相似。

各東西①〔一〕

游人别，一東復一西。出門相背兩不返，惟②信車輪與馬蹄。〔二〕道路悠悠不知處，山高海闊誰辛苦。〔三〕遠游不定難寄書，日日空尋别時語。浮雲上天雨墮③地，暫時會合終離異。〔四〕我今與子非一身，安得死生不相棄。〔五〕

【校　記】

① 席本題作「各東西言」。
② 惟：樂府（卷九五）、宋本、席本作「唯」。
③ 墮：席本作「墜」。

【注　釋】

〔一〕各東西：張籍自創的新樂府題。《樂府詩集》收入卷九五《新樂府辭六・樂府雜題六》。

〔二〕信：任憑，聽任。「惟信」句狀寫别後的悲傷。

〔三〕悠悠：綿延不盡貌。魏徐幹《室思詩》：「峨峨高山首，悠悠萬里道。」誰：猶「何」、「何其」。

〔四〕二句以雲升雨降比喻與友人不能免於離别。

〔五〕非一身：謂各奔前程。相棄：分離。二句化用東漢徐淑《答夫秦嘉書》：「身非形影，何得動而輒俱？體非比目，何得同而不離？」

【繫　年】

此詩當是張籍自我經歷的寫照，作於其早期求學或漫游時期。按：詩寫旅中别友的悲傷。

【集　評】

(宋)劉辰翁：「其不及王建者，材不盡也。然各自得體。」(《唐詩品彙》卷三四引)

(明)謝榛：「秦嘉妻徐淑曰：『身非形影，何得動而輒俱；體非比目，何得同而不離。』陽方曰：『惟願長無别，合形作一身。』駱賓王曰：『與君相向轉相親，與君雙栖共一身。』張籍曰：『我今與子非一身，安得死生不相棄？』何仲默曰：『與君非一身，安得不離别？』數語同出一律，仲默尤爲

簡妙。」(《四溟詩話》卷一)

(明)許學夷:見《征婦怨》(卷一)「集評」。

(明)陸時雍:「老氣。『日日空尋別時語』,此語最至。」(《唐詩鏡》卷四一)

(明)唐汝詢:「此爲途中相遇而別,故以『各東西』名篇。蓋彼此皆客也。上言情不能忘,想其別時之語;下以雲雨爲比,歎其暫合而離。末復以不得作一身爲恨。語極狎昵,恐非別友之作,其《蔓草》之遺風歟?」(《唐詩解》卷一八)

(明)唐汝詢:「『日日空尋』句,想頭好。『浮雲上天』四語,寬譬語,極狎昵,恐非别友之作,其《蔓草》之遺風歟?」(明周珽輯《删補唐詩選脉箋釋會通評林》卷二四)

(明)周敬:「張公七言古好作近人語,亦善作痛人語。」(同上)

(明)楊慎:「『我今與子非一身』,直而憤。何仲默『與君非一身,安得不離别?』本此。」(同上)

(明)吴山民:「寫情真切,但在樂府中欠厚。」(同上)

(明)周珽:見《車遥遥》(卷一)「集評」。

(清)吴昌祺:「結是達觀語,唐(汝詢)謂爲狎昵,似太苛,故删之。」(《删訂唐詩解》卷一〇)

節婦吟①〔一〕

君知妾有夫,贈妾雙明珠。感君纏綿意,繫在紅羅襦。〔二〕妾家高樓連苑起,良人執戟明光②裏。〔三〕知君用心如日月，〔四〕事夫誓擬同生死。還君明珠雙淚垂，何不相逢未嫁時。

【校　記】

①節婦吟：文粹（卷一二）、事聚（前集卷三〇）、紀事（卷三四）、品彙（卷三四）後有「寄東平李司空」，劉本、陸本、席本、全詩後有「寄東平李司空師道」，劉克莊《後村詩話》（新集卷三）作「還珠吟」；事聚題注「辭辟命作」。

②明光：紀事作「光明」。

【注　釋】

〔一〕節婦吟：張籍自創的新樂府題。《樂府詩集》收入卷九五《新樂府辭六・樂府雜題六》。吟，詩歌（樂府）體裁之一種。詳《雜怨》（卷一）注釋〔一〕。按：異題所謂「東平」，指鄆州（治今山東鄆城縣東），唐淄青節度使治所。《舊唐書・地理志一》（卷三八）：「天寶元年，改鄆州爲東平郡。乾元元年，復爲鄆州。」異題所謂「司空」，官名，三公之一，唐代名爲職事官，實爲虛銜。《舊唐書・職官志二》（卷四三）：「太尉、司徒、司空各一員。謂之三公，並正一品。……隋初亦置府僚，尋省府僚，初拜於尚書省上，唐因之。武德初，太宗爲之，其後親王拜三公，皆不視事，祭祀則攝者行也。三公，論道之官也。蓋以佐天子理陰陽、平邦國，無所不統，故不以一職名其官。大祭祀，則太尉亞獻，司徒奉俎，司空掃除。」異題所謂「師道」，當爲「師古」之誤，詳「繫年」。李師古，高麗人，平盧淄青節度使，貞元末嘗圖謀自立。《舊唐書·李師古傳》（卷一二四）：「師古雖外奉朝命，而嘗畜侵軼之謀，招集亡命，必厚養之，其得罪於朝而逃詣師古者，因即用之。」

〔二〕羅襦：絲綢縫製的短衣或短襖。襦有單、複，單者類似衫，複者類似襖。周錫保《中國古代服飾史·隋唐服飾》（第七章）：「隋、唐時婦女的日常服飾，大都以上身著襦、襖、衫，而下身束裙子。」李建崑《張籍詩集校注》：「唐代女襦常見之式樣有袒胸襦、圓領襦、對領半袖襦、交領長袖襦，仕女無論貴賤，皆好尚之。」

〔三〕良人：對丈夫的稱呼。《孟子·離婁下》：「其良人出，則必饜酒肉而後反。」趙岐注：「良人，夫也。」執戟：謂侍衛君王。《後漢書·百官志二》：「凡郎官皆主更直執戟，宿衛諸殿門。」明光：漢代宮殿名。《三輔黄圖·北宮》（卷三）：「明光宮，武帝太初四年秋起，在長樂宮後，南與長樂宮相連屬。」此泛指宮殿。二句極言夫君富貴。

〔四〕用心如日月：謂情意誠懇，如日月之明。

【繫　年】

作於永貞元年（八〇五）夏秋間。陸本、席本、全詩詩題所謂「李司空師道」，宋洪邁《容齋三筆》

（卷六）「張籍陳無己詩」條載爲李師古：「張籍在他鎮幕府，鄆帥李師古又以書幣辟之，籍卻而不納，而作《節婦吟》一章以寄之。」當是。關於張籍辭辟幣，姚合《贈張籍太祝》云：「甘貧辭聘幣，依選授官資。」知事在元和元年張籍「依選」調補太常太祝前或太祝秩滿而「依選」待授他官時。《舊唐書·憲宗本紀下》（卷一五）載，元和十一年（八一六）十月「鄆州李師道加檢校司空」，時張籍已爲國子監助教，則張籍所辭者斷非李師道。師古，師道異母兄。《舊唐書·順宗本紀》（卷一四）載，貞元二十一年三月戊寅「兼檢校司空」，七月丙子「加檢校侍中」；同書《憲宗本紀上》（卷一四）載，元和元年「閏六月壬子朔，淄青李師古卒」。其爲檢校司空時，張籍正「依選」（守選）待官。可見張籍所辭者乃李師古，事在永貞元年三月到次年張籍調補太常太祝之間（不遲於元和元年閏六月）。又，尋繹姚合詩句，時當在張籍「冬集」（十月）前。卞孝萱《張籍簡譜·永貞元年》：「本年或稍後，作《節婦吟》，寄李師古，拒絕其書幣之辟。」羅聯添《張籍年譜·貞元二十一年》：「作《節婦吟》詩寄鄆州李師古，疑在本年。」貞元二十一年即永貞元年。按：所謂「李司空師道」或本於北宋末王銍《四六話》（卷上）：「唐張籍用裴晉公薦爲國子博士，而東平帥李師道辟爲從事，籍賦《節婦吟》見志以辭之。」此説與史實不符。張籍《祭退之》：「我官麟臺中，公爲大司成。念此委末秩，不能力自揚。特狀爲博士，始獲升朝行。」知籍爲國子博士乃韓愈而非裴度所薦（韓今存《舉薦張籍狀》），且時在元和十五年（八二〇）九月至長慶元年七月韓愈爲「大司成」即國子祭酒期間，而師道早在元和十四年二月被劉悟斬殺。此説與姚合《贈張籍太祝》所載亦不符。又按：詩擬漢樂府《陌上桑》，以節婦自比，婉辭李師古之延聘。

【集評】

（宋）洪邁：「陳無己爲潁州教授，東坡領郡，而陳賦《薄命妾》篇，言爲曾南豐作，其首章云：『主家十二樓，一身當三千。古來妾薄命，事主不盡年。起舞爲主壽，相送南陽阡。忍著主衣裳，爲人作春妍？有聲當徹天，有淚當徹泉。死者恐無知，妾身長自憐。』全用籍意。」（《容齋三筆》卷六「張籍陳無已詩」條）

（宋）劉克莊：「張籍《還珠吟》爲世所稱，然古樂府有《羽林郎》一篇，後漢辛延年所作，云：『昔有霍家奴，姓馮名子都。……多謝金吾子，私愛徒區區。』籍詩本此，然青于藍。」（《後村詩話·前集》卷一）

（宋）劉辰翁：「好自好，但亦不宜繫。」（《唐詩品彙》卷三四引）

（明）瞿佑：「張文昌《還珠吟》：『君知妾有夫……何不相逢未嫁時。』予少日嘗擬樂府百篇，《續還珠吟》云：『妾身未嫁父母憐，妾身既嫁室家全。十載之前父爲主，十載之後夫爲天。平生未省窺門户，明珠何由到妾邊？還君明珠恨君意，閉門自咎涕漣漣。』鄉先生楊復初見而題其後云：『義正詞工，使張籍見之，亦當心服。』又爲序其編首，而百篇皆加評點，過蒙與進。先生元末鄉貢進士，洪武間擢知荆門州，卒於官。」（《歸田詩話》卷上「還珠吟」條）

(明)王世貞:「『還君明珠雙淚垂,恨不相逢未嫁時』,可謂能怨矣。宋人乃以繫雙羅襦少之。若爾,則所謂『舒而悅悅兮,毋使尨也吠』,可稱難犯之節乎哉?」(《藝苑卮言》卷四)

(明)胡應麟:詳《征婦怨》(卷一)「集評」。

(明)鍾惺:「節義肝腸,以情款語出之。妙!妙!」(《唐詩歸》卷三〇)

(明)何良俊:「張籍長於樂府,如《節婦吟》等篇,真擅場之作。」(《四友齋叢説》卷二五)

(明)唐汝詢:「《容齋三筆》云:張籍在他鎮幕府,鄆帥李師道又以書幣辟之,籍卻而不納,而作《節婦吟》詩以寄之。繫珠于襦,心許之矣。以良人貴顯而不可背,是以卻之。然還珠之際,涕泣流連,悔恨無及,彼婦之節,不幾岌岌乎? 夫女以珠誘而動心,士以幣征而折節,司業之識淺矣哉!」(《唐詩解》卷一八)

(明)陸時雍:「稔是情語。」(《唐詩鏡》卷四一)

(明)周珽:「平裹婉辭,既堅己操,復不激人之怒,即雲長公事劉,有死不變,猶志在報效曹公之意。唐解謂繫珠于襦,業已心許,還珠垂淚,悔恨無及,其識淺矣,恐昧文昌勵節本心。」(明周珽輯《删補唐詩選脉箋釋會通評林》卷二四)

(明)郭濬:「前四句是樂府,結句情深,卻非盛唐口吻。」(同上)

(清)吴昌祺:「繫珠者淚之由也,且一幕而以婦自況,學於昌黎者如是耶!」(《删訂唐詩解》卷一〇)

（清）毛先舒：「張籍《節婦吟》，亦淺亦雋；《吴宫怨》無中生有，得青蓮之遺。餘作亦有工妙。大抵于結處正意悉出，慮人不知，露出卑手。」（《詩辯坻》卷三）

（清）賀貽孫：「張文昌《節婦吟》云：『君知妾有夫……恨不相逢未嫁時。』此詩情辭婉戀，可泣可歌。然既垂淚以還珠矣，而又恨不相逢於未嫁之時，柔情相牽，展轉不絶，節婦之節危矣哉！文昌此詩，從《陌上桑》來，『恨不相逢未嫁時』，即《陌上桑》『使君自有婦，羅敷自有夫』意。然『自有』二語甚斬絶，非既有夫而又恨不嫁此夫也。『良人執戟明光裏』，即《陌上桑》『東方千餘騎，夫婿居上頭』意。然《陌上桑》妙在既拒使君之後，忽插此段，一連十六句，絮絮聒聒，不過盛誇夫婿以深絶使君，非既有『良人執戟明光裏』，而又感他人『用心如日月』也。忠臣節婦，鐵石心腸，用許多折轉不得，吾恐詩與題不稱也。或曰文昌在他鎮幕府，鄆帥李師古又以重幣辟之，不敢峻拒，故作此詩以謝。然則文昌之婉戀，良有以也。」（《詩筏》）

（清）吴瑞榮：「此詩之旨，見已委身於人，未便以新間舊，大義凜然，可想其品。」（《唐詩箋要後集》卷四）

（清）賀裳：「（劉）須溪評詩極佳，然亦有過當處。如張司業《節婦吟》：『君知妾有夫……何不相逢未嫁時！』此詩一句一轉，語巽而峻，深得《行露》、『白茅』之意。劉須溪曰：『好自好，但亦不宜繫。』余謂此説不惟苛細，兼亦不諳事宜。此乃寄東平李司空作也。籍已在他鎮幕府，鄆帥又以書幣聘之，故寄此詩。通篇俱是比體，繫以明國士之感，辭以表從一之志，兩無所負。必如所云，則漢皋之駒亦不宜秣，《摽梅》之迨吉迨今，何急不能待也！詩人之言，可如是執乎！此種意見，與見饋牛酒而謂范睢者何異？」「黄白山評：『按李司空即李師道，乃河北三叛鎮之一。張籍自負儒者之流，豈宜失身於叛臣，何論曾受他鎮之聘與否耶！張雖卻而不赴，然此詩詞意未免周旋太過，不止如須溪所譏。安有以明珠贈有夫之婦，而猶謂其「用心如日月」者？且推「相逢未嫁」之語，脱未受他人聘，即當赴李帥之召，恐昌黎《送董邵南》又當移而贈文昌矣。』」（《載酒園詩話》卷一「劉須溪」條）

（清）吴喬：「余友賀黄公曰：『嚴滄浪謂「詩有别趣，非關理也」，而理實未嘗礙詩之妙。……』喬謂唐詩有理，而非宋人詩話所謂理；唐詩有詞，而非宋人詩話所謂詞。大抵賦須近理，比即不然，興更不然，『靡有孑遺』、『有北不受』可見。又如張籍辭李司空辟詩，考亭嫌其『感君纏綿意，繫在紅羅襦』。若無此一折，即淺直無情，是爲以理礙詩之妙者也。」（《圍爐詩話》卷一）

（清）吴喬：「張籍辭李師道辟命詩，若無『感君纏綿意，繫在紅羅襦』二語，即徑直無情。朱子譏之，是講道理，非説詩也。」（同上卷三）

（清）王堯衢：「雙明珠，厚贈也。知妾有夫，而故贈之，非義處在『知』字。纏綿，思亂貌。襦，短衣，非正服也。且不拒絶，繫在羅襦，聊以志感，亦情之能動人也。」「此以大義曉之。高樓連帝苑而起，見非小家。良人執戟爲郎，侍衛明光殿裏，現是職官。知君用心明如日月，豈不知婦人從一而終，事夫與同生死。乃有此非義之贈也。」「乃解下雙珠奉還，而酬以雙淚。蓋妾自守義，不爲情屈，君雖用情，當以義制。明珠之贈，君意良厚矣，然不相逢於未嫁之時，豈宜受珠？妾恨君逢妾晚也。此張籍卻李師古聘，托言如此。」「此篇五七言，後以兩句結，卻有餘韻，妙在言外。」（《唐詩合解箋注》卷三）

（清）沈德潛：「仲初《當窗織》云：『當窗却羨青樓倡，十指不動衣盈箱。』人即無志節，何至羨青樓倡耶？文昌《節婦吟》云：『感君纏綿意，繫在紅羅襦。』贈珠者知有夫而故近之，更褻於羅敷之使君也，猶感其意之纏綿耶？雖云寓言贈人，何妨圓融其辭；然君子立言，故自有則。」（《説詩晬語》卷上第九八條）

（清）沈德潛：「文昌有《節婦吟》，時在他鎮幕府，鄆帥李師道以書幣聘之，因作此詞以卻。然玩辭意，恐失節婦之旨，故不録。」（《重訂唐詩別裁集》卷八）

（清）徐增：「《陌上桑》妙在直，此詩妙在婉。文昌真樂府老手。」（《而菴説唐詩》卷六）

（清）史承豫：「婉而直，得風人寫托之旨。」（《唐賢小三昧集》，轉引自陳伯海主編《唐詩彙評》）

（清）黄周星：「雙珠繫而復還，不難於還，而難於繫。繫者知己之感，還者從一之義也。此詩爲文昌卻聘之作，乃假托節婦言之。徒令千載之下，增才人無限悲感。」（《唐詩快》卷七）

（清）李鍈：「古意新聲，音節劇佳。『繫在紅羅襦』脱胎於古詩『不惜紅羅裂』等句，蓋文昌因卻司空之聘而托言，以志其感也；亦可托於貞不絶俗之義。吾鄉趙文潛以爲君子立言有則，譏其非節婦所宜，雖涉苛刻，自是正論，學者律身貴嚴，亦不可不知。」（《詩法易簡録》卷六）

（清）曹錫彤：「李師道自爲節度使，治東平郡，憲宗加檢校司空。張籍在他家幕府，見聘弗從，乃寄詩，而師道尋見夷滅。」評五至八句：「良人，夫稱。執戟，備宿衛也。明光，宫名。《史記·屈原傳》曰：『推此志也，雖與日月爭光可也。』此言已無私心以正師道之心，蓋以申明首句妾有夫之義。」評末二句：「此以卻聘意結，蓋以申言次韻感繫之義也。」（《唐詩析類集訓》卷七）

（清）宋宗元：「他鎮幕府鄆帥李師道以書幣聘之故，作是詩以卻。有謂其詞意失節婦之旨者，竊不以爲然。婦未嫁時，則人盡夫耳，垂淚還珠，用心亦正如日月，至或又獨摘其『繫』字爲訾，尤拘腐之論，若然，則柳下坐懷當何説以解？」（《網師園唐詩箋》卷六）

（清）葉矯然：「張文昌樂府擅場，然有不滿者。如《節婦吟》云：『君知妾有夫……繫在紅羅襦。』又云：『還君明珠雙淚垂，何不相逢未嫁時。』此婦人口中如此，雖未嫁，嫁過畢矣。或云文昌卻鄆帥李師道之聘，有托云然。但勝理之詞，不可訓也。楊廉夫辭明祖之徵，賦《老客婦行》以見志云：『少年嫁夫甚分明，夫死獨存舊箕帚。』得之矣。」（《龍性堂詩話·初集》）

（清）余成教：見《行路難》（卷一）「集評」。

（清）陶元藻：「余往年選《唐詩楷》，深怪張文昌《節婦吟》措詞不善，謂以珠繫襦固非，還珠垂淚更謬，並譏其命題亦欠斟酌。後見他本作《還珠吟》，題則妥矣，而詩終有病。及見瞿存齋《續還珠吟》云：『妾身未嫁父母憐，妾身既嫁室家全。十載之前父爲主，十載之後夫爲天。平生未省窺門户，明珠何由到妾邊？還君明珠恨君意，閉門自咎涕漣漣。』末二句『恨君』字固佳，『自咎』字更妙，

『涕漣漣』與『雙淚垂』，兩哭亦迥然不同。如此命詞措意，作《還珠吟》可也，即作《節婦吟》亦可也。先得我心，爲之折服。」（《晁亭詩話》卷上）

（清）沈濤：「張文昌《節婦吟》：『還君明珠雙淚垂，何不相逢未嫁時。』正與達情知禮意合，而歸愚詆之，是必如瞿宗吉《續還珠吟》方爲得體，尚成何語耶？」（《匏廬詩話》卷上）

讌客詞〔一〕

上客不用顧金羈，〔二〕主人有酒君莫違。請君看取園中花，〔三〕地上漸多枝上稀。山頭樹影①不見石，溪水無風映更②碧。〔四〕人人齊醉起舞時，誰覺翻衣與倒幘？〔五〕明朝花盡人已去，此地獨來空繞樹。〔六〕

【校　記】

①樹影：文粹（卷一五上）、陸本作「樹緑」，席本作「緑樹」。

②映更：文粹、庫本、全詩作「應更」，陸本作「晚更」，席本作「映天」。

【注　釋】

〔一〕讌客詞：張籍自創的新樂府題。讌，同「宴」。詞，詩歌（樂府）體裁之一種。詳《雜怨》（卷一）

注釋〔一〕。

〔二〕顧金羈：謂欲策馬離去。金羈，金飾的馬絡頭。三國曹植《白馬篇》：「白馬飾金羈，連翩西北馳。」

〔三〕看取：看。取，助詞，無義。唐孟浩然《題大禹寺義公禪房》：「看取蓮花浄，應知不染心。」

〔四〕「山頭」句：謂山頭爲葱蘢茂密的樹木覆蓋。映：謂「樹影」掩映。

〔五〕翻衣倒幘：謂衣冠不整。翻衣，露出衣裏。倒幘，弄亂頭巾。幘，古代包紥髮髻的巾。漢蔡邕《獨斷》（卷下）：「幘者，古之卑賤執事不冠者之所服也……元帝額有壯髮，不欲使人見，始進幘服之，群臣皆隨焉，然尚無巾，如今半幘而已。」《隋書·禮儀志六》（卷一一）：「幘，尊卑貴賤皆服之。文者長耳，謂之介幘；武者短耳，謂之平上幘。」二句寫酒醉起舞之狀。

〔六〕二句寫主人想像明天孤獨淒涼之景。

【集評】

（明）顧璘：「磊落風流，非晚唐局束可類。」（陶文鵬等點校《唐音評注·正音》卷二）

永嘉行〔一〕

黄頭鮮卑入洛陽，胡兒持①戟升明堂。〔二〕晉家天子作降虜，公卿奔走②如驅羊③。〔三〕紫陌旌旛暗相觸，家家雞犬驚上屋。〔四〕婦人④出門隨亂兵，夫死眼前不敢哭。九州諸侯自顧⑤土，〔五〕無人領兵來⑥護⑦主。北人避胡皆⑧在南，南人至今能晉語。〔六〕

【校　記】

①持：全詩作「執」。

②奔走：文粹（卷一二二）、樂府（卷九三）、宋本、品彙（卷三四）、石倉（卷五九）、陸本作「齊走」，席本作「齊去」，全詩校「一作盡去」。

③如驅羊：文粹、樂府、宋本、品彙、石倉、全詩、庫本作「如牛羊」，席本作「驅牛羊」。

④婦人：品彙作「婦今」，石倉作「妾今」。

⑤自顧：文粹、樂府、宋本、陸本作「自曠」，庫本作「驚曠」。

⑥來：宋本作「士」。

⑦護：劉本、庫本作「顧」。

⑧皆：文粹、樂府、宋本、品彙、石倉、席本、全詩作「多」。

【注　釋】

〔一〕永嘉行：張籍自創的新樂府題。《樂府詩集》收入卷九三《新樂府辭四·樂府雜題四》，題解：

「《晉書》曰：『懷帝永嘉五年六月，劉曜、王彌陷洛陽，入于南宫，昇太極前殿，縱兵大掠，悉收宫人珍寶。曜於是害諸王公及百官已下三萬餘人，遷帝於平陽。劉聰以帝爲會稽公。』按劉元海本匈奴冒頓之後，曜其族子也。」永嘉，西晉懷帝年號。行，詩歌（樂府）體裁之一種。詳《傷歌行》（卷二）注釋〔一〕。

〔二〕黄頭：黄頭髮。南朝宋劉敬叔《異苑》（卷四）：「王敦既爲逆，頓軍姑孰，晉明帝躬往覘之。敦時晝寢，夢日環其城，乃卓然驚寤，曰：『營中有黄頭鮮卑奴來，何不縛取？』帝所生母荀氏燕國人，故貌類焉。」鮮卑：古代北方游牧民族之一。此借指劉曜叛軍。《晉書·劉元海載記》（卷一〇一）：「元海遂入都蒲子……上郡四部鮮卑陸逐延、氐酋大單于徵、東萊王彌及石勒等並相次降之，元海悉署其官爵。」洛陽：西晉都城。升：登。明堂：古代帝王宣明政教的地方。凡朝會、祭祀、慶賞、選士、養老、教學等大典，皆在此舉行。《孟子·梁惠王下》：「夫明堂者，王者之堂也。」此指西晉洛陽南宫太極前殿。參注釋〔一〕所引《樂府詩集》題解。

〔三〕「晉家」句：寫永嘉五年（三一一）六月晉懷帝於洛陽被劉曜俘虜。詳《晉書·孝懷帝紀》（卷五）。

〔四〕紫陌：京師的道路。清陳維崧《陳檢討四六·瀛臺賜宴詩序》（卷三）：「紫掖逶遲。」程師恭注引《宫闕志》：「天有紫微，人主象之，曰紫宫、紫禁、紫闥、紫掖，殿曰紫宸，京都之衢曰紫陌。」二句寫西晉軍隊潰散逃奔之狀。

〔五〕九州諸侯：指掌握兵權的西晉諸王和將領。自顧土：謂爲自己的領地與利益考慮。

〔六〕二句隱射安史之亂爆發後北方縉紳多逃亡南方。

【繫　年】

當作於張籍早年游寓洛陽期間，約貞元二年（七八六）。按：詩借古寫今，揭示安史叛亂、廣德元年（七六三）吐蕃入侵長安、建中四年（七八三）涇原兵變等戰亂帶給人民的深重災難，諷刺諸道將領與王公大臣勤王不力。《資治通鑑·唐紀·代宗廣德元年》（卷二二三）：十月，吐蕃寇京師，代宗「出幸陝州，官吏藏竄，六軍逃散」，「吐蕃剽掠府庫市里，焚閭舍，長安中蕭然一空」，「六軍散者所在剽掠，士民避亂，皆入山谷」。同書《唐紀·德宗建中四年》（卷二二八）：十月「丙午，涇原節度使姚令言將兵五千至京師」，亂，德宗「與王貴妃、韋淑妃、太子、諸王、唐安公主自苑北門出」，幸奉天。

【集　評】

（宋）曾季貍：「張籍樂府甚古，如《永嘉行》尤高妙。」（《艇齋詩話》）

（明）陸時雍：「張籍善作痛人語。」（《唐詩鏡》卷四一）

（清）賀裳：「張《將軍行》叙戰勝後曰：『擾擾惟有牛羊聲。』《關山月》曰：『軍中探騎暮出城，伏兵暗處低旌戟。』《永嘉行》曰：『紫陌旌旛暗相觸，家家雞犬飛上屋。』《廢宅行》曰：『宅邊青桑垂宛宛，野蠶食葉還成繭。黄雀銜草入燕窠，嘖嘖啾啾白日晚。去時禾黍埋地中，飢兵掘土翻重重。鴟梟養子庭樹上，曲牆空屋多旋風。』王《遠將歸》曰：『去願車輪遲，回思馬蹄速。』《涼州行》曰：『驅羊亦着錦爲衣，爲惜氊裘防鬬時。』《温泉宮行》曰：『禁兵去盡無射獵，日西麋鹿登城頭。梨園子弟偷曲譜，頭白人間教歌舞。』張之傳寫入微，王亦透快而妙。」（《載酒園詩話又編》「張籍王建」條）

採蓮曲〔一〕

秋江岸邊蓮子多，採蓮女兒凭①船歌。青房圓實②齊戢戢，〔二〕爭前競折漾微波③。試牽④緑莖下⑤尋藕，〔三〕斷處絲多刺傷手。白練束腰袖半卷，不插玉釵妝梳淺。〔四〕船中未滿度⑥前洲，借問阿誰⑦家住遠。〔五〕歸時共待暮潮上，自弄芙蓉還蕩槳。

【校　記】

① 凭：席本作「並」。

② 圓實：陸本、席本作「實圓」。

③ 漾微波：樂府（卷五〇）、陸本、席本作「蕩漾波」。

④ 牽：文粹（卷一三）、樂府、劉本、陸本、庫本作「索」。

⑤ 下：原本及文粹、樂府、劉本、庫本作「不」，據席本、全詩改。

⑥ 度：文粹、席本作「渡」。

⑦ 阿誰：樂府、陸本、席本作「誰家」。

【注釋】

〔一〕採蓮曲：南朝樂府西曲古題。《樂府詩集》收入卷五〇《清商曲辭七・江南弄中》，同卷梁武帝《江南弄七首》題解引《古今樂録》：「梁天監十一年冬，武帝改西曲，製《江南上雲樂》十四曲，《江南弄》七曲：一曰《江南弄》，二曰《龍笛曲》，三曰《採蓮曲》，四曰《鳳笛曲》，五曰《採菱曲》，六曰《游女曲》，七曰《朝雲曲》。」曲，詩歌（樂府）體裁之一種。詳《雜怨》（卷一）注釋〔一〕。

〔二〕青房：青色的蓮房。圓實：謂蓮子多而飽滿。戢戢：同「濈濈」，聚集貌。此謂蓮子密集。《詩經・無羊》：「爾羊來思，其角濈濈。」毛傳：「聚其角而息，濈濈然。」陸德明音義：「濈……亦作『戢』。」

〔三〕緑莖：蓮房下的梗子，上有刺。

〔四〕妝梳淺：謂梳妝簡易。

〔五〕度：通「渡」。借問：猶「詢問」。阿誰：猶言「何人」。《樂府詩集・横吹曲辭五・紫騮馬歌辭》（卷二二五）：「道逢鄉里人，家中有阿誰？」

【集　評】

（明）陸時雍：「村婦風味。」（《唐詩鏡》卷四一）

傷歌行①〔一〕

黄門詔下促收捕，京兆尹繫御史府。〔二〕出門無復部曲隨，〔三〕親戚相逢不容語。辭②成讁尉③南海州，〔四〕受命不得須臾留。身著青衫騎惡馬，東④門之外⑤無送者。〔五〕郵夫防吏急喧驅⑥，往往驚墮馬蹄下。〔六〕長安里中荒大宅，朱門已除十二戟。〔七〕高堂舞榭鎖管絃，美人遥望西南天。〔八〕

【校　記】

① 席本、全詩題注：「元和中楊憑貶臨賀尉。」

② 辭：席本作「詞」。

③ 讁尉：原本作「讁慰」，據文粹（卷一五下）、樂府（卷六二）、全詩等改。又，席本作「責尉」。

④東：全詩作「中」。

⑤外：文粹、樂府、品彙（卷三四）、陸本、席本作「東」。

⑥驅：品彙、劉本作「謼」，庫本作「嘩」。

【注釋】

〔一〕傷歌行：樂府雜曲歌辭古題。《樂府詩集》收入卷六二《雜曲歌辭二》，題解：「《傷歌行》，側調曲也。古辭傷日月代謝，年命遒盡，絶離知友，傷而作歌也。」歌行，古代樂府詩體之一種。南北朝後演變爲古詩之一體。音節、格律一般比較自由；採用五言、七言、雜言，形式也多變化。宋姜夔《白石詩説》：「守法度曰詩，載始末曰引，體如行書曰行，放情曰歌，兼之曰歌行。」明胡震亨《唐音癸籤・體凡》：「（樂府）題或名歌，亦或名行，或兼名歌行。歌，曲之總名。衍其事而歌之曰行。歌最古。行與歌行皆始漢，唐人因之。」明徐師曾《文體明辨序説・樂府》：「其放情長言，雜而無方者曰『歌』；步驟馳騁，疏而不滯者曰『行』；兼之曰『歌行』。」同書《近體歌行》：「歌行有有聲有詞者，樂府所載諸歌是也；有有詞無聲者，後人所作諸歌是也。」

〔二〕黄門：門下省。首長爲侍中。《舊唐書・職官志二》（卷四二）：「開元元年十二月，改……門下省爲黄門省，侍中爲監。」《新唐書・百官志二》（卷四七）：「（侍中）下之通上，其制有六：一曰奏鈔，以支度國用、授六品以下官、斷流以下罪及除免官用之；二曰奏彈……」促：迅速。

京兆尹：唐稱京都地區的行政長官。職權相當於郡太守。此指楊憑。御史府：御史臺。監察百官的機構。《通典・職官・御史臺》（卷二四）：「御史之名，周官有之……至秦漢，爲糾察之任。所居之署，漢謂之御史府，亦謂之御史大夫寺，亦謂之憲臺。……隋及大唐皆曰御史臺。」楊憑獲罪史書有載。《舊唐書・憲宗本紀上》（卷一四）：「（元和四年七月）壬戌，御史中丞李夷簡彈京兆尹楊憑前爲江西觀察使時贓罪，貶憑臨賀尉。」同書《楊憑傳》（卷一四六）：「詔曰：『楊憑頃在先朝，委以藩鎮……計錢累萬，曾不報聞……又營建居室，制度過差，侈靡之風，傷我儉德。……可守賀州臨賀縣尉同正，仍馳驛發遣。』……憑歸朝，修第於永寧里，功作併興，又廣蓄妓妾於永樂里之別宅，時人大以爲言。」

〔三〕出門：謂被拘離家。部曲：古代軍隊編制單位。《後漢書・百官志一》：「大將軍營五部，部校尉一人……部下有曲，曲有軍候一人，比六百石。」後借指部屬。《南史・張瓌傳》（卷三一）：「瓌宅中常有父時舊部曲數百。」

〔四〕辭：訟辭，供詞。《後漢書・袁安傳》（卷七五）：「是時英辭所連及繫者數千人。」南海州：指賀州。治所在臨賀縣（治今廣西賀縣東南賀街）。南海，古指極南地區。

〔五〕青衫：唐代八、九品官員所著官服。《舊唐書・太宗本紀下》（卷三）：「（貞觀四年）八月丙午，詔三品已上服紫，五品已上服緋，六品、七品以緑，八品、九品以青。」高宗時服制完善。《舊唐書・高宗本紀下》（卷五）：「（上元元年）敕文武官三品已上服紫，金玉帶；四品深緋，五品淺緋，並金帶；六品深緑，七品淺緑，並銀帶；八品深青，九品淺青，鍮石帶；庶人服黄，銅鐵帶。」唐著服依散官品階。宋胡仔《苕溪漁隱叢話·前集》（卷二一）引《蔡寬夫詩話》：「唐制：百官服色，不視職事官，而視其階官，九品與今制特異。」楊憑貶臨賀尉（從九品上），散階隨降，故著青衫。東門：指長安東面城門。無送者：《舊唐書·徐晦傳》（卷一六五）載，「憑得罪，貶臨賀尉，交親無敢祖送者，獨晦送至藍田，與憑言別」。

〔六〕郵夫：驛卒。防吏：擔負護衛任務的小官。二句寫楊憑赴貶所途中受辱的窘態。

〔七〕里：城邑市廛、街坊。此指楊憑所居永寧坊、永樂坊。詳注釋〔二〕所引《舊唐書·楊憑傳》。十二戟：唐代三品官員門前的儀仗。《唐六典·尚書禮部》（卷四）：「凡太廟、太社及諸宫殿門，各二十四戟；東宫諸門，施十八戟；正一品門，十六戟；開府儀同三司，嗣王，郡王，若上柱國、柱國帶職事二品已上及京兆、河南、太原府，大都督，大都護門，十四戟；上柱國、柱國帶職事三品已上，中都督府，上州，上都護門，十二戟；國公及上護軍、護軍帶職事三品，若下都督，中、下州門，各一十戟。」楊憑官京兆尹，從三品。

〔八〕高堂：指華屋。南朝梁吴筠《食移》：「今足下，居則廣廈高堂，連闥洞房。」鎖管絃：謂不再有歌舞。美人：指楊憑所「蓄姬妾」。西南天：臨賀在長安西南，故云。

【繫　年】

作於元和四年（八〇九）七月或稍後，時張籍在太常寺太祝任。按：詩寫京兆尹楊憑枉法而貶臨賀尉，譏諷不法者的可悲下場。

【集　評】

（明）胡震亨：「文昌樂府，只《傷歌行》詠京兆楊憑者是時事。建集並無。」（《唐音癸籤·評彙五》卷九）

（清）沈德潛：「此爲楊憑貶臨賀尉而作。憑爲京兆尹，廣蓄姬妾，築第逾制，爲人糾劾，貶之。」（《重訂唐詩別裁集》卷八）

吴宫怨〔一〕

吴宫四面秋江水，江清①露白芙蓉死。吴王醉後欲更衣，座上美人嬌不起。〔二〕宫中千門復萬户，君恩反復②誰能數。〔三〕君心與妾既不同，徒向君前作歌舞。茱萸滿宫紅實垂，秋風嫋嫋生繁枝。〔四〕姑蘇臺上夕燕罷，〔五〕它③人侍寢還獨歸。白日在天光在地，君今那④得長相棄？〔六〕

【校記】

① 清：陸本作「水」。

② 反復：樂府（卷九一）、品彙（卷三四）、陸本、席本、全詩、庫本作「反覆」，宋本作「返覆」。

③ 它：樂府、宋本、陸本、席本、庫本作「他」，全詩作「佗」。

④ 那：宋本作「誰」，樂府、陸本、席本作「詎」。

【注釋】

〔一〕吴宫怨：新樂府題。《樂府詩集》收入卷九一《新樂府辭二·樂府雜題二》。吴宫，吴王夫差的別宫。明王鏊等《姑蘇志·古跡》（卷三三）：「吴宫在長洲苑東南五十里，相傳吴王別宫。」怨，詩歌（樂府）體裁之一種。詳《雜怨》（卷一）注釋〔一〕。

〔二〕吴王：指夫差（前？—前四七三）。相傳夫差專寵越王勾踐所獻二美女西施、鄭旦，荒淫作樂，終爲越所滅而自殺。見漢趙曄《吴越春秋》。

〔三〕千門萬户：謂宫女極多。舊題南朝梁任昉《述異記》（卷上）：「吴王夫差築姑蘇之臺，三年乃成。周旋詰屈，横亘五里。……宫妓數千人。」反復：同「反覆」。誰能：猶言「豈能」、「怎能」。

〔四〕茱萸：落葉小喬木。開小黄花，果實橢圓形，紅色，香氣辛烈。古俗重陽節佩茱萸以祛邪辟惡。二句蓋暗用漢高帝宫女賈佩蘭得幸之典，寫深秋時節，茱萸滿宫，因無人取佩而繁枝摇曳、紅實累累之景，烘托失寵宫女孤寂懷舊，無限淒涼的心境。晉葛洪《西京雜記》（卷三）：「戚夫人侍兒賈佩蘭，後出爲扶風人段儒妻。……説在宫内時，嘗以絃管歌舞相歡娱，競爲妖服，以趣良時。十月十五日，共入靈女廟，以豚黍樂神，吹笛擊筑，歌《上靈》之曲。既而相與連臂踏地爲節，歌《赤鳳凰來》。至七月七日，臨百子池，作于闐樂。樂畢，以五色縷相羈，謂爲相連愛。八月四日，出雕房北户，竹下圍棋，勝者終年有福，負者終年疾病，取絲縷，就北辰星求長命乃免。九月九日，佩茱萸，食蓬餌，飲菊花酒，令人長壽。」

〔五〕姑蘇臺：臺名。故址在今蘇州吴縣姑蘇山上。《墨子·非攻中》：「（夫差）遂築姑蘇之臺，七年不成。」《太平寰宇記·蘇州·吴縣》（卷九一）：「姑蘇臺。吴王夫差爲西施造，以望越。」《漢書·伍被傳》（卷四五）顔師古注：「《吴地記》云：（臺）因山爲名，西南去國三十五里。」

燕：通「宴」。

〔六〕那得：哪能，豈可。二句謂白日昭昭，君王怎能永遠拋棄我？

【集評】

（宋）劉辰翁：「稍有古意。」評首二句：「哀怨意引。」（《唐詩品彙》卷三四引）

（明）顧璘：「讒人侍寵，正士懷憂。」（陶文鵬等點校《唐音評注·正音》卷二）

（明）陸時雍：「『江清露白芙蓉死』，中晚俊句。」（《唐詩鏡》卷四一）

（明）周珽：「《吴宫怨》一首，寓言讒人恃寵，正士懷憂，意亦沈著。」（《唐詩選脈會通評林》，轉引自陳伯海主編《唐詩彙評》）

（明）邢昉：「雅聲噌吰，絶非細響，中晚之間，洵可特立。」（《唐風定》卷一一）

（清）毛先舒：見《節婦吟》（卷一）「集評」。

（清）吴瑞榮：「洛嗟曲嵒，往復無端，較王屋山人而過之，而渾雅之致不逮，此盛、中所以異也。」評三四句：「寫侍寵如畫。」評末二句：「本欲蒙寵，夾以誓語，皆無聊之極致。」（《唐詩箋要後集》卷四）

【同　唱】

王建《古宫怨》：「乳烏啞啞飛復啼，城頭晨夕宫中棲。吴王别殿繞江水，後宫不開美人死。」（全詩卷二九八）

按：張、王二詩所寫皆爲吴王别宫宫女的生活，内容相近，且部分詩句用韻同。

北邙行①〔一〕

洛陽北門北邙道，喪車轔轔入秋草。〔二〕車前齊唱《薤露歌》，高墳新起日②峨峨。〔三〕朝朝暮暮人③送葬，洛陽城中人更多。千金立碑高百尺，終作誰家柱下石。山④頭松柏半無

主，〔四〕地下白骨多於土。寒食家家送紙錢，烏⑤鳶作窠⑥銜上樹。〔五〕人居朝市未解愁，請君暫向北邙游。〔六〕

【校　記】

①行：事聚（前集卷五八）、陸本、席本作「山」。
②日：事聚、樂府（卷九四）、宋本、品彙（卷三四）、席本、全詩作「白」。
③人：樂府作「長」。
④山：事聚、陸本作「隴」，全詩校「一作壟」。
⑤烏：事聚、樂府、陸本、席本作「鴟」，全詩、庫本作「烏」。
⑥窠：石倉（卷五九）作「巢」。

【注　釋】

〔一〕北邙行：張籍、王建自創的新樂府題。《樂府詩集》收入卷九四《新樂府辭五・樂府雜題五》。北邙，山名，在洛陽城北。《元和郡縣圖志・河南府・偃師縣》（卷五）：「北邙山，在縣北二里，西自洛陽縣界東入鞏縣界。舊説云北邙山是隴山之尾，乃衆山總名，連嶺修亘四百餘里。」《太平寰宇記・河南府・洛陽縣》（卷三）：「北邙山，在縣北二里。」東漢、魏、晉的王侯公卿多葬於此。唐沈佺期《邙山》：「北邙山上列墳塋，萬古千秋對洛城。」行，詩歌（樂府）體裁之一種。詳《傷歌行》（卷一）注釋〔一〕。

〔二〕轔轔：車行聲。入秋草：謂走向墓地。

〔三〕《薤露歌》：挽歌名。漢樂府相和十五曲之一。晉崔豹《古今注·音樂》（卷中）：「《薤露》、《蒿里》，並喪歌也。出田橫門人。橫自殺，門人傷之，爲之悲歌。言人命如薤上之露，易晞滅也；亦謂人死魂魄歸乎蒿里。故有二章。……至孝武時，李延年乃分爲二曲，《薤露》送王公貴人，《蒿里》送士大夫庶人。使挽柩者歌之，世亦呼爲挽歌。」日：每日。峨峨：高貌。

〔四〕松柏：松樹與柏樹。借指墓地。古人墳地多植松柏。

〔五〕鳶：鳥名。俗稱鷂鷹、老鷹。

〔六〕朝市：朝廷與集市。晉王康琚《反招隱詩》：「小隱隱陵藪，大隱隱朝市。」亦泛指名利場或塵世。未解愁：謂只知追求眼前富貴，而不知終歸空虛。二句乃詩立意所在。

【繫　年】

當作於張籍早年與王建游寓洛陽期間，約貞元二年（七八六）。按：詩寫北邙山的葬俗及詩人由此觸發的感慨。

【集　評】

（宋）劉辰翁：「只如此，自不可堪，真樂府之體也。」（《唐詩品彙》卷三四引）

（明）顧璘評五六句：「將欲人皆盡邪？　無味。」（陶文鵬等點校《唐音評注・正音》卷二）

（明）陸時雍：「中多警句。」（《唐詩鏡》卷四一）

（清）沈德潛評「千金」、「終作」二句：「沉溺於葬地者，讀此可以恍然。」（《重訂唐詩別裁集》卷八）

【同　唱】

王建《北邙行》：「北邙山頭少閑土，盡是洛陽人舊墓。舊墓人家歸葬多，堆著黄金無買處。天涯悠悠葬日促，岡坂崎嶇不停轂。高張素幕繞銘旌，夜唱挽歌山下宿。洛陽城北復城東，魂車祖馬長相逢。車轍廣若長安路，蒿草少於松柏樹。澗底盤陀石漸稀，盡向墳前作羊虎。誰家石碑文字滅，後人重取書年月。朝朝車馬送葬回，還起大宅與高臺。」（全詩卷二九八）

關山月〔一〕

秋月明朗①關山上，山中行人馬蹄響。〔二〕關山秋來雨雪多，行人見月唱邊歌。海邊茫茫②

天氣白，胡兒夜度③黄龍磧。〔三〕軍中探騎暮出城，伏兵暗處低旌戟。沙磧④連天⑤霜草平，野駝尋水磧中鳴。隴頭風急雁不下，沙場苦戰多流星。〔四〕可憐萬里⑥關山道，年年戰骨多秋草。

【校　記】

① 明朗：樂府（卷二三）、品彙（卷三四）、全詩、庫本作「朗朗」。
② 茫茫：文粹（卷一二）、樂府、品彙、劉本、陸本、庫本作「漠漠」。
③ 度：品彙、席本作「渡」。
④ 沙磧：文粹、品彙、劉本、陸本、庫本作「漢水」，樂府、席本、全詩作「溪水」。
⑤ 天：樂府、陸本、席本作「地」。
⑥ 里：文粹、樂府、品彙、全詩、庫本作「國」。

【注　釋】

〔一〕關山月：漢樂府横吹曲辭古題。《樂府詩集》收入卷二三《横吹曲辭三·漢横吹曲三》，題解引《樂府解題》：「《關山月》，傷離别也。古《木蘭詩》曰：『萬里赴戎機，關山度若飛。朔氣傳金柝，寒光照鐵衣。』」

〔二〕行人：指征人。馬蹄響：謂行軍。

〔三〕海邊：指邊地。海，古人認爲陸地四周皆爲海，故借以指僻遠之地。《爾雅·釋地》：「九夷、八狄、七戎、六蠻，謂之四海。」天氣白：邊地夜空給人色白的感覺。黄龍磧：此泛指隴外沙石之地。黄龍，龍城。故地在今遼寧朝陽。《舊唐書·地理志二》（卷三九）：「信州。萬歲通天元年置，處契丹失活部落，隸營州都督。……黄龍，州所治，寄治范陽縣。」陳鐵民注王維《榆林郡歌》「黄龍戍上游俠兒」：「榆林郡與黄龍城相距頗遠，梁蕭子顯《燕歌行》：『遥看白馬津上吏，傳道黄龍征戍兒。』梁元帝《燕歌行》：『黄龍戍北花如錦，玄菟城前月似蛾。』多以黄龍泛指北方邊地，此處亦然。」磧，見《築城詞》（卷一）注釋〔四〕。

〔四〕隴頭：隴山。又稱「隴阪」、「隴首」、「隴坻」。在今陝西隴縣、寶雞縣與甘肅清水縣、張家川回族自治縣之間，北入沙漠，南止渭河，爲關中平原西部屏障。《水經注》（卷四〇）：「隴山、終南山、惇物山，在扶風武功縣西南也。」《通典·州郡·天水郡》（卷一七四）：「郡有大坂，名曰隴坻，亦曰隴山。《三秦記》曰：『其坂九回，上者七日乃越。上有清水四注下。俗歌曰：「隴頭流水，鳴聲幽咽，遥見秦川，肝腸斷絶。」』」安史亂後，吐蕃陷隴右，隴頭遂爲邊塞之地。參《西州》（卷一）注釋〔二〕。流星：暗用流星投蜀營典，隱喻唐軍戰敗，大將陣亡。《三國志·蜀書·諸葛亮傳》（卷三五）裴松之注引《晉陽秋》：「有星赤而芒角，自東北西南流，投于亮營，三投再還，往大還小。俄而亮卒。」

【繫　年】

據「隴頭」語知時隴右諸州失陷，詩當作於貞元初（參卷一《西州》注釋〔二〕）。時張籍與王建求學「鵲山漳水」或游寓洛陽。按：詩寫征人艱苦的征戰生活與連年戰爭所造成的巨大犧牲。

【集　評】

（明）陸時雍：「此詩聲格可與高達夫相亞。」（《唐詩鏡》卷四一）

（清）賀裳：見《永嘉行》（卷一）「集評」。

【同　唱】

王建《關山月》：「關山月，營開道白前軍發。凍輪當磧光悠悠，照見三堆兩堆骨。邊風割面天欲明，金沙嶺西看看没。」（全詩卷二九八）

少年行〔一〕

少年從獵出①長楊，禁中新拜羽林郎。〔二〕獨到②輦前射雙虎，君王手賜黄金璫③。〔三〕日④日鬬雞都市裏⑤，贏⑥得寶刀重刻字。〔四〕百里報讎夜出城，平⑦明還在⑧倡⑨樓醉。〔五〕遥聞虜到平陵下，不待詔⑩書行上馬。〔六〕斬得名⑪王獻桂宫，〔七〕封侯起第⑫一日中。不同⑬六⑭郡良⑮家子，〔八〕百戰始取⑯邊城功。

【校　記】

①獵出：英華（卷一九四）作「獵去」，文粹（卷一三）、樂府（卷六六）、陸本作「出獵」。
②到：英華、席本、全詩作「對」。
③璫：樂府作「鐺」。
④日：英華作「白」。
⑤都市裏：英華作「傍新市」，席本作「新市裏」。
⑥羸：原本及英華作「羸」，據樂府、全詩等改。
⑦平：庫本作「天」。
⑧在：英華作「抵」。
⑨倡：品彙（卷三四）、全詩、庫本作「娼」。
⑩詔：英華作「敕」。
⑪名：英華作「戎」。
⑫第：英華作「宅」。

⑬ 同：英華、文粹、樂府、品彙、席本、全詩、庫本等作「爲」。

⑭ 六：英華作「北」。

⑮ 良：品彙、劉本作「民」。

⑯ 始取：英華作「乃得」。

【注釋】

〔一〕少年行：樂府雜曲歌辭古題，《結客少年場行》所衍生。《樂府詩集》收入卷六六《雜曲歌辭六》，同卷南朝宋鮑照《結客少年場行》題解：「《後漢書》曰：『祭遵嘗爲部吏所侵，結客殺人。』曹植《結客篇》曰：『結客少年場，報怨洛北邙。』《樂府解題》曰：『《結客少年場行》，言輕生重義，慷慨以立功名也。』《廣題》曰：『漢長安少年殺吏，受財報仇，相與探丸爲彈，探得赤丸斫武吏，探得黑丸殺文吏。尹賞爲長安令，盡捕之。長安中爲之歌曰：「何處求子死，桓東少年場。生時諒不謹，枯骨復何葬。」按《結客少年場》，言少年時結任俠之客，爲游樂之場，終而無成，故作此曲也。』」行，詩歌（樂府）體裁之一種。詳《傷歌行》（卷一）注釋〔一〕。

〔二〕長楊：秦漢宫名。亦作「長揚」。《三輔黄圖·宫》（卷一）：「長楊宫，在今盩厔縣東南三十里。本秦舊宫，至漢修飾之，以備行幸。宫中有垂楊數畝，因爲宫名，門曰射熊觀，秦漢游獵之所。」漢揚雄有《長楊賦》。羽林郎：漢禁衛軍官名。羽林，漢禁衛軍。漢武帝時選天水（漢明帝改曰漢陽）等六郡良家子宿衛建章宫，稱建章營騎。後改名羽林騎。羽，國之羽翼；林，如林之盛。一説象天文羽林星，主車騎。《後漢書·百官志二》：「羽林郎……掌宿衛侍從。常選漢陽、隴西、安定、北地、上郡、西河凡六郡良家補。」漢後，歷代禁兵常設羽林軍。唐置左右羽林軍。

〔三〕輦：秦漢後專指帝王、后妃所乘之車。《通典·禮·輦輿》（卷六六）：「夏氏末代制輦。……秦以輦爲人君之乘。漢因之。」黄金璫：漢代侍中、中常侍冠飾。《後漢書·輿服志》：「武冠，一曰武弁大冠，諸武官冠之。侍中、中常侍加黄金璫，附蟬爲文，貂尾爲飾，謂之『趙惠文冠』。」唐承漢制。《新唐書·車服志》（卷二四）：「侍中、中書令、左右散騎常侍有黄金璫，附蟬，貂尾。」

〔四〕重刻字：在寶刀上刻入「少年」的姓名，表明刀已易主。

〔五〕倡，通「娼」。以上四句寫「少年」的放曠與任俠。

〔六〕平陵：漢昭帝陵。西漢五陵之一，在今陝西省咸陽市西北。亦稱昭帝陵縣。《三輔黄圖·陵墓》（卷六）：「昭帝平陵在長安西北七十里。」此借指長安西北京畿地區。行：立即。

〔七〕名王：少數民族諸王中名位尊貴者。《漢書·宣帝紀》（卷八）：「（神爵二年）匈奴單于遣名王奉獻，賀正月，始和親。」顔師古注：「名王者，謂有大名，以别諸小王也。」桂宫：漢長安宫名。《三輔黄圖·漢宫》(卷二):「桂宫,漢武帝造,周回十餘里。《漢書》曰:『桂宫有紫房、複道通未央宫。』《關輔記》云:『桂宫在未央北,中有明光殿、土山,複道從宫中西上城,至建章、神明臺、蓬萊山。』」

〔八〕六郡:詳注釋〔二〕「羽林郎」。良家子:指醫、巫、商賈、百工以外人家的子女。《史記·李將軍列傳》(卷一〇九):「廣以良家子從軍擊胡。」司馬貞索隱引如淳曰:「非醫、巫、商賈、百工也。」

【繫　年】

詩云「遥聞虜到平陵下」,寫作背景當同《西州》(卷一),即作於貞元二、三、四年間或稍後,時張籍游寓洛陽或在河北「鵲山漳水」一帶求學。按:詩借漢寫唐,歌頌少年英雄「輕生重義,慷慨以立功名」,表達中唐人民對英雄和良將的渴望。

【集　評】

(明)陸時雍:「作等詞,風力須得雄駿,方與人事相稱。」(《唐詩鏡》卷四一)

白頭吟〔一〕

請君膝上琴，彈我《白頭吟》。憶昔君前嬌笑語，兩情宛轉如縈素。〔二〕宫中爲我起高樓，更開①花②池種芳樹。〔三〕春天百草秋始衰，棄我不待③白頭④時。羅襦玉珥色未暗，今朝已道不相宜。〔四〕揚州青銅作明鏡，暗中持照不見影。〔五〕人心回互⑤自無窮，眼前好惡那能定。〔六〕君恩已去若再返，菖蒲花開⑥月長滿。〔七〕

【校記】

① 開：陸本、席本作「向」。
② 花：樂府（卷四一）、席本作「華」。
③ 待：庫本作「得」。
④ 白頭：品彙（卷三四）作「頭白」。
⑤ 互：紀事（卷三四）作「玄」，陸本作「别」。
⑥ 開：文粹（卷一二）、紀事、宋本、席本作「青」，樂府作「生」。

【注釋】

〔一〕白頭吟：漢樂府相和歌辭古題。《樂府詩集》收入卷四一《相和歌辭·楚調曲上》，題解：「《古今樂録》曰：『王僧虔《技録》曰：《白頭吟行》歌古「皚如山上雪」篇。』《西京雜記》曰：『司馬相如將聘茂陵人女爲妾，卓文君作《白頭吟》以自絶，相如乃止。』《樂府解題》曰：『古辭云「皚如山上雪，皎若雲間月」。又云：「願得一心人，白頭不相離。」始言良人有兩意，故來與之相決絶。次言别於溝水之上，敘其本情。終言男兒重意氣，何用於錢刀。若宋鮑照「直如朱絲繩」，陳張正見「平生懷直道」，唐虞世南「氣如幽徑蘭」，皆自傷清直芬馥，而遭鑠金玷玉之謗，君恩似薄，與古文近焉。』一説云：《白頭吟》疾人相知，以新間舊，不能至於白首，故以爲名。唐元稹又有《決絶詞》，亦出於此。」吟，詩歌（樂府）體裁之一種。詳《雜怨》（卷一）注釋〔一〕。

〔二〕宛轉：情意纏綿。唐元稹《鶯鶯傳》：「天將曉，紅娘促去。崔氏嬌啼宛轉。」縈素：纏繞在一起的絲帶。素，白色生絹。

〔三〕花池：庭園中種植花草的地方。一般有矮欄圍繞。芳樹：泛指花木。

〔四〕羅襦：見《節婦吟》（卷一）注釋〔二〕。玉珥：玉製的耳飾。詳《白紵歌》（卷一）注釋〔四〕「珥」。以上四句以草、襦、珥作比，謂自己未老而先遭棄。

〔五〕揚州：州名。唐時治今江蘇揚州市。青銅：銅錫合金。硬度大，耐磨，抗腐蝕。揚州自古産青銅鏡，最負盛名。《太平寰宇記·揚州》（卷一二三）：「土産：筦席，錦綺，白綾，銅鏡，柘木。」

二句謂君心雖如明鏡，但身處「暗中」，「照不見」我的美麗。

〔六〕回互：猶「反覆」。定：固定，長期不變。

〔七〕菖蒲：多年生水生草本植物。有香氣，葉狹長，似劍形。肉穗花序圓柱形，著生於莖端，故古人認爲其不開花。《本草綱目·草·菖蒲》（卷一九）「集解」引蘇頌語：「春生，青葉，長一二尺許，其葉中心有脊，狀如劍，無花實。」傳説見菖蒲花者當貴，食之長壽。《南史·梁文獻張皇后傳》（卷一二）：「方孕，忽見庭前昌蒲花，光采非常，驚報，侍者皆云不見。后曰：『常聞見菖蒲花者當富貴。』因取吞之，是月生武帝。」《太平御覽·百卉部三》（卷九九九）「菖蒲」條引《風俗通》：「菖蒲放花，人得食之長年。」二句謂除非菖蒲開花，月長滿，否則君恩不會再返。

【集　評】

（宋）葛立方：「《西京雜記》載司馬相如將聘茂陵人女爲妾，卓文君作《白頭吟》以自絶，相如乃止。《樂府詩集》謂《白頭吟》者，疾人以新間舊，不能至白首，故以爲名。余觀張籍《白頭吟》云：『春天百草秋始衰，棄我不待白頭時。羅襦玉珥色未暗，今朝已道不相宜。』李白《白頭吟》云：『妾有秦樓鏡，照心勝照井。願持照新人，雙對可憐影。』其語感人深矣！至劉希夷作《白頭吟》乃云：『寄言全盛紅顏子，須憐半死白頭翁。此翁白頭真可憐，伊昔紅顏美少年。』則是言男爲女所棄而作，與文君《白頭吟》之本意異矣。」（《韻語陽秋》卷六）

（明）謝榛：「太白曰：『蒼梧山崩湘水竭。』張籍曰：『菖蒲花開月長滿。』李賀曰：『七星貫斷嫦娥死。』此同一機軸，賀句更奇。」（《四溟詩話》卷二）

（明）顧璘評末二句：「造語新奇。」（陶文鵬等點校《唐音評注・正音》卷二）

（明）邢昉：「此篇直露，卻絶透快。」（《唐風定》卷一一）

（明）唐汝詢：「此借文君題意，而爲宫人失寵之詞。請琴而彈者，訴之於君也。言我進御之初，兩情傾倒，如轉紈素。起樓植木，取樂多端，寵亦隆矣。彼春草至秋始凋，我乃不待白頭而棄。豈我服飾舊耶？羅襦玉珥猶未暗也，君自覺其非宜耳。夫至明之鏡不能於暗中照影，況迷惑之君心，而能辨别妍醜乎？必無定論也。君恩去矣，安有返期；若其可返，殆菖蒲花開而月長滿乎？設必無之事以激之也。」（《唐詩解》卷一八）

（明）周珽：「《白頭吟》本文君怨相如而作，此假宫人失寵之詞，爲士人失君之喻也。羅襦玉珥與昔時笑語宛情無異，君心既移，自覺種種不相宜矣，棄置何待白頭也？故至明青鏡，不能暗中照影，迷惑君心，要難辨别妍醜，其理則一。結句設爲必無之事以決，恩去再無返期也。相如與文君相得如初，天下亦無不可悟之人心乎！」（明周珽輯《删補唐詩選脉箋釋會通評林》卷二四）

（明）吴山民：「述情事正含怨意。」（同上）

（清）毛先舒：「李太白『蒼梧山崩湘水竭』，張文昌『菖蒲花開月長滿』，李長吉『七星貫斷姮娥死』，俱是決絶語，遺詞絶工。然《鐃歌》『冬雷震震，夏雨雪』，實先開之。《鐃歌》語事所或有，質渾

而爲古；三子語理所必無，刻畫而近今。」（《詩辯坻》卷一）

（清）吴瑞榮：「設想迥别，語益新奇，詩家落庸腐階者，十不翅五，急須讀此以藥之。」評「人心回互」句：「一語抵《懊儂》數十曲。」（《唐詩箋要後集》卷四）

（清）沈德潛：「樂府寧朴毋巧，寧疎毋鍊。張籍《短歌行》云：『菖蒲花開月常滿。』傷於巧也。無名氏《木蘭詩》云：『朔氣傳金柝，寒光照鐵衣。』後人疑爲韋元甫假托，傷於鍊也。古樂府聲律，唐人已失，試看李太白所擬，篇幅之短長，音節之高下，無一與古人合者，然自是樂府神理，非古詩也。明李于鱗句摹字倣，並其不可句讀者追從之，那得不受人譏彈？」（《説詩晬語》卷上第四五條）

（清）杜詔：「《古烏夜啼曲》：『菖蒲花可憐，聞名不曾識。』蓋菖蒲難花，月不長滿，傷君恩之不再也。」（《中晚唐詩叩彈集》卷三）

將軍行〔一〕

彈箏峽東有胡塵，天子擇日拜將軍。〔二〕蓬萊殿前賜六纛，還領禁兵①爲部曲。〔三〕當朝受詔不辭家，夜向咸陽原上宿。〔四〕戰車彭彭旌旗動，三十六軍齊②上隴。〔五〕隴頭戰勝夜亦行，分兵處處收舊城。胡兒殺盡陰磧暮，擾擾唯有牛羊聲。〔六〕邊人親戚曾戰没③，今逐官軍收④舊骨。磧西行見萬里空，〔七〕幕府⑤獨奏將軍功。

【校　記】

①兵：席本作「軍」。

②齊：文粹（卷一二）、紀事（卷三四）、陸本作「聲」。

③没：文粹、樂府（卷九〇）、紀事、陸本作「歿」。

④收：席本作「將」。

⑤幕府：文粹、樂府、紀事、陸本作「樂府」。

【注　釋】

〔一〕將軍行：新樂府題，唐劉希夷首創。《樂府詩集》收入卷九〇《新樂府辭一》。行，詩歌（樂府）體裁之一種。詳《傷歌行》（卷一）注釋〔一〕。

〔二〕彈箏峽：在原州百泉縣（治今寧夏固原縣南）南。《元和郡縣圖志·原州·百泉縣》（卷三）：「涇水，源出縣西南涇谷。……又南流經都盧山，山路之中，常如彈箏之聲，故行旅因謂之彈箏峽。」有胡塵：謂敵人侵犯。胡，指吐蕃。擇日：選擇吉日。表明鄭重其事。《漢書·韓信傳》（卷三四）：「今拜大將如召小兒，此乃信所以去也。（王）必欲拜之，擇日齋戒，設壇場具禮，乃可。」

〔三〕蓬萊殿：唐大明宮宮殿之一。《雍録·唐東内大明宫》（卷三）：「（丹鳳）門北三殿相沓，皆在山上。至紫宸又北則爲蓬萊殿。」六纛：唐節度使軍中所用六面大旗。《新唐書·百官志四下》（卷四九下）：「節度使掌總軍旅，顓誅殺。……辭日，賜雙旌雙節。行則建節、樹六纛。」唐李筌《太白陰經·器械篇》（卷四）：「古者天子六軍，諸侯三軍；今天子一十二衛，諸侯六軍，故有六纛以主之。」部曲：見《傷歌行》（卷一）注釋〔三〕。

〔四〕咸陽原：地名。在渭水之北，區域很廣。《陝西通志·山川·咸陽縣》（卷九）「畢原」條：「咸陽原，在渭水北，九嵕山南。（《雍大記》）西起武功，東盡高陵，其上文、武、成、康、周公、太公及秦漢君臣陵墓多在焉，亦曰咸陽原，又謂之咸陽北阪。」

〔五〕彭彭：盛多貌。《詩·齊風·載驅》：「汶水湯湯，行人彭彭。」毛傳：「彭彭，多貌。」三十六軍：謂軍隊多。漢荀悦《前漢紀·孝景》（卷九）：「絳侯周勃子亞夫爲太尉，將三十六軍擊吴楚。」隴：隴山。詳《關山月》（卷一）注釋〔四〕。

〔六〕磧：見《築城詞》（卷一）注釋〔四〕。二句謂敵人殺盡，被侵佔的土地上到處是紛亂的牛羊。

〔七〕磧西：指隴西失地。萬里空：謂敵人全被驅逐或消滅。

【繫　年】

張國光《唐樂府詩人張籍生平考證》以爲詩寫劉昌事，當是。《新唐書·劉昌傳》（卷一七〇）：「貞元三年入朝，詔以宣武兵八千北出五原。……歲餘，改四鎮、北庭行營兼涇原節度。七年，城平涼，開地二百里，扼彈箏峽。又西築保定，扞青石嶺，凡七城二堡，旬日就。以功檢校尚書右僕射，累封南川郡王。」故詩當作於貞元七年（七九一）或稍後，時張籍求學河北「鵲山漳水」。按：詩頌將軍驅敵戰功，表現人民收復失地的願望，同時諷刺將帥貪功腐敗。

【集　評】

（宋）蔡正孫評劉貢父《詠史》：「張籍《將軍行》云：『邊城親戚曾戰没，今逐官軍收舊骨。磧西行見萬里空，幕府獨奏將軍功。』杜子美《出塞曲》云：『功名圖麒麟，戰骨當速朽。』劉灣《出塞詞》云：『死是征人死，功是將軍功。』劉潛夫《國殤行》云：『嗚呼諸將官日穹，豈知萬鬼號陰風。』陸龜蒙《築城詞》云：『城高功亦高，爾命何勞惜。』此詩此意，真足以爲貪功生事、輕視人命者之戒。」（《詩林廣記·後集》卷一〇。按劉貢父《詠史》：「自古邊功緣底事，多因嬖倖欲封侯。不如直與黄金印，惜取沙場萬髑髏。」）

（明）陸時雍：「『胡兒殺盡陰磧暮，擾擾惟有牛羊聲』語有氣。」（《唐詩鏡》卷四一）

（清）賀裳：見《永嘉行》（卷一）「集評」。

賈客樂〔一〕

金陵向西賈客多，〔二〕船中生長樂風波。欲發移船近江口，船頭祭神各澆酒。〔三〕停杯共説遠行期，入蜀經蠻誰①別離。〔四〕金多衆中爲上客，夜夜算緡眠獨遲。〔五〕秋江初月猩猩語，孤帆夜發瀟②湘渚。〔六〕水工持楫防暗灘，直過山邊及前侣。年年逐利西復東，姓名不在縣籍中。〔七〕農夫税多長辛苦，棄業寧③爲販寶④翁。

【校　記】

① 誰：樂府（卷四八）作「遠」，庫本作「難」。

② 瀟：樂府、席本作「滿」。按：作「滿」與「孤帆」不合。

③ 寧：樂府、品彙（卷三四）、席本、全詩、庫本作「長」。

④ 寶：樂府作「賣」。

【注　釋】

〔一〕賈客樂：樂府清商曲辭古題。又作「估客樂」、「賈客詞」。《樂府詩集》收入卷四八《清商曲辭五・西曲歌》。同卷齊武帝《估客樂》題解：「《古今樂録》曰：『《估客樂》者，齊武帝之所製也。帝布衣時，嘗游樊、鄧。登祚以後，追憶往事而作歌。使樂府令劉瑶管弦被之教習，卒遂無成。有人啟釋寶月善解音律，帝使奏之，旬日之中，便就諧合。敕歌者常重爲感憶之聲，猶行於世。寶月又上兩曲，帝數乘龍舟，游五城江中放觀，以紅越布爲帆，緑絲爲帆縴，鍮石爲篙足。篙榜者悉著鬱林布，作淡黄袴，列開，使江中衣，出。五城，殿猶在。齊舞十六人，梁八人。』《唐書・樂志》曰：『梁改其名爲《商旅行》。』」賈客，商人。按：張籍前的作品内容多與商賈無關。

〔二〕金陵：縣名，即上元縣。治所在今江蘇省南京市。《舊唐書・地理志三》（卷四〇）：「上元。楚金陵邑，秦爲秣陵。吴名建業，宋爲建康。晉分秣陵置臨江縣，晉武改爲江寧。」向西：指金陵以西長江中游地區。唐時商業活動發達，水上運輸尤爲繁榮。

〔三〕祭神：祭祀江河之神以祈船行平安。《藝文類聚・舟》（卷七一）引《列女傳》：「趙簡子南擊荆，至河津，津吏醉卧，不能渡。簡子怒，將殺之。津吏之女，乃持楫而前走曰：『妾父聞君王將渡，恐風波之起，水神動駭，故禱祀九江三淮之神，不勝杯杓餘瀝，醉於此。君命誅之，願以微軀易父之死。』」

〔四〕蠻：古代對長江中游及其以南地區各民族的泛稱。《禮記・王制》：「南方曰蠻。」此指長江中游地區。誰别離：猶言「誰不别離」。

〔五〕上客：最受尊敬的賈客。算緡：計算支出、收入、利潤等。類似今會計工作。緡，穿錢的繩索，借指錢。《新唐書・食貨志二》（卷五二）引陸贄《疏》：「今兩税效算緡之末法，估資産爲差，以錢穀定税，折供雜物，歲目頗殊。」

〔六〕猩猩語：《水經注・葉榆河》（卷三七）載，「有猩猩獸，形若黄狗……善與人言，音聲麗妙，如婦人好女，對語交言，聞之無不酸楚」。瀟湘：湘水於今湖南零陵縣北與瀟水合流後稱瀟湘。

〔七〕縣籍：本縣的户籍。二句謂賈客年年在外，流動不定，官府無從徵税。

【集　評】

（明）顧璘評「金多」句：「張王精神在此等處。」評末句：「末語含譏。」（陶文鵬等點校《唐音評注·正音》卷二）

羈旅行〔一〕

遠客出門行①路難，停車斂策在門端。〔二〕荒城無人霜②滿路③，野火燒橋④不得度。〔三〕寒蟲⑤入窟鳥歸巢，僮僕問我誰家去？行尋田頭暝⑥未息，雙轂長轅⑦礙荆棘。〔四〕緣岡入澗投田家，主人舂米爲夜食。〔五〕晨雞喔喔茆屋傍，行人起掃車上霜。舊山已别行已遠，身計未成難復返。〔六〕長安陌上相識稀，遥望天門⑧白日晚。〔七〕誰能⑨聽我《辛苦⑩行》，爲向君前歌一聲。

【校記】

①行：樂府(卷九五)作「世」。

②霜：樂府、席本作「雪」。

③路：庫本作「野」。

④野火燒橋：樂府、陸本、席本作「火燒野橋」，石倉(卷五九)作「野火焚橋」。

⑤蟲：席本作「兔」。

⑥田頭暝：樂府、品彙(卷三四)、劉本作「田頭暗」，庫本作「野徑心」。

⑦轅：庫本作「行」。

⑧門：全詩作「山」。

⑨能：席本作「人」。

⑩辛苦：樂府作「苦辛」。

【注釋】

〔一〕羈旅行：新樂府題。《樂府詩集》收入卷九五《新樂府辭六》。行，詩歌(樂府)體裁之一種。詳《傷歌行》(卷一)注釋〔一〕。

〔二〕行路難：謂旅途辛苦，世路艱難。門端：門前。

〔三〕以上四句寫詩人旅中清晨出發時的惆悵與所見「千里無雞鳴」的荒涼景象。

〔四〕行尋：邊行邊找。暝未息：天黑尚未歇息。謂没有找到夜宿之所。雙轂：雙輪。轂，車輪的中心部件，周圍與車輻相接。長轅：車前駕牲口用的長木。一端壓在車軸上，一端套在牲口脖子上，左右各一。礙荆棘：謂荆棘叢生，阻礙行車。以上四句寫田野荒蕪，無處投宿。

〔五〕二句謂投宿於偏僻山澗中的農家，受到熱情款待。

〔六〕舊山：舊居。南朝宋謝靈運《過始寧墅》：「枉帆過舊山。」吕延濟注：「謂枉曲船帆，來過舊居。」（《六臣注文選》卷二六）身計：生計。指應舉入仕的理想。

〔七〕天門：宫門。唐杜甫《宣政殿退朝晚出左掖》：「天門日射黄金牓，春殿晴曛赤羽旗。」二句寫詩人來到長安。

【繫　年】

詩云「身計未成」、「長安陌上」，當作於張籍學成後游長安時，即貞元八年（七九二）秋。按：詩寫詩人羈旅的孤寂、艱辛與「身計」難「成」的悲傷，寫景中展現中原兵燹後的荒涼。

【集　評】

（宋）劉辰翁評首六句：「猝猝形容到此。」評末句：「須著如此結，愈緩愈不可聽，他人不能道

耳。嚴滄浪云：『大曆後張籍王建之樂府，吾所深取耳。』」（《唐詩品彙》卷三四引）

（明）顧璘：「旅窮至極。末段善説題意。」（明周珽輯《删補唐詩選脉箋釋會通評林》卷二四）

（明）周珽：「沉思遠韻，賦比曲至。旅人號咷，字字可憐。」「『荒城無人』，喻國衰朝無賢者；『雪滿路』，喻陰小當途；『野火燒橋』，喻奸邪害政；『不得渡』喻濟世無由；『蟲入窟』、『鳥歸巢』，見凡物皆歸止處；僮僕問『誰家去』，即『馬蹄今去入誰家』意；『行尋』、『礙荆棘』，見所行皆不得如意；『投田家』、主人爲『春』，即丈人止子路宿行景；『舊山已别』四句，訴言游遠遇睽、途窮日暮；『《辛苦行》』即《行路難》，摠歌羈旅之苦也，所以不堪爲人聽也。」（同上）

（明）邢昉：「情景荒涼如畫。」（《唐風定》卷一一）

（清）賀裳：「張《羈旅行》曰：『荒城無人霜滿路……行人起掃車上霜。』數語深肖旅途之景。」（《載酒園詩話又編》「張籍王建」條）

【唱　和】

孟郊《長安羈旅行》：「十日一理髮，每梳飛旅塵。三旬九過飲，每食唯舊貧。萬物皆及時，獨余不覺春。失名誰肯訪，得意爭相親。直木有恬翼，靜流無躁鱗。始知喧競場，莫處君子身。野策藤竹輕，山蔬薇蕨新。潛歌歸去來，事外風景真。」（全詩卷三七二）

按：以「羈旅行」爲題者，《樂府詩集》（卷九五）唯收張、孟二首，《全唐詩》中亦只此二首（孟郊另有《長安羈旅》），且二詩皆作於長安；華忱之《孟郊年譜》謂貞元八年冬孟郊再次赴長安應舉，張籍當與孟郊於此年冬相識於長安。二詩或爲唱和之作。

車遥遥〔一〕

征人遥遥出古城，雙輪齊動駟馬鳴。〔二〕山川無處不①歸路，念君長作萬里行。〔三〕野田人稀秋草緑，日暮放馬車中宿。鷩麚游兔在我傍，獨唱鄉歌對僮僕。〔四〕君家大宅鳳城隅，年年道上隨行車。〔五〕願爲玉鑾繫華軾，〔六〕終日有聲在君側。門前舊路②久已抛③，〔七〕無由復得君消息。

【校　記】

①不：樂府（卷六九）、宋本、陸本、席本、庫本作「無」。

②路：樂府、席本、全詩作「轍」，宋本、劉本、陸本、庫本作「宅」。

③抛：樂府、席本、全詩作「平」。

【注　釋】

〔一〕車遥遥：樂府雜曲歌辭古題。《樂府詩集》收入卷六九《雜曲歌辭九》。清杜庭珠《中晚唐詩叩彈集》卷三引《樂苑》：「車馬六曲之一。」遥遥，摇擺不定貌。晉陶潛《歸去來兮辭》：「舟遥遥以輕颺，風飄飄而吹衣。」

〔二〕征人：指游子。古城：指京城。駟馬：駕大車之四馬。《史記·管晏列傳》（卷六二）：「其夫爲相御，擁大蓋，策駟馬，意氣揚揚，甚自得也。」

〔三〕不：猶「無」。以上四句寫思婦回憶游子啟程時的情景，責其久而不歸。

〔四〕驚麏：受驚的鹿。南朝梁沈約《宿東園》：「驚麏去不息，征馬時相顧。」李善注：「今以江東人呼鹿爲麏。」（《六臣注文選》卷二二）以上四句寫思婦想像中游子（第一人稱）旅途的艱辛和對家鄉的思念。

〔五〕鳳城：長安城的别稱。唐杜甫《夜》：「步蟾倚杖看牛斗，銀漢遥應接鳳城。」仇兆鰲注引趙次公曰：「秦穆公女吹簫，鳳降其城，因號丹鳳城。其後，言京城曰鳳城。」隅：角落。此指京城里巷。二句謂游子家居繁華的京城，卻年年奔波他鄉。

〔六〕玉鑾：車鈴的美稱。軾，設在車廂前供立乘者憑扶的横木。

〔七〕舊路久抛：謂舊路無人行走而荒廢。

【繫　年】

詩有「鳳城」、「野田人稀秋草緑」語，創作背景當同《羈旅行》（卷一）。約作於貞元八年（七九二)秋。按：詩寫長安思婦對游子的思念。其中所寫田園荒蕪，行人無處投宿，當是對現實戰亂災難的寫照。

【集　評】

(明)顧璘評「願爲」、「終日」二句：「舊意新語最可法。」(陶文鵬等點校《唐音評注・注音》卷二)

(明)周珽：「此與《各東西》篇，思可鏤塵，鋒能截玉，本情切理，躊躇滿志，不復知奏刀之爲難。」(明周珽輯《删補唐詩選脉箋釋會通評林》卷二四)

【唱　和】

孟郊《車遥遥》：「路喜到江盡，江上又通舟。舟車兩無阻，何處不得游。丈夫四方志，女子安可留。郎自别日言，無令生遠愁。旅雁忽叫月，斷猿寒啼秋。此夕夢君夢，君在百城樓。寄淚無因波，寄恨無因輈。願爲馭者手，與郎廻馬頭。」(全詩卷三七二)

按：檢《樂府詩集》、《全唐詩》，唐人同題之作以張、孟二詩爲最早，且二詩所寫内容、季節與寫法皆相似，或爲唱和之作。

妾薄命〔一〕

薄命嫁得良家子①，〔二〕無事從軍去萬里。漢家天子平四夷，護羌都尉裹屍歸。〔三〕念君此行爲死别，對君裁縫泉下衣。〔四〕與君一日爲夫婦，千年萬歲亦相守。君愛龍城征戰功，妾願青樓歌②樂同。〔五〕人生各各有所欲，詎得將心入君腹。〔六〕

【校　記】

①「薄命」句：原本作「薄命良嫁得家了」，據席本改；樂府（卷六二）、劉本、陸本、全詩、庫本作「薄命婦，良家子」。

②歌：樂府、席本作「歡」。

【注　釋】

〔一〕妾薄命：樂府雜曲歌辭古題。《樂府詩集》收入卷六二《雜曲歌辭二》，題解引《樂府解題》：「《妾薄命》，曹植云：『日月既逝西藏。』蓋恨燕私之歡不久。梁簡文帝云『名都多麗質』，傷良人不返，王嫱遠聘，盧姬嫁遲也。」

〔二〕良家子：見《少年行》（卷一）注釋〔八〕。

〔三〕護羌都尉：漢代武官名。負責處理有關「西羌」事務。《漢書·百官公卿表》（卷一九上）：「西域都護加官，宣帝地節二年初置，以騎都尉、諫大夫使護西域三十六國。」此借指邊關將領。裹屍：謂戰死沙場。語出《後漢書·馬援傳》（卷二四）：「方今匈奴、烏桓尚擾北邊，欲自請擊之。男兒要當死於邊野，以馬革裹屍還葬耳，何能卧床上在兒女子手中邪？」

〔四〕泉下：指墓中、陰間。泉，黄泉。

〔五〕龍城：地名。在今蒙古人民共和國鄂爾渾河西側和碩柴達木湖附近，西漢時爲匈奴祭天、大會諸部處。《漢書·匈奴傳上》（卷九四上）：「歲正月，諸長少會單于庭，祠。五月，大會龍城，祭其先、天地、鬼神。」此借指敵人腹地。青樓：青漆塗飾的華美樓房。借指婦女居所。三國曹植《美女篇》：「青樓臨大路，高門結重關。」歌樂同：謂與丈夫同歡樂。

〔六〕詎得：豈能。二句謂人各有志，自己無法改變丈夫的理想。

朱鷺①〔一〕

翩翩兮朱鷺，來汎②春塘栖緑樹。〔二〕羽毛如翦色如染，〔三〕遠飛欲下雙翅斂。避人引子入深塹，動處水紋開灩灩。〔四〕誰③知豪家網爾軀，不如飲啄江海隅。〔五〕

【校　記】

①朱鷺：陸本、席本、庫本後有「曲」字。

②汎：席本作「浴」。

③誰：席本作「詎」。

【注　釋】

〔一〕朱鷺：漢樂府鼓吹曲辭古題。《樂府詩集》收入卷一六《鼓吹曲辭一·漢鐃歌上》，題解：「《儀禮·大射儀》曰：『建鼓在阼階西，南鼓。』《傳》云：『建猶樹也，以木貫而載之，樹之跗也。』《隋書·樂志》曰：『建鼓，殷所作。又棲翔鷺於其上，不知何代所加。或曰，鵠也，取其聲揚而遠聞。或曰，鷺，鼓精也。或曰，皆非也。《詩》云：「振振鷺，鷺于飛。鼓咽咽，醉言歸。」言古之君子，悲周道之衰，頌聲之息，飾鼓以鷺，存其風流。未知孰是。』孔穎達曰：『楚威王時，有朱鷺合沓飛翔而來舞，舊鼓吹《朱鷺曲》是也。』然則漢曲蓋因飾鼓以鷺而名曲焉。宋何承天《朱路篇》曰：『朱路揚和鸞，翠蓋曜金華。』但盛稱路車之美，與漢曲異矣。」明楊慎《升菴詩話》「朱鷺」條：「古樂府有《朱鷺曲》，解云：『因飾鼓以鷺而名曲焉。』又云：『朱鷺咒鼓，飛於雲末。』徐陵詩有『梟鐘鷺鼓』之句，宋之問詩『稍看朱鷺轉，尚識紫騮驕』，皆用此事。蓋鷺色本白，漢初有朱鷺之瑞，故以鷺形飾鼓，又以朱鷺名《鼓吹曲》也。梁元帝《放生池碑》云：『元龜夜夢，終見取於宋王。朱鷺晨飛，尚張羅於漢后。』與朱鷺飛雲末事相叶，可以互證，補《樂府解題》之缺。」按：楊慎説是。朱鷺，又稱朱鶚。體形如鶴，羽毛、嘴、腳淡紅。

〔二〕翩翩：飛行貌。《詩·小雅·四牡》：「翩翩者鵻，載飛載下，集於苞栩。」朱熹集傳：「翩翩，飛貌。」

〔三〕如翦：謂整齊如經修剪。如染：謂絢麗如同染就。

〔四〕動處：朱鷺泛水處。灩灩：水浮動貌。

〔五〕飲啄：飲水啄食。語出《莊子·養生主》：「澤雉十步一啄，百步一飲，不蘄畜乎樊中。」成玄英疏：「澤中之雉，任於野性，飲啄自在，放曠逍遥，豈欲入樊籠而求服養！譬養生之人，蕭然嘉遁，唯適情於林籟，豈企羨於榮華！」此喻遠離塵世的自由逍遥。二句寄諷，蓋針對當時一些「假隱自名，以詭禄仕」的「放利之徒」（《新唐書·隱逸列傳》卷一九六）。

遠別離①〔一〕

蓮葉團團②杏葉折③，長江鯉魚鰭鬣④赤。〔二〕念君少年棄親戚，千里萬里獨爲客。誰言遠別心不易，天星墜⑤地能爲石。〔三〕幾時斷得城南陌，勿使居人有行役。〔四〕

【校　記】

①遠別離：劉本作「詠別離」，陸本作「遠離別」。

②團團：原本作「圃圃」，據樂府、席本、全詩等改。

③荇葉折：樂府（卷七二）、全詩作「杏花拆」。

④鰭鱺：全詩卷二六作「鰭鬛」，卷三八二作「鬐鬛」。

⑤墜：庫本作「墮」。

【注　釋】

〔一〕遠別離：樂府雜曲歌辭古題《古別離》的變題。《樂府詩集》收入卷七二《雜曲歌辭十二》。題解見《別離曲》（卷二）注釋〔一〕。

〔二〕團團：圓貌。荇葉折：謂荇葉頂端葉邊折轉而呈不圓貌。《本草綱目·草·莕菜》（卷一九）「集解」李時珍云：「莕與蓴，一類二種也。……其葉似馬蹄而圓者，蓴也。葉似蓴而微尖長者，莕也。」莕菜，即荇菜，一種水生草本植物。折，與「團團」相對，象徵人事的不如意。鰭鱺：即「鰭鬛」，魚的脊鰭。二句起興，寫江邊所見之景。

〔三〕二句以天星墜地尚且成石爲喻，表達思婦對丈夫在外久而變心的憂慮。

〔四〕行役：因兵役、勞役或公務而出行。《詩·魏風·陟岵》：「嗟！予子行役，夙夜無已。」亦泛指旅行。二句寫思婦遷恨於道路之不斷絶，表現其思夫之深切。

楚宮行〔一〕

章華宮中九月時，〔二〕桂花未①落紅橘垂。江頭騎火照輦道，君王夜從雲夢歸。〔三〕霓旌鳳蓋②到雙闕，臺上重重歌吹發。〔四〕千門萬户開相當，〔五〕燭籠左右列成行。下輦更衣入洞③房，〔六〕洞④房侍女盡焚香。玉階羅幃⑤微⑥有霜，齊言此夕樂未央。〔七〕玉酒湛湛盈華觴，絲竹次第鳴中堂。〔八〕巴姬起舞向君王，回身《垂手》結明璫。〔九〕願君千年萬年壽，朝出射麋夜飲酒。〔一〇〕

【校　記】

①未：文粹（卷一三）、樂府（卷九五）、陸本、席本作「半」。
②蓋：席本作「輦」。
③洞：席本作「曲」。
④洞：席本作「曲」。
⑤幃：文粹、樂府、陸本、席本、全詩作「幕」。

⑥ 微：席本作「似」。

【注釋】

〔一〕楚宫行：張籍自創的新樂府題。《樂府詩集》收入卷九五《新樂府辭六·樂府雜題六》。楚宫，指章華宫（詳注釋〔二〕）。行，詩歌（樂府）體裁之一種。詳《傷歌行》（卷一）注釋〔一〕。

〔二〕章華宫：又稱「章華臺」。楚靈王離宫，公元前五三五年建成。《左傳·昭公七年》：「（楚靈王）即位，爲章華之宫，納亡人以實之。」《水經注·沔水》（卷二八）：「（離）湖側有章華臺，臺高十丈，基廣十五丈。」其遺址有荆州（今湖北沙市）、華容（今湖北省監利縣西北）、乾谿（今安徽亳州東南）等多説。

〔三〕輦道：供帝王、后妃乘輦往來的道路。《史記·孝武本紀》（卷一二）：「乃立神明臺、井幹樓，度五十餘丈，輦道相屬焉。」雲夢：古澤名。又作「雲瞢」。位於華容縣（治今湖北監利縣北）。《周禮·夏官·職方氏》：「正南曰荆州，其山鎮曰衡山，其澤藪曰雲瞢。」鄭玄注：「衡山在湘南，雲瞢在華容。」

〔四〕霓旌：傳説中仙人以雲霞所作的旗幟。漢劉向《九歎·遠逝》：「舉霓旌之墆翳兮，建黄纁之總旄。」王逸注：「揚赤霓以爲旌。」此指楚靈王的旗幟。鳳蓋：飾有鳳凰圖案的傘蓋。帝王的一種儀仗。漢班固《西都賦》：「張鳳蓋，建華旗。」李善注：「桓子《新論》曰：乘車，玉爪、華芝及鳳凰，三蓋之屬。」（《六臣注文選》卷一）雙闕：宮門兩側高臺上的樓觀。《古詩十九首·青青陵上柏》：「兩宫遥相望，雙闕百餘尺。」《三輔黄圖·雜録》（卷六）：「闕，觀也。周置兩觀以表宫門，其上可居，登之可以遠觀，故謂之觀。」此借指宫門。重重：形容樂聲繁雜。

〔五〕相當：相對。

〔六〕更衣：謂换下獵裝。洞房：幽深的内室。《楚辭·招魂》：「姱容修態，絙洞房些。」

〔七〕「玉階」句：謂時已深夜。樂未央：歡樂未盡。婉言繼續作樂。

〔八〕玉酒：美酒。多指御酒。湛湛：澄澈貌。次第：謂樂曲一首接連一首。

〔九〕巴姬：巴地（今重慶鄂西一帶）的美女。姬，美女。回身：謂舞蹈。回，旋轉。《垂手》：舞曲名。宋陳暘《樂書·樂圖論·舞》「軟舞」條（卷一八二）：「舞容有《大垂手》，有《小垂手》。」宋朱勝非《紺珠集》（卷八）「大垂手」條：「言舞而垂手。亦有《小垂手》及《獨摇手》之類。」結明璫：謂佩戴著精美的首飾。明璫，用珠玉串成的耳飾。璫，詳《寄遠曲》（卷一）注釋〔四〕。

〔一〇〕二句寓譏於頌，表面祝福楚王，實則抨擊其荒淫誤國。

【繫　年】

作於貞元十年（七九四）秋張籍由嶺南北上薊北經荊州時。按：詩寫楚王耽於田獵與酒色，借古諷今，抨擊帝王荒淫。

【集　評】

（明）周珽：「夫人主朝夕一於游獵燕飲如楚宮者，寧能免無後慮焉？世所當鑒乎！言外之意，藴蓄實深。」（明周珽輯《删補唐詩選脉箋釋會通評林》卷二四）

（清）王琦：「張籍詩『玉階羅幕微有霜』、『燭籠左右列成行』，與此聯（按：指李賀《河南府試十二月樂詞·十月》詩句「碎霜斜舞上羅幕，燭籠兩行照飛閣」）句意相似。」（《三家評注李長吉歌詩·王琦彙解》）

江南曲①〔一〕

江南人家多②橘樹，吴姬舟上織白苧。〔二〕土地卑濕饒蟲蛇，連木爲牌入江住。〔三〕江村亥日長③爲市，落帆度④橋來浦裏。〔四〕清⑤莎覆城竹爲屋，〔五〕無井家家飲潮水。長干⑥午⑦日沽春酒，〔六〕高高酒旗懸江口。倡⑧樓兩岸懸⑨水栅，夜唱《竹枝》留北客。〔七〕江南風土歡樂多，悠悠處處盡經過。〔八〕

【校　記】

① 曲：劉本、席本、全詩（卷三八二）作「行」。

②家多：庫本作「多種」。

③長：樂府（卷二六）作「常」。

④度：樂府、席本、全詩（卷一九）作「渡」。

⑤清：樂府、石倉（卷五九）、席本、全詩（卷一九）、庫本作「青」。

⑥長干：全詩（卷一九）作「長江」。

⑦午：庫本作「日」。

⑧倡：石倉、全詩（卷三八二）、庫本作「娼」。

⑨懸：陸本、席本、全詩（卷三八二）作「臨」。

【注釋】

〔一〕江南曲：樂府相和歌辭古題。《樂府詩集》收入卷二六《相和歌辭·相和曲上》。同書同卷《相和曲》題解引《古今樂録》：「張永《元嘉技録》：相和有十五曲，一曰《氣出唱》，二曰《精列》，三曰《江南》……」又《江南》古辭題解：「《樂府解題》曰：『《江南》古辭，蓋美芳晨麗景，嬉游得時。若梁簡文「桂楫晚應旋」，唯歌游戲也。』按梁武帝作《江南弄》以代西曲，有《採蓮》、《採菱》，蓋出於此。」曲，詩歌（樂府）體裁之一種。詳《雜怨》（卷一）注釋〔一〕。

〔二〕姬：古時對女性的美稱。白苧：又作「白紵」。苧麻之一種，可織布。

〔三〕卑：地勢低。牌：即「箄」。以竹或木排列編紮成的水運工具。

〔四〕亥日爲市：農村草市往往隔日或隔數日舉行一次，此謂每逢亥日，買主和賣主聚集到一起，形成集市。清吴景旭《歷代詩話·唐詩》（卷五一）「亥市」條：「吴旦生曰：『《青箱雜記》：「荆、吴俗有寅、申、巳、亥日集於市，故謂亥市」』……按《月令廣義》云：『亥音皆。《釋名》：「亥，核也。」收藏百物，核取其好惡真僞也。市之以亥，或取此義，當從亥日爲正。』」浦：水邊，河岸。此指集市所在。

〔五〕莎：多年生草本植物。莖直立，三棱形；葉細長，質硬有光澤。覆城：以草遮覆牆體，起防護作用。漢馬融《廣成頌》：「鎮以瑶臺，純以金堤，樹以蒲柳，被以緑莎。」

〔六〕長干：地名。故址在今江蘇省南京市南。晉左思《吴都賦》：「長干延屬。」劉逵注：「江東謂山岡間爲『干』。建鄴之南有山，其間平地，吏民居之，故號爲『干』。中有大長干、小長干，皆相屬。」（《六臣注文選》卷五）午日：端午。農曆五月初五。春酒：冬釀春熟之酒或春釀冬熟之酒。此應指冬釀春熟之酒，實亦酒的泛稱。

〔七〕倡：通「娼」。懸水柵：謂憑依江堤建造於水柵之上。水柵，指水中排列的立柱。《竹枝》：唐時巴渝（今四川東部及重慶市）一帶的民歌。唐劉禹錫《竹枝詞九首（并引）》：「歲正月，余來建平，里中兒聯歌《竹枝》，吹短笛，擊鼓以赴節。歌者揚袂睢舞，以曲多爲賢。聆其音，中黄鍾之羽。其卒章激訐如吴聲，雖傖儜不可分，而含思宛轉，有淇、濮之豔。」

〔八〕悠悠：悠閑愜意貌。

【集評】

（唐）姚合：「絶妙《江南曲》，淒涼《怨女》詩。古風無手敵，新語是人知。飛動應由格，功夫過郤奇。麟臺添集卷，樂府换歌詞。李白應先拜，劉禎（按：當作楨）必自疑。貧須君子救，病合國家醫。野客開山借，鄰僧與米炊。甘貧辭聘幣，依選受官資。多見愁連曉，稀聞債盡時。聖朝文物盛，太祝獨低眉。」（《贈張籍太祝》）

（明）顧璘評「長干」、「高高」二句：「語卑。」（陶文鵬等點校《唐音評注·正音》卷二）

（清）賀裳：「高棅《品彙》設立名目，取舍不能盡當，惟七言古以張、王並列，極爲有識。文昌善爲哀婉之音，有嬌弦玉指之致。仲初妙於不含蓄，亦自有曉鐘殘角之韻。後人徒稱其《宫詞百首》，此如食熊啖股，何嘗得其美處？」「『妙絶《江南曲》，淒涼《怨女》詞。』姚秘書之評張司業也。此言甚當。」（《載酒園詩話又編》「張籍王建」條）

烏啼引①〔一〕

秦烏啼啞啞，〔二〕夜啼長安吏人家。吏人得罪囚在獄，傾家賣産將自贖。〔三〕少婦起聽夜啼烏，知是官家有赦書。下床心喜不重寐②，未明上堂賀舅姑。〔四〕少婦語啼烏：「汝啼慎勿虛③。〔五〕借汝庭樹作高窠④，年年不令傷爾⑤雛。」

【校　記】

① 烏啼引：樂府（卷六〇）、全詩作「烏夜啼引」，陸本作「烏夜啼」。
② 寐：席本作「寢」。
③ 虛：劉本、陸本、庫本作「去」。
④ 窠：樂府、席本、全詩、庫本作「巢」。
⑤ 爾：席本作「汝」。

【注　釋】

〔一〕烏啼引：即「烏夜啼引」。樂府琴曲歌辭古題。《樂府詩集》收入卷六〇《琴曲歌辭四》，題解：「李勉《琴説》曰：『《烏夜啼》者，何晏之女所造也。初，晏繫獄，有二烏止於舍上。女曰：「烏有喜聲，父必免。」遂撰此操。』按清商西曲亦有《烏夜啼》，宋臨川王所作，與此義同而事異。」引，樂曲體裁名，有序奏之意，後爲詩歌（樂府）體裁之一種。參《雜怨》（卷一）注釋〔二〕。

〔二〕秦烏：烏鴉。《藝文類聚·烏部下·烏》（卷九二）引《燕丹傳》：「燕太子丹質於秦，秦王遇之無禮，不得意，欲歸。秦王不聽，謬言曰：『令烏白頭，馬生角，乃可。』丹仰天歎，烏即白頭，馬爲生角。秦王不得已而遣之。」後因稱烏鴉爲「秦烏」。長安古屬於秦地。

〔三〕自贖：以錢財抵銷罪過。唐制，官吏犯罪可以「金」贖免。李林甫注《唐六典·尚書吏部》（卷二）：「諸官人犯罪負殿者，計贖銅一斤爲一負，公罪倍之。十負爲一殿。」

〔四〕重寐：謂再上床睡覺。舅姑：見《雜怨》（卷一）注釋〔四〕。

〔五〕慎：千萬，無論如何。常與「無」、「毋」、「勿」等連用。虚：謂不靈驗。

【集　評】

（明）顧璘：「想必有冤獄，若誠托興，亦甚無謂。」（陶文鵬等點校《唐音評注·正音》卷二）

【同　唱】

王建《烏夜啼》：「庭樹烏，爾何不向別處棲，夜夜夜半當户啼。家人把燭出洞户，驚棲失群飛落樹。一飛直欲飛上天。回回不離舊棲處。未明重繞主人屋，欲下空中黑相觸。風飄雨濕亦不移，君家樹頭多好枝。」（全詩卷二九八）

促促詞〔一〕

促促復促促，家貧夫婦歡不足。今年爲人送租船，〔二〕去年捕魚向①江邊。家中姑老子復小，自執②吴綃輸税錢。〔三〕家家桑麻滿地黑，〔四〕念君一身空努力。願③教牛蹄團團④羊⑤角直，君身常⑥在應不得。〔五〕

【校　記】

①向：樂府（卷九一）、全詩、庫本作「在」。

②執：庫本作「織」。按：當作「織」。

③願：樂府作「乍」。

④團團：原本作「圃團」，據樂府、全詩等改。

⑤羊：原本作「一」，據樂府、全詩等改。

⑥常：樂府、席本作「長」。

【注　釋】

〔一〕促促詞：新樂府題，由古題「促促曲」派生（按：李益有《促促曲》，《全唐詩》卷二八二題作「效古《促促曲》爲河上思婦作」），《樂府詩集》收入卷九一《新樂府辭二》。促促，勞苦不安貌。詞，詩歌（樂府）體裁之一種。詳《雜怨》（卷一）注釋〔一〕。

〔二〕送租船：指在運租的船上幫工。《世説新語·文學第四》：「袁虎少貧，嘗爲人傭載運租。」「送租船」即「傭載運租」。詩所寫爲苛捐雜税之下失去土地的農民。

〔三〕姑：婆婆。詳《雜怨》（卷一）注釋〔四〕。吴綃：吴地所産絲織薄絹。二句謂家中上老下小，不得不自織薄絹换錢納税。中唐税制，兩税榷鹽酒利等皆征錢，而不征物産。《新唐書·食貨志二》（卷五二）引陸贄《疏》：「今兩税效算緡之末法，估資産爲差，以錢穀定税，折供雜物，歲目頗殊。所供非所業，所業非所供，增價以市所無，減價以貨所有，耕織之力有限，而物價貴賤無常。」此更加重農民的負擔。

〔四〕滿地黑：謂桑麻茂盛，田地裏一片葱緑。

〔五〕牛蹄團團羊角直：喻奇跡發生，過上温飽的日子。牛是偶蹄動物，蹄缺而非圓；羊角彎曲而不直。團團，圓貌。常在：永遠活著。末句謂永遠不能過上好日子。

【同　唱】

王建《促刺詞》：「促刺復促刺，水中無魚山無石。少年雖嫁不得歸，頭白猶著父母衣。田邊舊宅非所有，我身不及逐鷄飛。出門若有歸死處，猛虎當衢向前去。百年不遺踏君門，在家誰唤爲新

婦。豈不見他鄰舍娘，嫁來常在舅姑傍。」（全詩卷二九八）

按：《樂府詩集》（卷九一）題作「促促詞」。

宛轉行〔一〕

華屋重翠幄，綺席雕象床。〔二〕遠漏微更疏，〔三〕薄衾中夜涼。爐氣①暗徘徊，寒燈背斜光。〔四〕妍姿結宵態，〔五〕寢覺②幽③夢長。宛轉復宛轉，憶君④更⑤未央。〔六〕

【校　記】

①氣：樂府（卷六〇）、品彙（卷二一）作「氳」。

②覺：樂府、品彙作「壁」，席本、全詩作「臂」。按：當作「臂」。

③幽：席本作「憂」。

④憶君：樂府、陸本作「憶憶」，席本作「愔愔」。

⑤更：席本作「夜」。

【注　釋】

〔一〕宛轉行：樂府琴曲歌辭古題「宛轉歌」的變題。《樂府詩集》收入卷六〇《琴曲歌辭四》。題解云：《宛轉歌》一曰《神女宛轉歌》，晉朝吴令劉惠明女劉妙容初造此曲。宛轉，翻來覆去，輾轉反側。按：劉妙容古辭中「宛轉」謂樂聲曲折委婉動人。行，詩歌（樂府）體裁之一種。詳《傷歌行》（卷一）注釋〔一〕。

〔二〕重：又。翠幄：翠羽裝飾的帳幔。晉左思《吴都賦》：「藹藹翠幄，嫋嫋素女。」幄，似屋的小帳。漢劉熙《釋名·釋床帳》（卷六）：「幄，屋也。以帛衣板施之，形如屋也。」綺席：華麗的席具。古人稱坐卧的鋪墊用具爲席。南朝梁江淹《雜體詩·休上人怨别》：「膏爐絶沈燎，綺席生浮埃。」雕象床：飾以象牙雕飾的床。泛指華貴的床。

〔三〕漏：見《沙堤行呈裴相公》（卷一）注釋〔二〕「玉漏」。更：更聲。古時夜間每到一更，值夜人擊鼓或打梆子報時。

〔四〕「爐氣」句：謂香爐裏的香氣在房中浮動彌漫。背：唐時俗語。詳劉學鍇《温庭筠全集校注》（中華書局二〇〇七年版）卷十《菩薩蠻》（「牡丹花謝鶯聲歇」）注釋②。此指將燈置於有障礙物遮蔽處，使亮光减弱。唐白居易《上陽白髮人》：「耿耿殘燈背壁影，蕭蕭暗雨打窗聲。」

〔五〕結：構築。此猶言「呈現」。宵態：睡態，睡姿。唐楊衡《他鄉七夕》：「寢幌凝宵態，妝奩閉曉愁。」

〔六〕未央：未盡。

【繫　年】

當作於張籍早年與王建求學河北「鵲山漳水」時期。按：詩寫思婦夜晚的寂寞與對丈夫的思念。

【同　唱】

王建《宛轉詞》：「宛宛轉轉勝上紗，紅紅緑緑苑中花。紛紛泊泊夜飛鴟，寂寂寞寞離人家。」（全詩卷二九八）

按：《樂府詩集》未收。

張籍集繫年校注卷二

五言律詩

薊北旅思①〔一〕

日日②望鄉國，空歌《白苧詞》。〔二〕長③因④送人處，憶得別家時。失意⑤還獨語，〔三〕多愁秖自⑥知。客亭門外柳，折盡向南枝。〔四〕

【校　記】

①薊北旅思：又玄作「離亭」，英華（卷二七七）作「送遠人」，事聚（別集卷二四）作「送遠」。

②日日：唐音（卷四）作「久客」。

③長：英華、事聚作「常」。

④因：全詩校「一作於」。

⑤ 意：又玄作「計」。

⑥ 秖自：又玄、英華、事聚作「自不」，律髓（卷二九）作「只自」。

【注　釋】

〔一〕薊北：指今北京市、河北省北部地區。薊，古地名。在今北京城西南隅。《史記·周本紀》（卷四）：「武王追思先聖王，乃褒封……帝堯之後於薊。」裴駰集解引《地理志》：「燕國有薊縣。」又，唐有薊州，治今天津市薊縣。《舊唐書·地理志二》（卷三九）：「開元十八年，分幽州之三縣（按：指漁陽、玉田、三河）置薊州。天寶元年，改爲漁陽郡。乾元元年，復爲薊州。」

〔二〕《白苧詞》：吴舞曲歌辭《白紵歌》。詳《白紵歌》（卷一）注釋〔一〕。「空歌」句謂詩人欲歸不得，只能歌詠《白苧詞》寄托鄉思。

〔三〕失意：謂求薦失敗，入仕艱難。獨語：猶「自語」。

〔四〕客亭：驛亭。古代迎送官員或賓客的處所。折柳枝：古代送別的習俗。起於漢代。《三輔黄圖·橋》（卷六）：「霸橋，在長安東，跨水作橋。漢人送客至此橋，折柳贈別。」末句寫朝南生長的柳枝皆被折盡，謂南去人多。詩人故鄉在南方，睹此更興歸鄉之思與羈旅之愁。

【繫　年】

作於貞元十年（七九四）冬至十二年春張籍漫游薊北期間。

【集　評】

（五代）王定保：「元和中長安有沙門，善病人文章，尤能捉語意相合處。張水部頗恚之，冥搜愈切，因得句曰：『長因送人處，憶得別家時。』徑往誇揚，乃曰：『此應不合前輩意也！』僧微笑曰：『此有人道了也。』籍曰：『向有何人？』僧乃吟曰：『見他桃李樹，思憶後園春。』籍因撫掌大笑。」（《唐摭言·矛盾》卷一三）

按：據詩題與詩意知詩當作於張籍旅行薊北途中，此所載或爲晚唐五代人附會。

（宋）釋惠洪：「唐詩有曰：『長因送人處，憶得別家時。』又曰：『舊國別多日，故人無少年。』荆公用其意，作古今不經人道語。荆公詩曰：『木末北山烟冉冉，草根南澗水泠泠。繰成白雪桑重緑，割盡黄雲稻正青。』東坡曰：『桑疇雨過羅紈膩，麥隴風來餅餌香。』如《華嚴經》舉因知果，譬如蓮花，方其吐華，而果具蘂中。」（《冷齋夜話》卷五「蘇王警句」條）

（宋）方岳：「惜别詩要須道路臨歧繾綣，畫態亦然。『相看臨野水，獨自上孤舟』、『長因送人處，憶得别家時』外，此曾未多見。徐道暉『不來相送處，恐有獨歸時』，脱胎語爾。」（元陶宗儀《説郛》卷二〇下引《深雪偶談》）

（宋）范晞文：「楊衡詩云：『正是憶山時，復送歸山客。』張籍云：『長因送人處，憶得别家時。』盧象《還家》詩云：『小弟更孩幼，歸來不相識。』賀知章云：『兒童相見不相識，笑問客從何處來。』語益换而益佳，善脱胎者宜參之。」（《對床夜語》卷三）

（宋）劉辰翁評頷聯：「晚唐更千首，不及兩語，無緊無要，自是沈著。」（《唐詩品彙》卷六七引）

（元）方回：「此張司業集中第一首詩。三、四真佳句。司業姑蘇人，故云空歌《白苧詞》。」

（清）查慎行：「司業和州人，非姑蘇人也。」（清）紀昀：「詩自好，未必遽爲第一。」（《瀛奎律髓彙評》卷二九）

（明）鍾惺評頷聯：「其意實深，以其流，便不覺。」（《唐詩歸》卷三〇）

（明）譚元春評尾聯：「『盡』字苦。」（同上）

（明）周珽：「文昌，吴人；《白紵詞》，吴曲。望鄉而詠之，所以想像故園光景，然欲歸不得，所謂空歌也。後皆描寫客中無聊，令讀者宛然在目。此詩妙于用虚，生情生力，語極幽細含蓄，不落淺調。」（《删補唐詩選脉箋釋會通評林》卷三四）

（明）唐汝詢：「五、六曲盡孤客情態。」（同上）

（明）唐汝詢：「文昌，吴人。《白苧》，吴曲。望鄉而詠其詞，所以想像故園光景，然欲歸不得，所謂空歌也。去家既久，不復能記别時之狀，偶因送人之處而憶得之，若失意多愁，則無親知可語者，故但折楊柳自適，久而南枝幾盡，非南向之情深乎？此皆描寫客中之無聊，令讀者宛然在目。」

《唐詩解》卷三八）

（明）邢昉：「文昌清癯骨立，元氣盡削，過人在曠然塵外，絶去凡調。」（《唐風定》卷一五）

（清）馮舒：「如此出『北』字。」（《瀛奎律髓彙評》卷二九）

（清）馮班：「落句一點薊北。」（同上）

（清）查慎行：「本領具足，方能作淡語。文昌擅長處在此。以下四章（按：另三首指《夜到漁家》、《宿臨江驛》、《舟行寄李湖州》），蹊徑彷彿。」（同上）

（清）紀昀：「五、六未免弱，六句『只』字於法當作『惟』字。」（同上）

（清）吴喬：「張籍之『長因送人處，憶得别家時』，『獨游無定計，不欲道來期』，『寒夜共來望，思鄉獨下遲』，深入人情。」（《圍爐詩話》卷二）

（清）黄周星評頷聯：「實情實景，説出便無限悲涼。」（《唐詩快》卷九）

（清）黄生：「全篇直敘。」「臨别之時，家人必牽衣執手，屬令早歸，今非意留滯，所以三、四句云云。七、八再足三四意。五、六筆意已枯，虧一結寫景，復含不盡之意。」「有時獨語都不自知，極盡失意人潦頓之狀。《事文類聚》本如此，後人不得其解，輒取改易，謬甚！」（《增訂唐詩摘鈔》卷一）

（清）吴昌祺：「（頷聯）文昌二語，苦思得之，而有僧謂本于『見他桃李發，思憶後園春』。」「折柳以送南歸之人，人盡去，則枝無存，正獨語自知也。」（《删訂唐詩解》卷一八）

（清）顧安：「此即張曲江《通化門送客》之意。三、四插一句作轉折，亦有筆力。至於氣味厚

薄，讀者當與曲江作參看。」（《唐律消夏録》卷五）

（清）屈復：「五、六寫薊北景便深，又寫情遂淺薄矣。」（《唐詩成法》卷五）

（清）楊逢春：「一思歸，一層；二不得歸，一層；三、四因不歸轉憶到别時，一層；五、六總上言此情無可告語，一層；七、八應首句，蓋籍家在南，南枝折盡，則日日望可知矣。」（《唐詩繹》卷一九）

（清）宋宗元評頷聯：「人人意中語，自合傳誦。」（《網師園唐詩箋》卷九）

（清）李懷民評頷聯：「或問公生平最得意句，公止誦此二語，試思其所以爲生平得意處安在？」（《重訂中晚唐詩主客圖》卷上）

（清）沈德潛：「五六平平，中晚通病。」（《重訂唐詩别裁集》卷一二）

（清）余成教：「劉攽《詩話》云：『張文昌（籍）樂府清麗深婉，五言律詩亦平淡可愛，七言律詩則質多文少。』然文昌五言不乏清麗深婉之句，如『長因送人處，憶得别家時』，『家貧無易事，身病是閒時』，『眼昏書字大，耳重語聲高』，『山情因月甚，詩語入秋高』，『尚儉經營少，居閒意思長』，不獨平淡可愛也。《寄和劉使君》云『曉來江氣連城白，雨後山光滿郭青』，及《贈賈島》之『籬落荒涼僮僕饑』，則又文質兼備矣。」（《石園詩話》卷二）

（清）王壽昌：「唐人佳句，有可以照耀古今，膾炙人口者。如……劉方平之『萬影皆因月，千聲各爲秋』，張秘書之『長因送人處，憶得别家時』……此等句當與日星河嶽同垂不朽。」（《小清華園詩談》卷下）

（清）潘德輿：「唐人詩『長貧惟要健，漸老不禁愁』……『長因送人處，憶得别家時』……皆字字從肺肝中流露，寫情到此，乃爲入骨，雖是律體，實『三百篇』、漢、魏之苗裔也。初學欲以淺率之筆襲之，多見其不知量。」（《養一齋詩話》卷七）

江南春

江南楊柳春，日暖地無塵。渡口過新雨，夜來生白蘋。〔一〕晴沙鳴乳燕①，芳樹醉游人。向晚青山下，誰家祭水神？〔二〕

【校　記】

① 燕：宋本、律髓（卷一〇）作「雁」。

【注　釋】

〔一〕白蘋：水中浮草。二句化用韋應物《幽居》詩句「微雨夜來過，不知春草生」。

〔二〕祭水神：見《賈客樂》（卷一）注釋〔三〕「祭神」。此謂有人即將遠行或祈求行人平安歸來。二句「反本題結」，以人點景，彌漫著隱隱的感傷。

【繫　年】

當作於張籍早期漫游江南時。按：詩寫江南美麗的春色。詩境清奇優美，是張籍五律代表作之一。

【集　評】

（元）方回：「思新，不拘對偶，可喜。」（《瀛奎律髓彙評》卷一〇）

（明）許學夷：「大曆而後，五七言律體製、聲調多相類，元和間，賈島、張籍、王建始變常調。張王五言清新峭拔，較賈小異，在唐體亦爲小偏。張如『椰葉瘴雲濕，桂叢蠻鳥聲』、『夜鹿伴茅屋，秋猿守栗林』、『渡口過新雨，夜來生白蘋』、『竹深村路暗，月出釣船稀』、『明月見潮上，江靜覺鷗飛』、『夜靜江水白，路迴山月斜』、『乘舟向山寺，着屐到漁家』、『新露濕茅屋，暗泉衝竹籬』……皆清新峭拔，另爲一種，五代諸公多出此矣。」（《詩源辯體》卷二七）

（清）馮班：「結得遠。」（《瀛奎律髓彙評》卷一〇）

（清）紀昀：「結句偏枯而單弱，馮云『結得遠』，非也。」「三、四自然，其妙在於『紅入』、『青歸』之上，而虛谷不知。」（同上）

（清）許印芳：「虛谷原選此詩之前有老杜《早春》詩，五、六句云：『紅入桃花嫩，青歸柳葉新。』虛谷盛稱『紅入』、『青歸』字法之妙，故曉嵐論及之。」（同上）按：杜甫詩爲《奉酬李都督表丈早春作》。

（清）何焯：「此是《楚辭》中所謂『江南』，故有落句。」（同上）

（清）李懷民：「問：此景到處有之，何必是江南？曰：只如此，便寫得江南春出。此可爲知者道。讀三謝詩，當明此例，以下皆可類推矣。」評頷聯：「元化。與韋蘇州『微雨夜來過，不知春草生』同妙。」（《重訂中晚唐詩主客圖》卷上）

西樓①望月

城西樓上月，復是②雪晴時。寒夜③共來望，思鄉獨下遲。幽光落水④塹，淨色遍⑤霜枝。〔一〕明日千里去⑥，此中還別離。〔二〕

【校記】

① 西樓：英華（卷一五二）、全詩校「一作登城」。

② 是：律髓（卷二二）作「見」，席本作「值」。

③ 寒夜：英華作「寒食」。

④ 水：席本、庫本作「冰」。

⑤ 遍：英華、宋本、律髓、陸本、全詩作「在」。

⑥ 千里去：庫本作「去千里」。

【注釋】

〔一〕幽光：清澈的月光。水塹：指護城河。淨色：潔淨的月色。

〔二〕尾聯「放開一步」，以寫明日離別表現今夜思鄉之苦。

【繫年】

當作於張籍早期漫游時。按：詩寫詩人旅中與友人登樓望月及其深沉的思鄉之情。

【集評】

（元）方回：「前四句佳甚。」（《瀛奎律髓彙評》卷二三）

（清）馮舒：「末句即『卻望并州是故鄉』也。」（同上）

（清）紀昀：「意境甚別，而未能渾老深厚。」（同上）

（清）吴喬：見《薊北旅思》（卷二）「集評」。

（清）李懷民：「最要於此等認水部真面目。」評首聯：「格。」評頷聯：「只似無可説。」（《重訂中晚唐詩主客圖》卷上）

別鶴〔一〕

雙①鶴出雲谿，分飛各自迷。〔二〕空巢在松頂②，折羽落紅③泥。〔三〕尋水終不飲，逢林亦未棲。〔四〕別離應易老，萬里兩④淒淒⑤。

【校　記】

①雙：陸本作「雙」。

②頂：英華（卷三二八）作「樹」，樂府（卷五八）、席本、全詩（卷二三）作「杪」。

③紅：英華、樂府、席本、全詩（卷二三）、庫本作「江」。

④兩：英華作「草」，全詩（三八四）作「雨」。

⑤淒淒：英華作「萋萋」。

【注　釋】

〔一〕別鶴：樂府琴曲歌辭古題，「十二操」之《別鶴操》的變題。《樂府詩集》收入卷五八《琴曲歌辭二》。同卷《別鶴操》題解：「崔豹《古今注》曰：『《別鶴操》，商陵牧子所作也。娶妻五年而無子，父兄將爲之改娶。妻聞之，中夜起，倚户而悲嘯。牧子聞之，愴然而悲，乃援琴而歌。後人因爲樂章焉。』《琴譜》曰：『琴曲有四大曲，《别鶴操》其一也。』」别鶴，謂雌雄雙鶴離散。

〔二〕雲谿：雲霧繚繞的谿谷。迷：謂因悲傷而不知方向。

〔三〕折羽：折斷的翅羽。翅羽折斷，形容極度悲傷。唐杜甫《祭外祖祖母文》：「雌伏單棲，雄鳴折羽。」

〔四〕以上四句寫雙鶴分離後的淒涼與悲傷。

【繫　年】

當作於張籍早年與王建求學河北「鵲山漳水」時期。詩所詠當與王建同唱詩所詠「主人一去」而「池鶴散飛」同。

【集　評】

（元）方回：「此寓言，似寫離别者之苦。」（《瀛奎律髓彙評》卷二七）

（清）紀昀：「此殊凡近，五、六尤不佳。」（同上）

【同唱】

王建《别鶴曲》：「主人一去池水絶，池鶴散飛不相别。青天漫漫碧水重，知向何山風雪中。萬里雖然音影在，兩心終是死生同。池邊巢破松樹死，樹頭年年烏生子。」（全詩卷二九八）

按：《樂府詩集》（卷五八）題作「别鶴」。

江陵孝女〔一〕

孝女獨垂髮，〔二〕少年唯一身。無家空托墓，主祭不從人。〔三〕相吊有行客，起廬因①舊鄰。〔四〕江頭聞哭處，寂寂②楚花春。〔五〕

【校記】

① 因：全詩、庫本作「無」。

② 寂寂：庫本作「寂寞」。

【注釋】

〔一〕江陵孝女：新樂府題。《樂府詩集》卷四七《清商曲辭四·吴聲歌曲四》收有《江陵女歌》；同卷《黄竹子歌》題解引唐李康成語：「《黄竹子歌》、《江陵女歌》，皆今時吴歌也。」此題或由《江陵女歌》派生。江陵，府、縣名，治所在今湖北江陵縣。《舊唐書·地理志二》（卷三九）：「荆州江陵府……領江陵、枝江、長林、安興、石首、松滋、公安七縣。」

〔二〕垂髪：古時童子的髮型。《後漢書·鄧禹傳》（卷一六）：「父老童穉，垂髪戴白。」李賢注：「垂髪，童幼也。戴白，父老也。」

〔三〕無家：謂未出嫁成家。托墓：托付以建造、祭掃墳墓等事。唐杜牧《唐故宣州觀察使御史大夫韋公墓志銘（并序）》：「（韋公）召子壻張復魯曰：『三稚女得良壻，死以是托墓。』」主祭：主持祭祀。古制家祭由嫡長子主持，孝女無兄弟，只能自己主祭。從人：指嫁人。唐吴兢《樂府古題要解·定情篇》：「漢繁欽所作也。言婦人不能以禮從人，而自相説媚。」

〔四〕行客：過往的行人。《淮南子·精神訓》：「視至尊窮寵，猶行客也。」高誘注：「行客，猶行路過客。」起廬：於墓旁建築守喪的小屋。居廬乃守孝禮之一。《荀子·禮論》：「齊衰，苴杖，居廬，食粥，席薪，枕塊，所以爲至痛飾也。」因：依靠。

〔五〕楚花：江陵古爲楚地，故謂其地之花爲「楚花」。末句以無聲襯有聲，以景語揭示詩人的内心感受。

【繫　年】

當作於貞元九年（七九三）春張籍游荆州江陵時。按：詩寫孝女的孝行以及詩人對她的悲憫之情。

【集　評】

（清）李懷民：「只淡淡著筆，而孝女已千古如生，若經後人手，不知有幾多膚闊理性語搬演來也。」（《重訂中晚唐詩主客圖》卷上）

山①中古祠

春草空祠②墓③，荒林唯鳥④飛。記⑤年⑥碑石在，經亂祭人稀。野鼠緣朱⑦帳，陰塵蓋⑧畫衣。近來⑨潭水黑⑩，時見⑪宿龍歸。

【校　記】

① 山：英華（卷三二〇）、庫本前有「題」字。

② 祠：英華作「山」。

③墓：英華、宋本、席本、陸本、庫本作「暮」，律髓（卷二八）作「處」。
④唯鳥：英華、庫本作「鳥雀」。
⑤記：律髓、庫本作「紀」。
⑥年：席本、全詩校「一作名」。
⑦朱：席本作「珠」。
⑧蓋：英華校「一作幞」，席本校「一作滿」，全詩校「一作撲，一作滿」。
⑨來：英華、陸本、席本、全詩作「門」，庫本作「聞」。
⑩黑：席本作「裹」。
⑪見：律髓馮班校「一作有」。

【繫　年】

據「經亂祭人稀」語斷，詩當作於張籍早期求學或漫游時期。

【集　評】

（元）方回：「平易而新美。」（《瀛奎律髓彙評》卷二八）

（清）紀昀：「本無意味，亦太膚廓，天下廢祠皆可移用。」（同上）

（清）李懷民：「寫出陰森。」評首聯：「著此句好。」評頸聯：「匠。」評尾聯：「不是真見龍，只匠得此潭水黑耳。」（《重訂中晚唐詩主客圖》卷上）

漁陽將〔一〕

塞深沙草白，都護領燕兵。〔二〕放火燒奚帳，分旗築漢城。〔三〕下營看嶺勢，尋雪覺人行。〔四〕更向桑乾北，擒生①問磧名。〔五〕

【校　記】

① 生：庫本作「王」。

【注　釋】

〔一〕漁陽將：張籍自創的新樂府題。漁陽，郡名。戰國燕始置，秦漢治今北京市密雲縣西南。又，唐開元十八年置薊州（治今天津市薊縣），天寶元年改爲漁陽郡。參《薊北旅思》（卷二）注釋〔一〕。

〔二〕沙草：即「白草」，牧草之一種。至秋而呈白色。《漢書·西域傳上·鄯善國》（卷九六上）：

「地沙鹵，少田……多葭葦、檉柳、胡桐、白草。」顏師古注：「白草似莠而細，無芒，其乾孰時正白色，牛馬所嗜也。」都護：官名。漢宣帝始置西域都護，總監西域諸國，並護南北道，爲西域地區最高長官。《漢書·鄭吉傳》（卷七〇）：「吉既破車師，降日逐，威震西域，遂並護車師以西北道，故號都護。都護之置自吉始焉。」顏師古注：「並護南北二道，故謂之都。都猶大也，總也。」唐置安東、安西、安南、安北、單于、北庭六大都護，職責與漢同。此指漁陽將。燕：古國名，轄今河北省北部和遼寧省西部。

〔三〕奚：唐時生活於今内蒙古自治區西拉木倫河流域的民族。《舊唐書·北狄傳》（卷一九九下）：「奚國，蓋匈奴之别種也，所居亦鮮卑故地，即東胡之界也，在京師東北四千餘里。……每隨逐水草，以畜牧爲業，遷徙無常。居有氊帳……散居山谷，無賦稅。其人善射獵，好與契丹戰爭。」此借指敵人。分旗：分兵。唐杜甫《西山三首》其一：「蜀將分旗鼓，羌兵助井泉。」漢城：指唐軍的防禦工事。

〔四〕下營：安營紮寨。嶺勢：指山形地貌。覺：偵察。人行：指敵人的蹤跡。

〔五〕桑乾：河名。發源於今山西寧武縣，東北向流入河北、北京境，始稱永定河。擒生：活捉敵人。磧：見《築城詞》（卷一）注釋〔四〕。

【繫　年】

當作於貞元十一年(七九四)秋,時張籍漫游薊北。《舊唐書·德宗本紀下》(卷一三)載,此年四月「丙寅,幽州劉濟奏大破奚王啜刺等六萬餘衆」,詩所寫或緣此。按:詩寫漁陽將的征戰生活。

【集　評】

(元)方回:見《征西將》(卷二)「集評」。

(清)查慎行:「中兩聯句法相同。」(《瀛奎律髓彙評》卷三〇)

(清)李懷民:「邊情逼真。」評頸聯:「(『看』)字法。」「(『覺』)字法。」(《重訂中晚唐詩主客圖》卷上)

聽夜泉

細泉深處落,夜久漸聞聲。獨起出門聽,欲尋當澗行。還疑隔林遠,復畏有風生。〔二〕月下長來①此②,無人亦③到明。〔三〕

【校　記】

① 長來:英華(卷一六四)、庫本作「堪留」。

② 此：席本作「立」。

③ 亦：庫本作「共」。

【注　釋】

〔一〕二句寫詩人「聽」泉的内心活動，表現泉聲細弱。

〔二〕無人：謂無伴。

【繫　年】

據「月下長來此」斷，詩當作於張籍早年求學「鵲山漳水」時。按：詩寫詩人月夜「聽」泉及聽泉的感受。

【集　評】

（明）鍾惺：「（深處落）三字便是夜泉。」（《唐詩歸》卷三〇）

（明）譚元春評頸聯：「靜思。」（同上）

（清）李懷民：「靜到極處，故細到極處。只如一段高興，後人萬萬不能及。其妙可與賈長江《玩月》古詩同看。」評「夜久」句：「此句安放得妙。」評頷聯：「靜、細。」評頸聯：「細極，靜極。」（《重訂

中晚唐詩主客圖》卷上）

（清）陸鎣：「唐人佳作林立，選家以愛憎爲去取，遂失廬山真面。先廣文嘗云：『讀古人詩，須讀全集，選本最誤人。中唐詩人如劉夢得、杜牧之、張文昌，皆卓然成家。……文昌擬樂府諸詩，綽有妙緒。五言近體如《聽泉》、《夜到漁家》、《山中贈日南僧》、《酬韓庶子》，七言如《贈王秘書》、《謝裴司空寄馬》、《贈茆山楊判官》、《哭丘長史》諸作，東野所謂「一卷冰雪文，避俗常自攜」者也。選家無識，隨意去取，古人之真，日就湮没，可勝歎哉！』」（《問花樓詩話》卷一）

送南①遷客

去去遠遷客，瘴中衰病身。〔一〕青山無限路，白首不歸人。海國戰騎象，蠻州市用銀。〔二〕一家分幾處②，誰見日南春？〔三〕

【校　記】

① 送南：宋本、律髓（卷四三）無此二字。

② 處：律髓作「歲」。按：當作「處」。

【注釋】

〔一〕去去：遠去。舊題漢蘇武詩：「參辰皆已没，去去從此辭。」瘴：瘴氣。嶺南地區山林間濕熱蒸發能致病之氣。《後漢書·南蠻傳》（卷八六）：「南州水土温暑，加有瘴氣，致死亡者十必四五。」

〔二〕海國：近海之地。此指日南。戰騎象：騎象作戰。《舊唐書·南蠻傳》（卷一九七）：「林邑國，漢日南象林之地，在交州南千餘里。……以藤爲甲，以竹爲弓，乘象而戰。王出則列象千頭，馬四百匹，分爲前後。」蠻州：泛指南方少數民族地區。此指嶺南。市用銀：唐制，中原地區買賣用錢而禁用銀，嶺南不限。唐韓愈《錢重物輕狀》：「禁錢不得出五嶺，買賣一以銀，盜以錢出嶺，及違令以買賣者，皆坐死。」《新唐書·食貨志四》（卷五四）：「唯銀無益於人，五嶺以北，採銀一兩者流他州，官吏論罪。」

〔三〕誰見：猶「何見」、「怎見」。日南：郡名，即唐驩州。治所在九德縣（今屬越南義安省榮市）。《舊唐書·地理志四》（卷四一）：「驩州。隋日南郡。武德五年，置南德州總管府……八年，改爲德州。貞觀初，改爲驩州……天寶元年，改爲日南郡。乾元元年，復爲驩州也。」「漢武帝開百越，於交趾郡南三千里置日南郡，領縣四，治於朱吾。其林邑，即日南郡之象林縣。縣在南，故曰日南。」末句寫南遷客的淒涼心境。

【繫　年】

當作於元和元年（八〇六）以後張籍居京爲官時期，或元和十年前後王建、于鵠同在長安時。

按：詩寫南遷客的慘境及詩人的同情之情。

【集　評】

（元）方回：「唐人有長流者，恐此亦是寓言，無其人而立此題。」（清）馮舒：「無其人，安用作此不祥語？」（清）紀昀：「長流豈有寓言者？ 不書其人姓名，或諱其人，或其人無足重輕耳。虚谷論謬極。」（《瀛奎律髓彙評》卷四三）

（清）查慎行：「唐時用錢不用銀，第六句可考。」（同上）

（清）紀昀：「五、六太率易。 七句不明晰，再校。」（同上）

（清）李懷民評頷聯：「衹作盡情語，此真諦異於世諦。 或言此二句似盛唐人語。」評頸聯：「只就二事指點而風土如見。」（《重訂中晚唐詩主客圖》卷上）

【同　唱】

王建《送遷客》：「萬里潮州一逐臣，悠悠青草海邊春。 天涯莫道無回日，上嶺還逢向北人。」（全詩卷三〇一）

于鵠《送遷客二首》：「得罪誰人送，來時不到家。白頭無侍子，多病向天涯。莽蒼凌江水，黄昏見塞花。如今賈誼賦，不漫説長沙。」「流人何處去，萬里向江州。孤驛瘴烟重，行人巴草秋。上帆南去遠，送雁北看愁。遍問炎方客，無人得白頭。」（全詩卷三一〇）

按：據詩題以及張籍與王建、于鵠之關係看，四詩或同唱，但所送遷客之遷地不同，此存疑。

薊北春懷①〔一〕

渺渺水雲外，〔二〕别②來音③信稀。因逢過江使，卻寄在家衣。〔三〕問路更愁遠，逢④人空説歸。今朝薊城北，又見塞鴻飛。〔四〕

【校　記】

① 懷：英華（卷二九三）作「思」。
② 别：英華、衆妙作「望」。
③ 音：英華、衆妙作「鄉」。
④ 逢：衆妙作「送」。

【注　釋】

〔一〕薊北：見《薊北旅思》（卷二）注釋〔一〕。

〔二〕渺渺：悠遠貌。南朝梁吴均《贈王桂陽别詩三首》其二：「白雲方渺渺，黄鳥尚關關。」水雲：水和雲。多指水雲相接的遠景。

〔三〕過江使：指經由蘇州至薊北的官方使者。蘇州在江南，故謂。「卻寄」句：謂家人竟寄來留在家中的衣服。按：籍青少年時代居蘇州，貞元十二年家人遷居和州。

〔四〕塞鴻：塞外鴻雁。雁爲候鳥，塞鴻秋分後飛往南方越冬，春分後飛回北方。古人常借以作比，表達對羈旅不歸的親人的懷念。南朝宋鮑照《代陳思王京洛篇》：「春吹回白日，霜歌落塞鴻。」此借以表達詩人對親人的思念。

【繫　年】

由「塞鴻飛」知作於貞元十一年（七九五）春分後，即二三月間，時張籍漫游薊北。按：詩抒寫詩人漫游薊北的旅愁和對親人的思念。

【集　評】

（明）鍾惺：「妙於用虚，生情生力。」（《唐詩歸》卷三〇）

（清）李懷民評頷聯：「真情遠味，只在尋常情事中，若入後人手，便易鄙瑣。」（《重訂中晚唐詩主客圖》卷上）

思遠人①〔一〕

野橋春水清，橋上送君行。去去人應老，〔二〕年年草自生。出門看遠道，無信②向邊城。楊柳別離處，秋蟬今復鳴。

【校　記】

①思遠人：才調（卷三）作「寄遠客」。

②信：才調作「路」。

【注　釋】

〔一〕思遠人：新樂府題。《樂府詩集》收入卷九三《新樂府辭四·樂府雜題四》。遠人，指征人。

〔二〕去去：見《送南遷客》（卷二）注釋〔一〕。

【集　評】

（清）馮班評首句：「好起。」（清宋邦綏《才調集補注》卷三引）

（清）李懷民：「觸景生情，緣情成詩，都無跡象。水部於此等處真得古情古興，世人安得以其輕淺而忽之也。」（《重訂中晚唐詩主客圖》卷上）

【同　唱】

王建《思遠人》：「妾思常懸懸，君行復綿綿。征途向何處，碧海與青天。歲久自有念，誰令長在邊。少年若不歸，蘭室如黄泉。」（全詩卷二九七）

按：現存唐詩中唯此二首同題，内容亦相近，張、王二人爲關係密切的同學、詩友，二作似屬同唱。

贈同谿客①〔一〕

幽居得相近，烟景每②寥寥。〔二〕共伐臨谿樹，同③爲過水橋。〔三〕自教青④鶴舞，分採紫⑤芝⑥苗。〔四〕更愛南峰住⑦，尋君路恐⑧遥。〔五〕

【校　記】

①同谿客：又玄作「同志」。

②每：又玄作「已」，英華（卷一六六）、席本作「亦」。

③同：原本作「因」，據又玄、英華、陸本、席本、庫本改。

④青：又玄、英華作「仙」。

⑤紫：又玄、英華作「玉」。

⑥芝：又玄作「枝」。

⑦住：又玄作「寺」，英華作「好」。

⑧路恐：又玄、宋本、席本作「恐路」，英華作「畏路」。

【注　釋】

〔一〕同谿客：隱居同一谿谷的友人。

〔二〕烟景：春天的美景。南朝梁江淹《惜晚春應劉秘書》：「烟景抱空意，蘅杜綴幽心。」寥寥：寂寞。唐宋之問《温泉莊卧病寄楊七炯》：「移疾卧兹嶺，寥寥倦幽獨。」二句謂友人雖近，但不易相聚，「烟景」中常感寂寥。

〔三〕二句寫與友人修路建橋以相往來。

〔四〕青鶴：即鶴。相傳浙江青田産鶴（詳《能改齋漫録・方物》卷一五「青田鶴」條），故謂。唐王勃《梓州元武縣福會寺碑》：「青鶴乘霄，降仙苗於太室。」道家以鶴爲靈鳥，傳説中仙人多以鶴爲坐騎。《本草綱目·禽·鶴》(卷四七)「釋名」引《相鶴經》云:「鶴乃羽族之宗,仙人之驥。」紫芝:真菌的一種。似靈芝,古人以爲瑞草,道教以爲仙草。漢王充《論衡》(卷七):「聞爲道者,服金玉之精,食紫芝之英。食精身輕,故能神仙。」二句寫與友人交游之樂。

〔五〕二句謂自己欲移住南峰,但又害怕訪友路遠。

【繫　年】

此詩與《秋山》(卷六)、《山中疇人》(卷八)皆寫山中隱居生活,均當作於張籍早年與王建求學河北「鵲山漳水」期間。按:詩寫詩人與友人的隱居情誼。

【集　評】

(清)李懷民:「先知此題之高古,有情味,則知此詩妙處。」(《重訂中晚唐詩主客圖》卷上)

望行人①〔一〕

秋風窗下起,旅雁向②南飛。日日出門望,家家行客歸。無因見邊使,空待寄寒衣。獨倚③青樓暮,烟深鳥雀④稀。〔二〕

【校　記】

①望行人：原本卷八重收此詩，題作「秋閨」，已删；席本亦題作「秋閨」。

②向：原本卷八、席本作「又」。

③倚：原本卷八、樂府（卷二三）、宋本、陸本、席本作「閉」。

④鳥雀：劉本作「雀鳥」。

【注　釋】

〔一〕望行人：漢横吹曲辭古題。《樂府詩集》收入卷二三《横吹曲辭三・漢横吹曲三》；同書卷二一引《樂府解題》：「漢横吹曲，二十八解，李延年造。魏、晉已來，唯傳十曲：……十曰《望行人》。」

〔二〕青樓：見《妾薄命》（卷一）注釋〔五〕。以景語作結，言有盡而情無窮。

【集　評】

（清）吴瑞榮：「水部律格，工於匠物，字清意遠，不陟舊跡，自足成一家矣。然其音韻過拗過裂，有礙製體。」評第四句：「從他家烘托，有情。」（《唐詩箋要》卷六）

（清）李懷民：「此等與其樂府相出入，語淺意深，最不宜忽。」（《重訂中晚唐詩主客圖》卷上）

【同　唱】

王建《望行人》：「自從江樹秋，日日望江樓。夢見離珠浦，書來在桂州。不同魚比目，終恨水分流。久不開明鏡，多應是白頭。」（全詩卷二九九）

送宫人入道〔一〕

舊寵昭陽裏，尋①仙此最稀。〔二〕名初②出宫籍，身未稱霞衣。〔三〕已别歌舞貴③，長隨鸞鶴飛。〔四〕中官看入洞，空駕玉輪歸。〔五〕

【校　記】

① 尋：英華（卷二二九）作「求」。

② 初：英華作「雖」。

③ 貴：庫本作「綴」。

【注　釋】

〔一〕入道：出家爲道士。唐帝王因消災或大赦，常放出宫女，或任其所適，或令其入道。

〔二〕二句謂過去受皇帝寵愛，如今卻棲身偏僻的道觀。昭陽：漢宮殿名。《三輔黄圖·未央宫》（卷二）：「武帝時，後宫八區，有昭陽、飛翔……成帝趙皇后居昭陽殿，有女弟，俱爲婕妤，貴傾後宫。昭陽舍蘭房椒壁……後宫未嘗有焉。」後泛指受寵嬪妃所住宫殿。唐王昌齡《長信怨》：「玉顔不及寒鴉色，猶帶昭陽日影來。」尋仙：指道事活動。

〔三〕霞衣：道士所穿之服。因飾以雲霞圖案，故稱。

〔四〕鸞鶴：鸞與鶴。相傳爲仙人所乘。南朝宋湯惠休《楚明妃曲》：「驂駕鸞鶴，往來仙靈。」

〔五〕中官：宦官。《漢書·高后紀》（卷三）：「諸中官、宦者令丞皆賜爵關内侯。」顔師古注：「諸中官，凡閹人給事於中者皆是也。」洞：洞天。道教所稱神仙的居處，意謂洞中别有天地。此指道觀。玉輪：以玉裝飾的車輪。借指豪華的車駕。

【繫　年】

當作於元和十年（八一五）十二月，時張籍在太常太祝任。《唐會要·出宫人》（卷三）載，貞元至大和初，大規模「出宫人」計五次。一爲貞元二十一年（八〇五）三月，前後出宫人九百，「聽其親戚迎於九仙門」；二爲元和八年（八一三）六月，「出宫人二百車，任其嫁配」；三爲元和十年十二月，「出宫人七十人」；四爲長慶四年（八二四）二月，「敕先在掖庭宫人，及逆人家口，並配内園者，並放出外，任其所適」；五爲寶曆二年（八二六）十二月，「敕在内宫女，宜放三千人，願嫁及歸近親，並從所便，不須尋問」。關於第三次，《舊唐書·憲宗本紀下》（卷一五）載：「出宮人七十二人置京城寺觀，有家者歸之。」由詩題「入道」可知，張籍所寫當爲第三次。又，王建、于鵠、殷堯藩、張蕭遠分別有《送宮人入道》、《送宮人入道歸山》、《宮人入道》、《送宮人入道》，據詩題與内容看，當爲同唱。元和十年十二月，五人皆可能在長安。張籍入仕後一直居京；王建時爲京兆昭應縣丞；于鵠元和八年秋以後在長安作有《送唐大夫讓節歸山》（王建同作《送唐大夫罷節歸山》，于、王二詩分別有「白領狐裘出帝城」、「公卿送到國門前」語，知送別地同爲長安，二詩當作於王建元和八年秋入京後），時或在世；殷堯藩，《唐才子傳校箋》（卷六）載元和九年舉進士，其後至十一年間曾佐河中趙宗儒幕，十年冬或在京；張蕭遠，《登科記考》（卷一八）載元和八年進士及第，按唐制，十年冬當進京「冬集」銓選。按：詩寫宮女入道及詩人對此的感慨。

【集　評】

（元）方回：「宮人入道，唐世多有。此詩，既幽閉之深宮矣，一旦得出，又以道宮終其身，皆非禮也。」（《瀛奎律髓彙評》卷四八）

（清）紀昀：「亦淺直。」（同上）

（清）李懷民：「最要學他結法，獨得不盡之味。」「餘意作結，令人邈然，此真不盡也。」（《重訂中晚唐詩主客圖》卷上）

【同　唱】

于鵠《送宫人入道歸山》：「十歲吹簫入漢宫，看修水殿種芙蓉。自傷白髮辭金屋，許著黄衣向玉峰。解語老猨開曉户，學飛雛鶴落高松。定知别後宫中伴，應聽緱山半夜鐘。」（全詩卷三一〇）

王建《送宫人入道》：「休梳叢鬢洗紅妝，頭戴芙蓉出未央。弟子抄將歌遍疊，宫人分散舞衣裳。問師初得經中字，入静猶燒内裏香。發願蓬萊見王母，卻歸人世施仙方。」（全詩卷三〇〇）

張蕭遠《送宫人入道》：「捨寵求仙畏色衰，辭天素面立階墀。金丹擬駐千年貌，玉指休匀八字眉。師主與收珠翠後，君王看戴角冠時。從來宫女皆相妬，聞向瑶臺盡淚垂。」（全詩卷四九一）

殷堯藩《宫人入道》：「卸卻宫妝錦繡衣，黄冠素服製相宜。錫名近奉君王旨，佩籙新參老氏師。白晝無情趨玉陛，清宵有夢步瑶池。緑鬟女伴含愁别，釋盡當年妬寵私。」（全詩卷四九二）

送越客〔一〕

見説①孤帆去，東南到②會稽。〔二〕春雲剡溪口，殘月鏡湖西。〔三〕水鶴沙邊立③，山鼯竹裏啼。〔四〕謝家曾住處，烟洞入應迷。〔五〕

【校　記】

①説：宋本、劉本、陸本作「語」。

②到：宋本、劉本、陸本作「别」。按：當作「到」。

③立：英華(卷二七七)作「宿」。

【注釋】

〔一〕越客：指去越地的人。越，古國名。建都會稽(今浙江紹興)。戰國時滅於楚。後世稱今浙江或浙東地區，亦專指今紹興一帶。

〔二〕見説：猶「聽説」。唐王維《贈裴旻將軍》：「見説雲中擒黠虜，始知天上有將軍。」會稽：山名。在今浙江省紹興東南，相傳夏禹大會諸侯於此計功，故名。後借以稱今浙江紹興一帶。

〔三〕剡溪口：浦名。在越州剡縣(治今浙江嵊州市)北。宋高似孫《剡録·山水志》(卷二)：「(剡縣)北有石床，謝靈運所垂釣也，其下爲剡溪口，水深而清，曰『嵊浦』。」剡溪，又名戴溪，即曹娥江上游。在剡縣西南。《元和郡縣圖志·越州·剡縣》(卷二六)：「剡溪，出縣西南，北流入上虞縣界爲上虞江。」鏡湖：古代大型農田水利工程，在今浙江紹興會稽山北麓。東漢永和五年(一四〇)會稽太守馬臻主持修建，以水平如鏡，故名。「春雲」句暗示友人至越季節爲春。

〔四〕山鼯：即鼯鼠。晉左思《吴都賦》：「狖鼯猓然，騰趠飛超。」劉逵注：「鼯，大如猿，肉翼若蝙蝠。其飛善從高集下。食火烟，聲如人號。一名飛生。」(《六臣注文選》卷五)

〔五〕謝家：指南朝宋謝靈運家。《宋書·謝靈運傳》(卷六七)：「靈運父祖並葬始寧縣，並有故宅及墅，遂移籍會稽，修營别業，傍山帶江，盡幽居之美。與隱士王弘之、孔淳之等縱放爲娱，有終焉之志。」烟洞：借指美麗的會稽山水。末句用劉晨、阮肇入天台典。《太平御覽·地部六》（卷四一）「天台山」條引《幽明録》：「漢明帝永平五年，剡縣劉晨、阮肇共入天台山取穀皮，迷不得返」，遇「二女子，資質妙絶」；邀至其家，就帳共宿，「言聲清婉，令人亡憂」；半年後還歸，「親舊零落，邑屋改異，無復相識。問得七世孫，傳聞上世入山，迷不得歸。」

【繫　年】

詩云「東南到會稽」，當作於元和元年（八〇六）以後張籍居京爲官時期。按：詩寫越地物色以送别。

【集　評】

（宋）葛立方：「（韓愈）有《調張籍》一篇大尊李杜，而末章有『顧語地上友，經營無太忙』之句。《病中贈張籍》一篇有『半塗喜開鑿，派别失大江。吾欲盈其氣，不令見麾幢』之句。《醉贈張徹》有『張籍學古淡，軒鶴避雞群』之句。則知籍有意於慕大，而實無可取者也。及取其集而讀之，如《送越客》詩云：『春雲剡溪口，殘月鏡湖西。』《逢故人》詩云：『海上見花發，瘴中聞鳥飛。』《送海客》詩云：『入國自獻寶，逢人多贈珠。』『紫掖發章句，青闈更詠歌。』如此之類，皆駢句也。至於語言拙惡，如：『寺貧無施利，僧老足慈悲。』『收拾新琴譜，封題舊藥方。』『多申請假牒，祇送賀官書。』此尤可笑。至於樂府，則稍超矣。姚秘監嘗稱之曰：『妙絶《江南曲》，凄涼《怨女詩》。』白太傅嘗稱之曰：『尤攻樂府詞，舉代少其倫。』由是論之，則人士所稱者非以詩也。」（《韻語陽秋》卷二）

（清）李懷民評頷聯：「越中山水，累牘不能盡，於剡谿只一指春雲，於鏡湖只一指殘月，而其景如歷矣，且於越境，只指兩處，而其他可概，此定法也。」評頸聯：「此就細小處寫，亦止一指。」（《重訂中晚唐詩主客圖》卷上）

贈[①]辟穀者〔一〕

學得餐霞法，逢人與[②]小還。〔二〕身輕曾[③]試鶴，力弱未離[④]山。〔三〕無食犬猶[⑤]在，不耕牛自閑。朝朝空漱水[⑥]，叩齒草堂間。〔四〕

【校記】

① 贈：英華（卷二三二）作「贈新」，律髓（卷四八）作「題」。

② 與：席本作「贈」。

③ 曾：英華作「堪」，劉本作「會」。

④ 離：英華作「登」。

⑤ 猶：英華校「一作常」。

⑥ 空漱水：英華作「唯盥漱」。

【注釋】

〔一〕辟穀：不食五穀。道家修煉術。辟穀時，仍食藥物，並須兼做導引等工夫。《魏書·釋老志》（卷一一四）：「（太上老君）使王九疑人長客之等十二人（按：中華書局本校勘記按云「使字下人名訛脱」），授謙之服氣導引口訣之法。遂得辟穀，氣盛體輕，顔色殊麗。弟子十餘人，皆得其術。」晉葛洪《抱朴子·内篇·雜應》、宋張君房《雲笈七籤·雜修攝·食氣絶穀法》（卷三六）等載有絶穀之方。

〔二〕餐霞：餐食日霞。道家修煉術。《漢書·司馬相如傳下》（卷五七下）：「呼吸沆瀣兮餐朝霞。」顔師古注引應劭曰：「《列仙傳》陵陽子言春食朝霞。朝霞者，日始欲出赤黄氣也。」小還：「太乙小還丹」的簡稱。以水銀、石硫黄等煉製百日而成，狀如石榴子。道教以爲長生藥。參晉蘇元明《太清石壁記》。

〔三〕身輕：身體輕健而能輕舉。道教所謂修煉成果之一。《史記·留侯世家》（卷五五）：「乃學辟穀，道引輕身。」試鶴：試著乘鶴飛行。傳説中仙人多以鶴爲坐騎。力弱：因辟穀而無力。

〔四〕漱水：即「漱咽」。道家養生術。攪舌生津，緩緩分口咽下。舊題周關尹喜《關尹子·四符篇》：「漱水以養精，精之所以不窮。」叩齒：上下牙齒相碰擊。古代養生法。北齊顔之推《顔氏家訓·養生》：「吾嘗患齒，摇動欲落，飲食熱冷，皆苦疼痛。見《抱朴子》牢齒之法，早朝叩齒三百下爲良；行之數日，即便平愈。」

【集　評】

（元）方回：「予未聞有辟穀而仙去者，衰世邪人以此惑衆，實徼利之徒耳。」（《瀛奎律髓彙評》卷四八）

（清）紀昀：「五、六笨甚，結亦俚陋。」（同上）

（清）李懷民評頷聯：「竟似真箇，妙！妙！細一思之，不過見其身輕力弱耳。未離山是果然，曾試鶴是想當然。」評頸聯：「似奇似常。」（《重訂中晚唐詩主客圖》卷上）

（清）李懷民：見《不食姑》（卷二）「集評」。

思江南舊游〔一〕

江皋三月時，花發石楠①枝。〔二〕歸客應無數，春山自不知。〔三〕獨行愁道遠，迴信畏家

移。〔四〕楊②柳東西度③，茫茫欲問誰。〔五〕

【校記】

①楠：宋本、劉本、陸本作「榴」。

②楊：宋本、陸本作「橋」。

③度：宋本、陸本、席本、全詩、庫本作「渡」。

【注釋】

〔一〕江南：當指蘇州一帶。張籍青少年時代居蘇州。

〔二〕江皋：江邊。《漢書·賈山傳》（卷五一）：「江皋河瀕，雖有惡種，無不猥大。」顔師古注引李奇曰：「皋，水邊淤地也。」石楠：薔薇科植物。花美麗可供觀賞。

〔三〕以上四句寫想像中江南舊游之地此時此刻的情景。

〔四〕畏家移：謂擔心家人已遷居江北和州（治今安徽省和縣）。

〔五〕度：通「渡」。渡口。二句謂渡口東西楊柳青青，遠方水天茫茫，不知何處是歸程。以上四句寫詩人眼前所見所感。

【繫　年】

張籍貞元十年（七九四）冬抵薊北，次年二三月間作《薊北春懷》（卷二），未言及家人遷居。十二年春末南歸，途訪王建，王建作《送張籍歸江東》云「回車遠歸省，舊宅江南廂」，知時「新」宅已成。此詩云「江皋三月時」、「迴信畏家移」，可見當作於貞元十二年（七九六）三月，時張籍漫游薊北。據此亦可知張籍家人由蘇州遷居和州在貞元十二年春。按：詩抒寫詩人對江南故地與親人的思念之情以及羈旅之愁。

【集　評】

（明）鍾惺評頷聯：「幽細之極。」（《唐詩歸》卷三〇）

（清）王夫之：「尺幅不侈於大，則意餘於言。居然古體，不爲韓退之所移。」（《唐詩評選》卷三）

（清）李懷民評首聯：「只提一事而萬感俱集。」評頷聯：「詩人必深情，情不深者不可與言詩。」評頸聯：「『畏』字與『近鄉情更怯』『怯』字，同令人悚感。」（《重訂中晚唐詩主客圖》卷上）

夜到漁家①

漁家在②江口，潮水入柴扉。行客欲投宿，主人猶未歸。竹深村路遠③，月出釣船稀。〔二〕

遥見尋沙岸，春④風動草衣。〔二〕

【校　記】

①詩題英華卷二一七(下同)作「宿漁家」；卷二九三重出，作「江行夜投漁家」。

②在：英華作「住」。

③遠：英華作「暗」。

④春：英華、律髓(卷二九)作「秋」。

【注　釋】

〔一〕釣船稀：謂天已晚，漁船大多歸去。二句寫詩人等待「主人」歸來時所見。「竹深」句暗示其欲投村中而猶豫不決的心理。

〔二〕尋：循，沿著。草衣：以草編織的衣服。借指隱者的衣著。《後漢書·黨錮傳序》(卷六七)：「或起徒步而仕執珪，解草衣以升卿相。」二句寫主人歸來。詩人注視沙岸，可見其等待之急切。

【繫　年】

當作於張籍早期漫游時。按：詩寫詩人夜投漁家的所見所感。詩境峭拔清絶，是張籍五律代表作之一。

【集　評】

（宋）劉辰翁評頷聯：「難得語意自在如此。」（《唐詩品彙》卷六七引）

（元）方回：見《宿臨江驛》（卷二）「集評」。

（明）張震：「批云：二詩（按：另爲《宿江店》）皆夜次之作，自然寫得意出。」（《唐音》卷四輯注）

（明）周珽：見《宿江店》（卷二）「集評」。

（明）許學夷：見《江南春》（卷二）「集評」。

（明）唐汝詢：「意幽語圓，叙事有次。次句『入』字便細。」（明周珽輯《删補唐詩選脉箋釋會通評林》卷三四）

（明）徐中行：「文昌本色，只是枯淡，五、六真率。」（同上）

（清）顧安：「結句是漁人歸來，卻不説出，甚覺閑遠。」（《唐律消夏録》卷五）

（清）查慎行：「三、四真景，即是好詩。」（《瀛奎律髓彙評》卷二九）

（清）紀昀：「此亦名篇。余終病其一結無力，使通篇俱薄弱。」（同上）

（清）沈德潛：「三四直白語，以自然得之。」（《重訂唐詩别裁集》卷一二）

（清）黄叔燦：「柴扉江口，知是漁家，將欲投宿，又無主人。『竹深』一聯，正是徬徨莫必之景。

乃尋沙之岸，草衣風動，遥見人歸，豈不欣起。寫得意致飄蕭，悠然韻遠。」（《唐詩箋注》卷三）

（清）史承豫：「文昌五言多以淡勝。」（《唐賢小三昧集》，轉引自陳伯海主編《唐詩彙評》）

（清）李懷民：「格法妙。此詩一氣讀下，看其叙布之妙，摹繪之工。」評首聯：「格。」評頷聯：「格。」評頸聯：「是凝望之神。」評尾聯：「至此主人始歸也。」（《重訂中晚唐詩主客圖》卷上）

（清）潘德輿：「《歲寒堂詩話》論張文昌律詩不如劉夢得、杜牧之、李義山。文昌七律或嫌平易，五律清妙處不亞王、孟，乃愧夢得、牧之、義山哉！其《夜到漁家》、《宿臨江驛》二律，與劉文房《餘干旅舍》一作，用韻同，風韻亦同，皆絶唱也。」（《養一齋詩話》卷三）

（清）陸鎣：見《聽夜泉》（卷二）「集評」。

（清）俞陛雲評頷聯：「尋常語脱口而出，句法生峭。與僧皎然『移家雖帶郭』詩，同一尋人不遇。一則通首不作對語，此則括以十字，各具標格。此等句，宋人恒有之，如山肴野蔌，淡而有味。學之者須筆有清勁氣，非僅白描也。」（《詩境淺説·乙編》）

送邊使①

揚旌②過隴頭，隴水向西流。〔一〕塞路依③山遠，戍城逢雨秋④。〔二〕寒沙陰漫漫，疲⑤馬去⑥悠悠。爲問征行⑦將，誰封定遠侯。〔三〕

【校 記】

① 邊使：劉本、陸本、全詩作「遠使」，庫本作「邊客」。

② 揚旌：英華（卷二九七）校「一作旌旗」。

③ 依：英華作「見」。

④ 雨秋：宋本、陸本、全詩、庫本作「笛秋」，全詩校「一作雨留」。

⑤ 疲：席本作「瘦」。

⑥ 去：英華校「集作步」。

⑦ 行：英華作「西」。

【注 釋】

〔一〕隴頭：見《關山月》（卷一）注釋〔四〕。隴水：河流名。源於隴山，故名。《水經注·渭水》（卷一七）：「渭水出隴西首陽縣渭谷亭南鳥鼠山」，「東與新陽崖水合，即隴水也，東北出隴山。」

〔二〕戍城：邊城。

〔三〕定遠侯：東漢班超的封號。事見《後漢書·班超傳》（卷四七）。

【繫　年】

當作於元和元年（八〇六）以後張籍居京爲官時期。

【集　評】

（清）李懷民評「隴水」句：「著此句妙。」評頷聯：「似常卻不常。」評尾聯：「是正問，卻出以閑意。」（《重訂中晚唐詩主客圖》卷上）

不食姑①〔一〕

幾年山裏住②，已作緑毛身。〔二〕護氣常稀③語，存思④自見神。〔三〕養龜同不食，留藥任生塵。〔四〕要問西王⑤母，仙中第幾人？〔五〕

【校　記】

① 不食姑：英華（卷二二九）作「贈山中女道士」。

② 「幾年」句：英華作「女仙唯獨住」，庫本作「何年山裏住」。

③ 稀：英華作「虚」，律髓（卷四八）作「希」。

④ 存思：英華作「齋心」。

⑤ 王：宋本、陸本作「皇」。

【注釋】

〔一〕不食姑：指修煉辟穀術的道姑。不食，即「辟穀」。詳《贈辟穀者》（卷二）注釋〔一〕。

〔二〕緑毛身：傳説成仙者身生緑毛。宋范成大《吴郡志·古跡》（卷九）：「毛公壇，即毛公壇福地，在洞庭山中，漢劉根得道處也。根既仙，身生緑毛，人或見之，故名毛公。」

〔三〕護氣：守護人體的元氣。稀語：少説話。存思：用心思索。指潛心修煉。《老君存思圖十八篇·第九》：「是故爲學之基，以存思爲首；存思之功，以五藏爲盛。」（《雲笈七籤》卷四三）神：神奇，神異。

〔四〕藥：指道家煉製的所謂使人長生的丹藥。生塵：謂長時間擱置不用。

〔五〕要問：應問。西王母：古代神話中的女仙人。《山海經·西山經》：「西王母其狀如人，豹尾虎齒而善嘯，蓬髮戴勝，是司天之厲及五殘。」二句反語，隱言不食姑不可能成仙。

【集評】

（元）方回：「世道衰微，異端作，邪説肆。婦人不食，果何爲乎？殆姦人也。」（清）紀昀：「此

種議論（按：指方回語），著書則可，不宜移以論詩。」（《瀛奎律髓彙評》卷四八）

（清）馮舒：「餓。」（同上）

（清）紀昀：「語語庸俗，三、四尤甚。」（同上）

（清）李懷民：「此等題有一定體例，集中如《隱者》、《辟穀者》、《海東僧》，凡四見，要説得極神奇而又不可巫婆氣，疑虛疑實，乃得詩家妙諦。」評首聯：「想是如此。」評頷聯：「妙在不必奇異。」評頸聯：「此不過言其養龜留藥耳。」評尾聯：「卻又似即真。」（《重訂中晚唐詩主客圖》卷上）

【同　唱】

于鵠《贈不食姑》：「不食非關藥，天生是女仙。見人還起拜，留伴亦開田。無窟尋溪宿，兼衣掃葉眠。不知何代女，猶帶剪刀錢。」（全詩卷三一〇）

按：據張籍與于鵠交游以及詩歌内容判斷，張、于二詩或爲同唱。

古苑杏花

廢苑杏花在，行人愁到①時。〔一〕獨開新塹底，半露舊燒枝。〔二〕晚色連荒轍，低陰覆折碑。〔三〕茫茫②古陵下③，春盡又誰知。〔四〕

【校　記】

①到：英華（卷三二一）作「過」，席本作「對」。

②茫茫：英華作「濛濛」。

③下：英華作「路」。

【注　釋】

〔一〕愁到時：到而觸景生愁。

〔二〕新塹：新掘的壕溝。燒：蓋言杏花開得繁豔熱烈，如同燃燒的火焰。唐詩中以「燒」形容花開者屢見，如錢起《山花》：「山花照塢復燒溪，樹樹枝枝盡可迷。」莊南傑《陽春曲》：「沙鷗白羽翦晴碧，野桃紅豔燒春空。」

〔三〕荒轍：少有車馬經行的道路。陰：樹蔭。

〔四〕茫茫：模糊不清。

【集　評】

（清）李懷民：「所謂無愁不到心。」評首聯：「格。」（《重訂中晚唐詩主客圖》卷上）

送流人①〔一〕

獨向長城北，黄雲暗塞天。〔二〕流名②屬邊③將，舊業作公田。〔三〕擁雪添軍壘，收冰當井泉。〔四〕知君住應老，須記别鄉年。

【校　記】

① 送流人：律髓（卷四三）作「遷客」。

② 名：庫本作「民」。

③ 邊：劉本作「遠」，席本作「蕃」。

【注　釋】

〔一〕流人：被流放的罪犯。

〔二〕黄云：塞雲。塞外沙漠地區黄沙飛揚，天空常呈黄色，故稱。唐杜甫《佐還山後寄三首》其一：「山晚黄雲合，歸時恐路迷。」仇兆鰲注：「塞雲多黄，故公詩云『黄雲高未動』，又云『山晚黄雲合』。」

〔三〕流名：流人的名籍。屬邊將：謂發配充軍，由邊關將領管制。舊業：原有的家業。此指田產。公田：官府控制的土地。亦稱「官田」。三國曹植《籍田論》：「夫營疇萬畝，厥田上下。……司農是掌，是爲公田。」

〔四〕擁雪：冒著風雪。添：增修。軍壘：防禦工事。「收冰」句：謂取冰以爲飲水。

【集評】

（元）方回：「此乃没家資配邊戍者。果有之，亦可憐。」（《瀛奎律髓彙評》卷四三）另見《送海客歸舊島》（卷二）「集評」。

（清）紀昀：「此首較清妥，然亦無深味。」（同上）

（清）李懷民：「凡送流人遷客，大概止述其境地之遠苦，而不肯多爲吉祥禱頌之詞，此一定體例，而後人不知也。」評首聯：「先總寫一句愁絶。」評頷聯：「（『流名』句）彼處。（『舊業』句）此處。」評末四句：「直作盡情語、無可奈何語。」（《重訂中晚唐詩主客圖》卷上）

宿臨江驛①〔一〕

楚驛南渡口，夜深來客稀。〔二〕月明見潮上，〔三〕江靜覺鷗飛。旅宿②今已遠，此行猶③未

歸。離家久無信④，又聽⑤搗寒⑥衣。〔四〕

【校　記】

①臨江驛：才調（卷三）作「溪中驛」，英華（卷二九八）作「江館」，宋劉攽《中山詩話》作「江上館」，宋曾慥《類説》（卷五六）、紀事（卷三四）作「江上」。
②宿：《類説》作「舍」，紀事作「次」。
③猶：才調、宋本、陸本作「獨」，紀事、品彙（卷六七）、全詩、庫本作「殊」。
④久無信：席本作「無信久」。
⑤聽：才調作「見」。
⑥寒：律髓（卷二九）作「征」。

【注　釋】

〔一〕臨江驛：驛站名。在蘄州黄梅縣（今屬湖北）長江邊。唐宋之問、崔融分别有《途中寒食題黄梅臨江驛寄崔融》、《和宋之問寒食題黄梅臨江驛》。
〔二〕來客：來往的旅客。
〔三〕潮：傍晚時江河因潮汐影響而上漲回溯的水流。唐詩中寫及長江中游潮汐現象的詩，如劉長卿《奉送裴員外赴上都》：「獨過潯陽去，空憐潮信迴。」盧綸《晚次鄂州（至德中作）》：「估客晝眠知浪静，舟人夜語覺潮生。」

〔四〕搗衣：古時衣服多由麻布製作，質地較爲硬挺，須先置石上以杵反復舂搗，使之柔軟，後可製衣，舂搗布料稱「搗衣」。明楊慎《丹鉛總録·詩話類·搗衣》（卷二〇）：「古人搗衣，兩女子對立執一杵，如舂米然。……嘗見六朝人畫搗衣圖，其制如此。」

【繫　年】

作於貞元九年（七九三）秋張籍游蘄州黄梅時。按：詩寫詩人宿臨江驛的所見與對親人的思念。詩境明淨清絶，是張籍五律代表作之一。

【集　評】

（宋）劉攽：「唐詩賡和，有次韻（先後無易），有依韻（同在一韻），有用韻（用彼韻不必次），吏部和皇甫《陸渾山火》是也，今人多不曉。劉長卿《餘干旅舍》云：『摇落暮天迴，丹楓霜葉稀。孤城向水閉，獨鳥背人飛。渡口月初上，鄰家漁未歸。鄉心正欲絶，何處搗征衣。』張籍《宿江上館》云：『楚驛南渡口……又聽搗砧衣。』兩詩偶似次韻，皆奇作也。」（《中山詩話》）

（宋）劉辰翁評第四句：「五字寂寥。」（《唐詩品彙》卷六七引）

（元）方回：「此二首（按：另爲《夜到漁家》）規格相似，劉長卿有一首亦然。」（《瀛奎律髓彙評》卷二九）

（明）都穆：「劉長卿《餘干旅舍》云：『摇落暮天迥，丹楓霜葉稀。孤城向水閉，獨鳥背人飛。渡口月初上，鄰家漁未歸。鄉心正欲絶，何處搗征衣？』張籍《宿江上館》云：『楚驛南渡口……又聽搗征衣。』二詩皆奇，而偶似次韻，尤可喜也。」（《南濠詩話》）

（明）謝榛：「晚唐人多用虚字，若司空曙『以我獨沉久，愧君相見頻』，戴叔倫『此别又萬里，少年能幾時』；張籍『旅泊今已遠，此行殊未歸』，馬戴『此境可長往，浮生自不能』，此皆一句一意，雖瘦而健，雖粗而雅。」（《四溟詩話》卷三）

（明）許學夷：見《江南春》（卷二）「集評」。

（明）邢昉：「與文房《餘干》同韻，俱爲妙唱。」（《唐風定》卷一五）

（清）查慎行：「三、四以生得新，卻不費力。」（《瀛奎律髓彙評》卷二九）

（清）紀昀：「此較深穩，然亦是習徑。」（同上）

（清）李懷民評首聯：「須先如此安放。」評頷聯：「『見』字匠出『潮』，而妙尤在『明』字。『覺』字匠出『鷗』，而妙尤在『靜』字。」評頸聯：「此等淡句莫輕看過。」評尾聯：「梅都官所謂留不盡之意，尤當向水部領取。」（《重訂中晚唐詩主客圖》卷上）

（清）潘德輿：見《夜到漁家》（卷二）「集評」。

送蠻客〔一〕

借問炎州①客，天南幾日行？〔二〕江連惡谿路，山繞夜郎城。〔三〕椰②葉瘴雲濕，〔四〕桂叢③蠻鳥聲④。知君卻回日，記得海花名⑤。〔五〕

【校　記】

① 州：宋本、陸本作「洲」。

② 椰：英華（卷二七七）、全詩、庫本作「柳」。

③ 叢：英華作「林」。

④ 聲：英華作「鷩」。

⑤ 海花名：英華作「梅花名」，庫本作「早梅生」。

【注　釋】

〔一〕蠻客：指去嶺南的人。蠻，見《賈客樂》（卷一）注釋〔四〕。

〔二〕借問：猶「詢問」。炎州：泛指南方炎熱地區。語出《楚辭·遠游》：「嘉南州之炎德兮，麗桂樹之冬榮。」唐詩中多指今廣東一帶。唐杜甫《得廣州張判官叔卿書使還以詩代意》：「忽得炎州信，遥從月峽傳。」天南：江南偏遠之地。唐詩中多指湘贛和嶺南地區。唐白居易《得潮州楊相公繼之書並詩以此寄之》：「詩情書意兩殷勤，來自天南瘴海濱。」

〔三〕惡谿：又稱「惡水」，即今廣東韓江及其上游梅江。《新唐書·韓愈傳》（卷一七六）：「惡溪有鱷魚，食民畜産且盡。」《太平寰宇記·梅州·程鄉縣》（卷一六〇）：「惡水，即州前大江，東流至潮州出海。其水險惡，多損舟船，水中鱷魚遇江水泛漲之時，隨水至州前。」夜郎：戰國至西漢時古國名。在今貴州省西北部及雲南、四川二省部分地區。唐貞觀十六年（六四二）於其地置夜郎縣（治今貴州正安縣西北），天寶元年（七四二）改珍州置夜郎郡（治夜郎縣），乾元元年（七五八）復改爲珍州。

〔四〕瘴云：猶「瘴氣」。詳《送南遷客》（卷二）注釋〔一〕。唐杜甫《熱三首》其二：「瘴雲終不滅，瀘水復西來。」

〔五〕海花：僻遠地區的花。海，見《關山月》（卷一）注釋〔三〕。

【集評】

（明）許學夷：見《江南春》（卷二）「集評」。

（清）李懷民評頷聯：「一指便如見。」評尾聯：「止指此一事，其餘都不消説。」（《重訂中晚唐詩

主客圖》卷上）

襄國①別友②〔一〕

曉③色④荒城下，相看秋草時。獨游無定計，不欲道來⑤期。別處去家遠，愁中⑥驅馬遲。〔二〕歸人⑦渡⑧烟水，遥映⑨野棠枝。〔三〕

【校　記】

①國：英華（卷二八八）作「州」，品彙（卷六七）作「陽」。
②友：才調（卷三）作「人」。
③曉：才調、英華作「晚」。
④色：品彙作「夜」。
⑤來：英華作「歸」。
⑥中：英華作「來」。
⑦歸人：才調作「人歸」。
⑧渡：宋本、品彙作「度」。

⑨ 遥映：席本作「遥認」，英華作「葉落」。

【注　釋】

〔一〕襄國：即邢州。治所在龍岡縣（今河北邢臺市）。《元和郡縣圖志・邢州》（卷一五）：「秦兼天下，於此置信都縣，屬鉅鹿郡，項羽改曰襄國，蓋以趙襄子謚名也。……隋開皇三年，以襄國縣屬洺州……大業三年，改爲襄國郡。武德元年，改爲邢州。」

〔二〕遲：徐行。《説文・辵部》「遲」字：「徐行也。從辵，犀聲。《詩》曰：『行道遲遲。』」

〔三〕野棠：即棠梨。俗稱野梨。二句寫眼前「歸人」以揭示心中纏綿的思親之情。

【繫　年】

作於貞元八年（七九二）秋張籍學成告别同窗時。按：詩寫詩人告别友人的悲傷與對親人的思念。

【集　評】

（清）吴喬：見《薊北旅思》（卷二）「集評」。

（清）李懷民：「最是起興不可及。」評首聯：「格。」評頷聯：「真情只在眼前，而含蘊甚深。」評

尾聯：「情以景出，於此爲妙。」（《重訂中晚唐詩主客圖》卷上）

送遠客

南原相送處，秋水草還生①。同作憶②鄉客，如今③分路行。因誰寄歸④信？漸遠問⑤前程。明日重陽節，無人上古城。〔一〕

【校　記】

①「秋水」句：英華（卷二七七）、宋本、陸本、席本作「秋草水邊生」。

②憶：英華作「一」。

③如今：英華作「今知」。

④歸：英華作「迴」。

⑤問：英華作「向」。

【注　釋】

〔一〕重陽：節日名。古以九爲陽數之極，故稱九月九日爲「重九」或「重陽」。魏晉後，有登高游宴飲菊花酒的習俗。末句謂詩人與友人皆已離開「古城」。

【繫　年】

作於張籍早期漫游時。按：詩寫旅中别友。

【集　評】

（明）譚元春：「一氣悲感，全是起二句襯出。」（《唐詩歸》卷三〇）

（明）鍾惺評「秋水」句：「閒心靜境，在此五字。」（同上）

（明）邢昉：「空澹亦幾近孟，所以異者，孟澹而濃，此一味淡也。」（《唐風定》卷一五）

（清）李懷民評尾聯：「難處只是平常而有至味。」（《重訂中晚唐詩主客圖》卷上）

上國贈①日南僧〔一〕

獨向雙峰老，松門閉②兩崖③。〔二〕翻經依貝④葉，〔三〕掛衲⑤落⑥藤⑦花。甃石新開井，穿林自種茶。〔四〕時逢海南客，蠻語問誰家？〔五〕

【校　記】

①上國贈：英華（卷二二三）、宋本、律髓（卷四七）、唐音（卷四）、席本、全詩、庫本等作「山中贈」，三體（卷五）作「贈山中」。

②閉：三體作「閒」。

③崖：原本、宋本、席本等作「涯」，據英華、全詩改；三體作「厓」。

④依貝：英華、宋本、陸本、全詩、庫本作「上蕉」，三體作「吐蕉」。

⑤衲：英華作「綱」。

⑥落：席本作「向」。

⑦藤：英華作「橙」，全詩校「一作藤」。

【注　釋】

〔一〕上國：指京城。南朝梁江淹《四時賦》：「憶上國之綺樹，想金陵之蕙枝。」日南：見《送南遷客》（卷二）注釋〔三〕。

〔二〕雙峰：山名。在蘄州黄梅縣（今湖北黄梅西北），禪宗四祖道信、五祖弘忍在此傳法。《舊唐書·神秀傳》（卷一九一）：「僧神秀……遇蘄州雙峰山東山寺僧弘忍，以坐禪爲業。」《大清一統志·黄州府》（卷二六三）「雙峰山」條引《名勝志》：「黄梅有東西二山，爲四祖、五祖道場。

西山即破額山，東山即馮茂山也。」老：終老。謂度晚年。松門：前植松樹的屋門。唐王勃《游梵宇三覺寺》：「蘿幌棲禪影，松門聽梵音。」兩崖：指破額山與馮茂山。「松門」句謂日南僧所居正對雙峰。

〔三〕翻經：翻譯佛經。貝葉：古印度人用以寫經的樹葉。唐玄奘《謝敕賚經序啟》：「遂使給園精舍，並入提封；貝葉靈文，咸歸册府。」此指梵文佛經。

〔四〕甃：砌井壁。《周易·井》：「『井甃，無咎』，修井也。」孔穎達疏引《子夏傳》：「甃，亦治也。以磚壘井，修井之壞，謂之爲甃。」穿林：開墾山林。

〔五〕海南客：來自日南的旅人。蠻語：指日南的語言。蠻，見《賈客樂》（卷一）注釋〔四〕。誰家：謂來自哪家。

【繫　年】

作於早期漫游至長安或元和元年（八〇六）以後居京爲官時期。按：如題爲「山中贈日南僧」，則作於貞元九年（七九三）夏秋間張籍游蘄州雙峰山時。又按：詩寫日南僧即將開始的閒靜的修行生活以贈別。

【集　評】

（元）釋圓至評頷聯：「謂看經之久而蕉葉長，掛衲不出山而藤花落，皆形容其久居山中。」（《箋

注唐賢絶句三體詩法・四虚》卷一五）

（元）方回：見《游襄陽山寺》（卷二）「集評」。

（明）顧璘：「此首却似中唐。」（陶文鵬等點校《唐音評注・正音》卷三）

（清）馮班：「平平寫自好，末句則極力求新矣。」「『蠻語』字好，是有出處。」（《瀛奎律髓彙評》卷四七）

（清）陸鎣：見《聽夜泉》（卷二）「集評」。

征①西將〔一〕

黄沙北風起，半夜②又翻③營。〔二〕戰馬雪中宿④，探人冰上行。〔三〕深山旗未展，陰磧鼓無聲。〔四〕幾道征西將，同收碎葉城。〔五〕

【校　記】

①征：宋本、律髓（卷三〇）無此字。

②半夜：英華（卷三〇〇）作「夜半」。

③翻：英華作「離」。

④宿：英華作「立」。

【注　釋】

〔一〕征西將：張籍自創的新樂府題。征西將，指防秋將。參《送防秋將》（卷二）注釋〔一〕與〔二〕。

〔二〕翻營：移動營地。唐戎昱《出軍》：「龍繞旌竿獸滿旗，翻營乍似雪中移。」

〔三〕探人：偵察兵。

〔四〕旗未展：卷起旗幟而不能展開。磧：見《築城詞》（卷一）注釋〔四〕。鼓無聲：謂寒冷。

〔五〕幾道：猶「幾路」。唐常建《塞下》：「鐵馬胡裘出漢營，分麾百道救龍城。」按：道，亦或爲行政區劃名；唐初分全國爲十道，後增爲十五道，代宗、德宗時期，每道每歲皆調防秋兵馬到邊塞佈防。參《送防秋將》（卷二）注釋〔一〕。碎葉城：西域城名。一在今吉爾吉斯共和國托克馬克市附近，曾爲安西都護府治所，又作「素葉城」、「索虜城」；一在今新疆焉耆回族自治縣，曾爲焉耆都督府治所，《新唐書·地理志七下》（卷四三下）載，「焉耆都督府……有碎葉城，調露元年，都護王方翼築，四面十二門，爲屈曲隱出伏没之狀云」。此泛指隴西失地。

【繫　年】

作於貞元年間。寫作背景同《送防秋將》（卷二）。參《送防秋將》「繫年」。按：詩寫防秋將士艱苦的征戰生活。

【集　評】

（清）紀昀：「三首（按：另指《漁陽將》、《没蕃故人》）皆無佳處。」（《瀛奎律髓彙評》卷三〇）

（清）李懷民評首、頷聯：「一讀便如親到其地，其情事氣味皆是也。」評頸聯：「慘淡。」（《重訂中晚唐詩主客圖》卷上）

寄友人

憶在江南日，〔一〕同游三月時。採茶尋遠澗，鬬鴨向春池。〔二〕送客沙頭宿，〔三〕招僧竹裹棊。如今各千里，無計得相隨。

【注　釋】

〔一〕江南：當指蘇州（治今江蘇蘇州市）一帶。張籍青少年時代居蘇州。

〔二〕鬬鴨：使鴨相鬬的博戲。相傳起於漢初。晉葛洪《西京雜記》（卷二）：「魯恭王好鬬雞鴨及鵝雁。」唐李邕有《鬬鴨賦》，描繪「東吴王孫」鬬鴨之狀，可見唐時吴地一帶盛行此戲之一斑。

〔三〕沙頭：沙灘邊，沙洲邊。北周庾信《春賦》：「樹下流杯客，沙頭渡水人。」

【集　評】

（清）李懷民：「格。」評頸聯：「全看此等無可憶處，卻必及之。」（《重訂中晚唐詩主客圖》卷上）

送防秋將〔一〕

白首征西將，猶能射戟支。〔二〕元戎選部曲，軍吏換旌旗。〔三〕逐虜招降遠，開邊舊壘移。〔四〕重收隴外地，應似漢家時。〔五〕

【注　釋】

〔一〕防秋：安史亂後，隴西之地先後失陷於吐蕃，爲應對吐蕃東進與南下的軍事威脅，代宗、德宗朝大量從河南、江淮諸鎮調兵到邊境佈防。因吐蕃多在秋高馬肥時進攻，這些軍隊被稱爲防秋兵。《舊唐書·陸贄傳》（卷一三九）：「以河隴陷蕃已來，西北邊常以重兵守備，謂之防秋，皆河南、江淮諸鎮之軍也，更番往來，疲於戍役。」同書《代宗本紀》（卷一一）：「每道歲有防秋兵馬，其淮南四千人，浙西三千人，魏博四千人，昭義二千人，成德三千人，山南東道三千人，荊南二千人，湖南三千人，山南西道二千人，劍南西川三千人，東川二千人，鄂岳一千五百人，宣歙三千人，福建一千五百人。其嶺南、浙東、浙西亦合準例。恐路遠往來增費，各委本道每年取當使諸色雜錢及回易利潤、贓贖錢等，每人計二十貫。每道據合配防秋人數多少，都計錢數，市輕貨送納上都，以備和糴，仍以秋收送畢。」

〔二〕征西將：指領兵防秋的將領。射戟支：謂武藝高强。「戟支」，亦作「戟枝」，戟上横出的刃。典出《後漢書·吕布傳》（卷七五）：「（袁）術遣將紀靈等步騎三萬以攻備，備求救於布。……靈等聞布至，皆斂兵而止。布屯沛城外，遣人招備，并請靈等與共饗飲。布謂靈曰：『玄德，布弟也，爲諸君所困，故來救之。布性不喜合鬭，但喜解鬭耳。』令軍候植戟於營門，布彎弓顧曰：『諸君觀布射（戟）小支，中者當各解兵，不中可留決鬭。』布即一發，正中戟支。靈等皆驚，言『將軍天威也』。」

〔三〕元戎：主將。南朝陳徐陵《移齊文》：「我之元戎上將，協力同心，承稟朝謨，致行明罰。」部曲：見《傷歌行》（卷一）注釋〔三〕。軍吏：泛指軍中將帥官佐。《周禮·夏官·大司馬》：「諸侯載旂，軍吏載旗。」鄭玄注：「軍吏，諸軍帥也。」賈公彦疏：「亦謂從軍將至下伍長皆是軍吏也。」換旌旗：指換上防秋旗幟。

〔四〕舊壘移：謂邊防工事向敵境推移。壘，防禦工事。

〔五〕隴外地：指隴西失地。參《西州》（卷一）注釋〔二〕。漢家：漢朝。漢武帝時國力强盛，曾多次擊敗匈奴。

【繫　年】

作於貞元年間，或求學、漫游期間依「使君」時。籍《逢王建有贈》（卷四）寫早年求學生活云：「使君座下朝聽《易》，處士庭中夜會詩。」按：詩贊頌防秋將的勇武，表達詩人對收復隴西失地的渴望。

【集　評】

（清）李懷民評頷聯：「『選』字、『换』字寫得神采。」（《重訂中晚唐詩主客圖》卷上）

律僧①〔一〕

苦行長不出，清羸最少年。〔二〕持齋唯一食，講②律豈③曾眠。〔三〕避草每移徑，濾蟲還入泉。〔四〕從來天竺法，到此幾人傳？〔五〕

【校　記】

①律僧：英華（卷二二二）作「贈律師」。

②講：英華作「尋」。

③豈：英華作「不」。

【注釋】

〔一〕律僧：善解並持守戒律的僧人。又稱「律師」。律，戒律。《涅槃經》：「能知佛法所作，善能解説，是名律師。」

〔二〕苦行：佛教修行方法。指受凍、挨餓、拔髮、裸形、炙膚等刻苦自己身心的行爲，謂行之可求得解脱。《百喻經・煮黑石蜜漿喻》（卷上）：「其猶外道，不滅煩惱熾然之火，少作苦行，卧棘刺上，五熱炙身，而望清涼寂靜之道。」清羸：清瘦羸弱。《南齊書・桂陽王鑠傳》（卷三五）：「鑠清羸有冷疾，常枕卧。」

〔三〕持齋：持守齋戒。佛制，比丘過午不許食，因以午前、午中之食爲齋。唯一食：每天只吃一頓飯。講律：宣講戒律。

〔四〕避草：避免踐踏青草。移徑：改道而行。濾蟲：避免傷蟲性命，用水而先過濾。還入泉：放還蟲子入水。

〔五〕天竺法：佛法。天竺，古印度之稱。二句謂中土能傳佛法者寥寥，贊美律僧能傳佛法。

【集　評】

（元）方回：見《游襄陽山寺》（卷二）「集評」。

（清）馮舒：「唐至此後，覺蹊徑可尋。」（《瀛奎律髓彙評》卷四七）

（清）馮班：「匀而切。」「第五句，『律』。」（同上）

（清）紀昀：「中四句刻意『律』字，然語皆凡近。」（同上）

（清）李懷民評頸聯：「淨業，須細寫。」評尾聯：「愈遠愈妙！」（《重訂中晚唐詩主客圖》卷上）

山中秋夜①

寂寂山景②靜，幽人歸去③遲。〔一〕橫④琴當月下，壓⑤酒及花時。〔二〕冷⑥露濕⑦茆屋⑧，暗泉衝⑨竹籬。西峰採藥⑩伴，此夕恨無期。〔三〕

【校　記】

①原本卷八有《山中春夜》一首，與此詩重複，已删。秋：英華（卷一六〇）作「作春」，原本卷八、宋本、陸本、席本作「春」。按：當作「春」，英華「作」字衍。

②山景：原本卷八、席本作「春山」，宋本、陸本作「春景」。

③去：原本卷八、英華、宋本、席本、庫本作「卧」。

④横：英華、庫本作「移」。

⑤壓：英華、庫本作「漉」。

⑥冷：英華、庫本作「新」，劉本校「一作竹」。

⑦濕：英華、庫本作「冷」。

⑧屋：英華、庫本作「席」。

⑨衝：原本卷八、席本作「通」。

⑩藥：原本卷八、席本作「芝」。

【注釋】

〔一〕幽人：隱士。詩人的友人。《周易·履》：「履道坦坦，幽人貞吉。」孔穎達疏：「幽人貞吉者，既無險難，故在幽隱之人，守正得吉。」《後漢書·逸民傳序》（卷八三）：「光武側席幽人，求之若不及。」

〔二〕壓酒：米酒釀製將熟時，壓榨取酒。後魏賈思勰《齊民要術》（卷七）：「酒若熟矣，押出，清澄。」「押」同「壓」。此謂飲酒。及：趕上。猶言不錯過。

〔三〕西峰：山峰名。所指不詳。疑指終南山某峰。唐岑參《終南雲際精舍尋法澄上人不遇歸高冠東潭石淙望秦嶺微雨作貽友人》：「昨夜雲際宿，旦從西峰回。」唐賈島《冬月長安雨中見終南雪》：「西峰稍覺明，殘滴猶未絶。」按：張籍《寄西峰僧》（卷五）、《禪師》（卷五）所寫「西峰」當爲同一峰。無期：没有約定。謂未能同聚。

【集　評】

（明）許學夷：見《江南春》（卷二）「集評」。

（清）李懷民：「全於言外想其静懷。」（《重訂中晚唐詩主客圖》卷上）

送南客〔一〕

行路雨翛翛①，青山盡海頭。〔二〕天涯人去遠②，嶺北水空③流。〔三〕夜市連銅柱，巢居屬④象州。〔四〕來時舊相識，誰向⑤日南⑥游？〔五〕

【校　記】

① 翛翛：英華（卷二七七）、宋本、全詩作「翛翛」。

② 遠：宋本、席本作「老」。

③ 空：英華作「廻」、席本作「回」。
④ 屬：席本作「獨」。
⑤ 向：席本作「問」。
⑥ 南：英華作「邊」。

【注　釋】

〔一〕南客：指客游嶺南的人。

〔二〕翛翛：猶「蕭蕭」。擬聲詞。三國魏甄皇后《塘上行》：「邊地多悲風，樹木何翛翛。」此指雨聲。海頭：海邊。二句狀寫友人旅途景況。

〔三〕嶺：五嶺。位於今江西、湖南、廣東、廣西四省之間，爲長江與珠江流域的分水嶺。《漢書·張耳傳》（卷三二）：「北爲長城之役，南有五領之戍。」顔師古注引鄧德明《南康記》：「大庾領一也，桂陽騎田領二也，九真都龐領三也，臨賀萌渚領四也，始安越城領五也。」水空流：謂友人已南去。

〔四〕銅柱：銅製的作爲邊界標志的桩柱。《後漢書·馬援傳》（卷二四）：「嶠南悉平。」李賢注引《廣州記》：「援到交阯，立銅柱，爲漢之極界也。」《舊唐書·地理志四》（卷四一）：「後漢遣馬援討林邑蠻，援自交趾循海隅，開側道以避海，從蕩昌縣南至九真郡，自九真至其國，開陸路，至日南郡，又行四百餘里，至林邑國。又南行二千餘里，有西屠夷國，鑄二銅柱於象林南界，與西屠夷分境，以紀漢德之盛。」交阯郡，東漢治今越南北寧省仙游東。象林縣，東漢地入林邑，治今越南承天省廣田縣東香江與蒲江合流處。知馬援所立銅柱在今越南境。巢居：於樹上築巢而居。晉張華《博物志》（卷一）：「南越巢居，北朔穴居，避寒暑也。」象州：州名。唐大曆十二年移治陽壽縣（今廣西象州縣）。《舊唐書·地理志四》（卷四一）：「象州下。隋始安郡之桂林縣。武德四年，平蕭銑，置象州，領陽壽、西寧、桂林、武仙、武德五縣。……天寶元年，改爲象山郡。乾元元年，復爲象州。」

〔五〕日南：見《送南遷客》（卷二）注釋〔三〕。二句謂當初同來的朋友尚没有誰游嶺南。

【繫　年】

據尾聯知詩當作於張籍早期求學時。按：詩寫友人游嶺南的征程與所見風土以贈别。

【集　評】

（清）李懷民評頷聯：「似常卻不常，須善辨。」（《重訂中晚唐詩主客圖》卷上）

宿江店

野店①臨西②浦，〔一〕門前有橘花。停燈待賈客，賣酒與漁家。〔二〕夜靜江水③白，路迴山月斜。閑尋泊船④處，潮落見平沙。〔三〕

【校記】

①店：席本作「路」。

②西：英華(卷二九三)作「寒」，唐音(卷四)、品彙(卷六七)作「江」。

③江水：劉本、庫本作「秋江」。

④泊船：英華作「舟泊」，品彙作「泊舟」。

【注釋】

〔一〕浦：港汊，可泊船的水灣。

〔二〕停燈：點著燈。停，停放，安放。賈客：指前來投宿的往來江上的商人。

〔三〕平沙：平曠的沙灘。

【繫　年】

當作於張籍早期漫游時。按：詩寫詩人夜宿江店之所見。最能體現張籍五律清新幽峭的特徵。

【集　評】

（宋）曾季貍：「荆公絶句云：『有似錢塘江上見，晚潮初落見平沙。』兩句皆有來歷。……張籍詩云：『閑尋泊船處，潮落見平沙。』此下句來歷也。第讀詩不多，則不知耳。」（《艇齋詩話》）

（宋）劉辰翁評頸聯：「自然，好。」（《唐詩品彙》卷六七引）

（明）張震：見《夜到漁家》（卷二）「集評」。

（明）屠隆：「唐人詩如『明月松間照，清泉石上流』、『野曠天低樹，江清月近人』、『雨中山果落，燈下草蟲鳴』、『野静江水白，路回山月斜』，此似常境常談，究其所以，非腹有萬卷，胸無一塵者不能辨。」（《白榆集・高以達少參選唐詩序》卷三）

（明）周珽：「起聯，記江店之居處；次聯，即店主之事；三聯，詠店夜之景；結聯，寫宿店之情興。與《夜宿黑竈谿》篇意調幽絶，較《夜到漁家》更覺有閒心静境。」（明周珽輯《删補唐詩選脉箋釋會通評林》卷三四）

（明）譚元春：「司業詩，少陵所謂『冰雪浄聰明』足以當之。」（同上）

（明）邢昉：「妙境漸從刻畫而出，與浪仙相似。」（《唐風定》卷一五）

（明）許學夷：見《江南春》（卷二）「集評」。

（清）黄叔燦：「清絶之境，一片空明。」（《唐詩箋注》卷三）

（清）李懷民評首聯：「停頓。」評頷聯：「畫。」評頸聯：「（『夜靜』句）匠出『靜』字。（『路迴』句）匠出『迴』字。」（《重訂中晚唐詩主客圖》卷上）

嶺外①逢故人〔一〕

過嶺萬餘里，旅游經此稀。相逢去家遠，共説幾時歸。海上見花發，瘴中唯鳥②飛。〔二〕炎州③望鄉④伴，自⑤識北人衣。〔三〕

【校記】

① 外：英華（卷二一八）、全詩作「表」。

② 唯鳥：英華作「無雁」，宋本、陸本、席本作「聞鳥」。

③ 州：英華作「塗」。

④ 鄉：英華作「行」。

⑤ 自：英華作「相」。

【注　釋】

〔一〕嶺外：亦稱「嶺表」，五嶺以南地區。嶺，見《送南客》（卷二）注釋〔三〕。

〔二〕海上：指海邊或海島。《後漢書·荀爽傳》（卷六二）：「後遭黨錮，隱於海上，又南遁漢濱。」瘴：見《送南遷客》（卷二）注釋〔一〕。

〔三〕炎州：見《送蠻客》（卷二）注釋〔二〕。北人衣：中原漢族服裝。二句謂身在炎州，無時不望同鄉，見穿漢服者，即倍感親切。

【繫　年】

作於貞元十年（七九四）張籍南游至今廣東沿海一帶。按：寫詩人嶺外逢故人的感受與對故鄉的深切思念。

【集　評】

（宋）葛立方：見《送越客》（卷二）「集評」。

（清）李懷民評頷聯：「止道人人意中事，卻非人人集中所有。」評尾聯：「深情。」（《重訂中晚唐詩主客圖》卷上）

出塞①〔一〕

秋塞雪初下，將軍遠出師。分營長記火，放馬不收旗。〔二〕月冷邊帷②濕，沙昏夜探遲。〔三〕征人皆白首，誰見滅胡③時？

【校記】

① 出塞：英華(卷一九七)作「塞下曲」。

② 帷：英華、樂府(卷二一)、宋本、陸本、席本、全詩作「帳」。

③ 滅胡：庫本作「凱歌」。

【注釋】

〔一〕出塞：漢横吹曲辭古題。《樂府詩集》卷二一收入《横吹曲辭》。

〔二〕分營：分兵安營紮寨。記火：燃火作標記。不收旗：謂隨時準備作戰。

〔三〕沙昏：沙塵飛揚。

【集　評】

（清）李懷民：「妙能匠出邊塞情事如見。若尾末垂戒，又是餘意。」（《重訂中晚唐詩主客圖》卷上）

寄紫閣隱者〔一〕

紫閣氣沈沈，〔二〕先生住處深。有人時得見，無路可相尋。夜①鹿伴②茅屋，秋猿守栗林。唯應採③靈藥，更不別營心④。〔三〕

【校　記】

① 夜：英華（卷二三二）、事聚（前集卷三三）、庫本作「野」。
② 伴：席本作「投」。
③ 採：律髓（卷四八）作「掃」。
④ 營心：英華、事聚作「經心」，英華校「又作相侵」。

【注　釋】

〔一〕紫閣：終南山峰名。以日光照射燦然呈紫色而名。《陝西通志・山川・鄠縣》（卷九）「紫閣峰、白閣峰、黄閣峰」條引《雍勝略》：「紫閣峰，在縣東南。旭日射之，爛然而紫。其形上聳，若樓閣然。」

〔二〕沈沈：又作「沉沉」。深沉貌。

〔三〕應：猶「顧」、「知」。營心：打算，謀劃。

【繫年】

據姚合同唱知詩作於張籍晚年。按：詩寫紫閣隱者的隱居生活。

【集評】

（元）方回：「紫閣、白閣，終南山二峰名。張司業詩平易，大率如此。」（《瀛奎律髓彙評》卷四八）

（明）許學夷：見《江南春》（卷二）「集評」。

（清）紀昀：「淺直無味。」（《瀛奎律髓彙評》卷四八）

（清）李懷民評頷聯：「『時』字妙。第二句得此，亦非常語。」評「秋猿」句：「『守』字妙。」評尾聯：「似拙處，正是古。」（《重訂中晚唐詩主客圖》卷上）

【同　唱】

姚合《寄紫閣隱者》：「自聞樵客説，無計得相尋。幾世傳高卧，全家在一林。養情書覽苦，採藥路多深。願得爲鄰里，誰能説此心。」（全詩卷四九七）

按：與張籍詩所「寄」當爲一人，或爲同唱。

夜①宿黑竈谿〔一〕

夜到碧谿裏，無人秋月明。逢幽更②移宿，取伴亦探③行。〔二〕花下紅泉色，雲西乳鶴聲。〔三〕明朝記④歸處⑤，石上自書名。

【校　記】

① 夜：英華（卷一六六）、宋本、席本無此字。
② 更：英華、席本作「便」。
③ 探：英華作「深」。
④ 記：英華作「寄」。
⑤ 處：劉本作「去」。

【注　釋】

〔一〕黑竈谿：谿名。疑在相州林慮縣（治今河南林州市）林慮山中。元許有壬游林慮山曾作《墨竈山次杜緱山先生韻》、《題墨竈寺方丈東壁》。元王磐《游黄華山》：「林慮著太行，峰巒一都會。……吾家墨竈峰，卑小衆所易。」清潘耒《遂初堂文集·游林慮山記》（卷一六）：「澤陽之北尚有墨竈寺，谷淺而寺荒，未及游。」張鳳臺等《林縣志·地理·寺觀》（卷二）「墨竈寺」條：「縣西吕谷，元至正間重建。金王庭筠《登林慮南樓》詩：『黄華墨竈知名寺，荆浩關仝得意山。』寺之建在金以前矣。傳爲吕純陽修煉處。」林慮山鄰近鵲山、漳水，「黑竈」或即「墨竈」。

〔二〕取伴：邀伴。探行：尋幽探勝。

〔三〕紅泉：紅色的泉水。舊題漢郭憲《别國洞冥記》（卷四）：「武帝暮年，彌好仙術。」東方朔謂食「地日之草」可以長生，且曰：「臣小時掘井，陷落地下數十年，無所托寄。有人引臣欲往此草，中隔紅泉，不得渡，其人以一隻屐與臣，臣泛紅泉，得至此草之處，臣采而食之。……」後遂以紅泉爲傳説中的仙境景色。南朝宋謝靈運《入華子崗是麻源第三谷》：「銅陵映碧澗，石磴瀉紅泉。」此指花色映紅的泉水。鶴：大型涉禽。常夜半鳴，聲唳雲霄。《詩經·鶴鳴》：「鶴鳴於九皋，聲聞於野。」孔穎達疏引陸機《疏》：「鶴形狀大如鵝……常夜半鳴，故《淮南子》云『雞知將旦，鶴知夜半』。其鳴高亮，聞八九里。……」

【繫　年】

當作於張籍早年求學河北「鵲山漳水」期間。疑作於游歷磁州時，林慮山鄰近磁州。按：詩寫詩人秋夜尋幽探勝之樂。

【集　評】

（明）周珽：見《宿江店》（卷二）「集評」。

（清）黄生：「尾聯見意。」「『秋月明』上著『無人』字，境已幽矣，然更有勝此者，於是與同伴探尋其處，更移宿焉。」「五、六寫幽致極盡。七、八明其爲歸途所經石上書名，蓋因此境極佳，亦欲後來者知己曾宿此耳。」「對有不可不切者，有不可太切者，如六句『乳』字若作『白』字，其味即如嚼蠟；『雲西』『西』字亦妙在換過『中』、『間』等字。」（《增訂唐詩摘鈔》卷一）

（清）李懷民：「有第二句，則五、六便如仙境矣。故必書名，記此游也。不然，分視之，亦常語耳。」評「無人」句：「著此句妙。」（《重訂中晚唐詩主客圖》卷上）

古樹

古樹枝柯少，枯來復幾春。〔一〕露根堪繫馬，空腹恐①藏人。蠹節莓苔老，燒痕霹靂新。〔二〕

若當江浦上，行客祭爲神。

【校 記】

① 恐：英華（卷三二六）、宋本、律髓（卷二七）、全詩、庫本作「定」。

【注 釋】

〔一〕「枯來」句：謂枯死已經幾年。

〔二〕蠹節：蟲蛀蝕的樹節。莓苔：青苔。燒痕：指雷擊留下的痕跡。

【集 評】

（元）方回：「一古樹耳，模寫至此。妙甚。尾句尤佳。」（《瀛奎律髓彙評》卷二七）

（清）馮班：「腹聯勝頷聯。」（同上）

（清）陸貽典：「此詩甚有才氣。」（同上）

（清）紀昀：「語皆平平。三句本《枯樹賦》，末二句托意亦淺。」（同上）

（清）李懷民評頷聯：「匠物入神，水部亦有此警筆也。下『腹』字妙。」評「燒痕」句：「『新』字押得奇。」評尾聯：「古趣諧妙。」（《重訂中晚唐詩主客圖》卷上）

送徐①先生歸蜀〔一〕

日暮遠歸處，雲間仙觀鐘。〔二〕唯持青玉牒，獨立②碧雞③峰。〔三〕陰潤④長收⑤乳，寒潭⑥舊養龍。〔四〕幾時因賣藥，得向海邊逢？〔五〕

【校　記】

①徐：英華（卷二二九）作「陰」。
②立：英華、宋本、席本作「上」。
③雞：英華作「鶴」。
④潤：英華、席本、庫本作「洞」。
⑤長收：英華、庫本作「新生」。
⑥潭：英華、宋本、陸本、全詩、庫本作「泉」。

【注　釋】

〔一〕徐先生：名不詳。先生，道士之稱。唐王維《送張道士歸山》：「先生何處去，王屋訪茅君。」

〔二〕「雲間」句：寫徐道士所歸道觀之高緲。

〔三〕青玉牒：神仙名籍。因其寫在碧玉上，故稱。碧雞峰：在由秦入蜀所經岐州陳倉一帶。見《送蜀客》（卷六）注釋〔二〕「碧雞」。

〔四〕乳：指石鐘乳。《本草綱目·金石·石鐘乳》（卷九）「主治」：「久服延年益壽，好顔色，不老，令人有子。」舊：長久。《詩·大雅·抑》：「於乎小子，告爾舊止。」鄭玄箋：「舊，久也。」

〔五〕賣藥：謂道士雲游。藥，道家煉製的所謂使人長生的丹藥。海邊：指嶺南瀕海地區。

【繫　年】

據尾聯知張籍將漫游嶺南，故詩約作於貞元八年（七九二）。按：詩寫徐道士歸蜀及其歸蜀後的修道生活以送别。

【集　評】

（清）李懷民：「分明一幅仙人像，然説來卻甚平實。」評「獨立」句：「妙在『獨』字。」評頸聯：「只虚寫，卻似真箇。」（《重訂中晚唐詩主客圖》卷上）

隱者①

先生已得道，〔一〕市井亦容身。救病自行藥，得錢多與人。〔二〕問年長②不定，傳法又非真。〔三〕常③見鄰家④説，時聞⑤使鬼神。〔四〕

【校記】

① 隱者：英華（卷二三二）、事聚（前集卷三三）、庫本前有「贈」字。

② 長：英華、事聚、庫本作「常」。

③ 常：英華、事聚、全詩、庫本作「每」。

④ 家：庫本作「翁」。

⑤ 聞：庫本作「時」。

【注釋】

〔一〕先生：詳《送徐先生歸蜀》（卷二）注釋〔一〕。

〔二〕行藥：用藥，下藥。與：給。謂施捨。

〔三〕問年：問其歲數。長不定：謂回答的歲數經常變化。

〔四〕使：役使。末四句寫道士故弄玄虚、裝神弄鬼。

【集評】

（元）方回：「世豈無有道之士？而異人之所爲，或不皆真，其人則舉動詭怪。此詩句句有所諷，通都大邑時見此曹也。」（《瀛奎律髓彙評》卷四八）

（清）紀昀：「後四句實有所諷，前四句猶是質言。」「只起二句似詩，餘皆俚陋。」（同上）

（清）李懷民：「此等若作正言則腐，若作妄言則癡，似異似常，疑真疑幻，而妙諦在焉。凡贈道者、辟穀者、不食姑等，都是一例，諸家皆以此類推。」評頸、尾聯：「是虚是實，迷離恍惚，妙！妙！」（《重訂中晚唐詩主客圖》卷上）

（清）李懷民：見《不食姑》（卷二）「集評」。

送友人歸山〔一〕

出山成白①首，重去結茅廬。〔二〕移石修廢井，掃龕盛舊書。開田留杏②樹，分洞與僧居。〔三〕長在幽峰裏，樵人見亦疏③。

【校　記】

①白：原本作「北」，據英華（卷二七七）、事聚（前集卷三三）、宋本等改。

②杏：庫本作「古」。

③疏：宋本作「初」，庫本作「稀」。

【注　釋】

〔一〕歸山：謂棄官歸隱。

〔二〕出山：謂出仕。《晉書·謝安傳》（卷七九）載，謝安少有重名，高卧東山，屢辟不出，及桓温請爲司馬，始出仕治事，終爲朝廷重臣。後以「出山」喻出仕。結茅廬：謂隱居。結，構築。

〔三〕洞：山洞。借指友人歸隱之所。「分洞」句謂其與僧人往來。

【繫　年】

當作於元和元年（八〇六）後張籍居京爲官期間。按：詩寫友人歸山並開始隱居生活以送别。

【集　評】

（清）李懷民評頸聯：「高古。」評尾聯：「加倍寫。」（《重訂中晚唐詩主客圖》卷上）

霅谿西亭晚望①〔一〕

霅水碧悠悠，西亭柳②岸頭。夕陰生③遠岫，斜照逐迴流。此地動歸思，逢人④方倦游。吴興耆舊盡，空見白蘋洲。〔二〕

【校　記】

① 詩題英華卷一六六（下同）作「霅溪遠望」，卷三一六作「雲溪西亭晚望」。

② 柳：英華作「古」。

③ 陰生：英華作「光陰」。

④ 人：英華作「君」。

【注　釋】

〔一〕霅谿：水名。在湖州（今浙江湖州市）南。《元和郡縣圖志·湖州》（卷二五）：「霅溪水，一名大溪水，一名苕溪水，西南自長城、安吉兩縣東北流，至州南與餘不溪水、苧溪水合，又流入於太湖，在州北三十五里。」

〔二〕吴興：即湖州。《舊唐書·地理志三》（卷四〇）：「湖州……天寶元年，改爲吴興郡。乾元元年，復爲湖州。」耆舊：年高望重者。《漢書·蕭育傳》（卷七八）：「上以育耆舊名臣，乃以三公使車載育入殿中受策。」此指老朋友。白蘋洲：即汀洲。唐白居易《白蘋洲五亭記》：「湖州城東南二百步，抵雪溪，溪連汀洲，洲一名白蘋。梁吴興守柳惲於此賦詩云：『汀洲採白蘋。』因以爲名也。」

【繫　年】

作於貞元十二年（七九六）夏秋間游湖州時。詳《舟行寄李湖州》（卷二）「繫年」。按：詩寫詩人重游湖州所見之景及其不見耆舊、倦於漫游的感慨。

【集　評】

（清）李懷民：「中四脱化六朝王籍《入若耶溪》詩，而不嫌於套襲，可知古人之善學矣。」評頸聯：「對法著意。」（《重訂中晚唐詩主客圖》卷上）

（清）曹錫彤：「前二韻以雪亭晚望言，後二韻以溪望感懷言。」（《唐詩析類集訓》卷一四）

哭山中友人

入①雲遥便哭，山友隔今生。〔一〕繞墓招魂魄，鐫巖記姓名。〔二〕犬因無主善②，鶴爲見人鳴。〔三〕長説能尸解，多應别路行。〔四〕

【校記】

①入：原本作「天」，據宋本、席本、全詩、庫本等改。

②善：庫本作「瘠」。

【注釋】

〔一〕入雲：謂進入山中。參《送韋評事歸華陰》（卷二）注釋〔四〕「雲中伴」。隔今生：今生不再相見。

〔二〕招魂魄：招魂復魄。古代喪禮儀式之一。《儀禮·士喪禮》：「復者一人，以爵弁服，簪裳于衣，左何之，扱領于帶。升自前東榮，中屋，北面招以衣，曰：『皋某復。』三。降衣于前。」鄭玄注：「復者，有司招魂復魄也。」鐫巖：謂書刻墓碑。

〔三〕善：謂不再狂吠。

〔四〕長説：（亡友）常説。尸解：道家謂道徒遺其形骸而成仙。《後漢書·王和平傳》（卷八二下）：「和平病殁……弟子夏榮言其尸解。」李賢注：「尸解者，言將登仙，假托爲尸以解化也。」《晉書·葛洪傳》（卷七二）：「洪坐至日中，兀然若睡而卒……視其顔色如生，體亦柔軟，舉尸入棺，甚輕，如空衣，世以爲尸解得仙云。」多應：大概，多半是。别路行：謂成仙而去。

【集　評】

（宋）劉辰翁：「隨事紀實，足稱名家，即名家猶不可得，或一二語而止。……『犬因無主善』，則俯仰猶有不忍言者。……古今甚深密義，得之淺易。」（《須溪集》卷六）

（清）李懷民評首句：「突起。」評頷聯：「妙只在尋常。」評頸聯：「『善』字妙。『無主』、『見人』妙。二語全從悲眼中看出，認真不得。犬自善，豈因無主？鶴偶鳴，寧爲見人？而自哭者眼中都作如是觀，詩象之活也，解此始可與言詩。」（《重訂中晚唐詩主客圖》卷上）

答僧拄杖

靈藤爲拄杖，〔一〕白淨①色如銀。得自高僧手，將扶病客身。春游不騎馬，夜會亦呈人。持

此歸山去，深宜戴角巾。〔二〕

【校　記】

① 淨：宋本作「洗」。

【注　釋】

〔一〕靈藤：對藤的美稱。靈，神奇的，靈異的。

〔二〕深：非常。角巾：有棱角的頭巾。亦稱「折角巾」、「墊巾」、「林宗巾」。相傳源於東漢名士郭林宗。《後漢書·郭太傳》（卷六八）：「郭太字林宗……嘗於陳梁閑行遇雨，巾一角墊，時人乃故折巾一角，以爲『林宗巾』。」後多借指隱士巾帽。《晉書·羊祜傳》（卷三四）：「嘗與從弟琇書曰：『既定邊事，當角巾東路，歸故里，爲容棺之墟。……』」

【繫　年】

詩云「病客」、「歸山」，當作於詩人晚年。按：詩寫詩人對僧友所贈手杖的珍愛以表謝意。

【集　評】

（清）李懷民評中四句：「入情如見。此意再見《酬藤杖》絶句，云：『倚來自覺身生力，每向旁人説得時。』」（《重訂中晚唐詩主客圖》卷上）

靈都觀李道士〔一〕

山①觀雨來②静，繞房③瓊草春。〔二〕素書天上字，花洞④古時人。〔三〕泥竈煮靈液，掃壇朝玉真。〔四〕幾迴游閬苑，青節亦⑤隨身。〔五〕

【校　記】

①山：英華（卷二二九）、席本、全詩作「仙」。
②來：英華作「未」。
③房：庫本作「屋」。
④洞：動。
⑤亦：席本作「自」。

【注　釋】

〔一〕靈都觀：道觀名。位於王屋山（今河南濟源市西北）上，唐玄宗於天寶二年（七四三）爲胞妹玉真公主修建。《太平寰宇記・西京・王屋縣》（卷五）：「靈都觀，在縣東三十里。」天寶時道士蔡瑋所撰《玉真公主受道靈壇祥應紀》載，玉真公主天寶初正式入道後，即居王屋山仙人臺下靈都觀，冬游夏處，近二十年。李道士：名不詳。

〔二〕瓊草：仙草。草的美稱。唐李白《同王昌齡送族弟襄歸桂陽二首》其二：「春潭瓊草緑可折，西寄長安明月樓。」

〔三〕素書：道書。相傳黄石公撰《黄石公素書》，簡稱《素書》。此書曾爲張良所得，被道教奉爲聖典。後世通稱道家經書爲「素書」。天上字：仙人所寫的文字。謂道書玄妙。花洞：陶淵明筆下的「桃花源」。此指靈都觀。唐吴融《倒次元韻》：「雨臺誰屬楚，花洞不知秦。」古時人：謂李道士潛心修道，不知外面的世界，猶如「桃花源」中的秦人。

〔四〕靈液：道家煉丹所用液體。「靈液」種類多，此所指不詳。參晉葛洪《抱朴子・内篇・金丹》。壇：指道士進行法事活動的場所。玉真：道家所謂的仙人之一。南朝梁陶弘景《真靈位業圖》：「玉清三元宫……右位，太上玉真保皇道君。」

〔五〕閬苑：閬風之苑。傳説中仙人的住所，在崑崙山上。《離騷》：「登閬風而緤馬。」王逸注：「閬風，山名，在崑崙之上。」洪興祖補注：「道書云：閬野者，閬風之府是也。崑崙上有九府，是爲九宫。」此借指道教聖地。青節：道教所用青色旗旛。

【繫　年】

當作於張籍與王建由河北南下洛陽途經靈都觀時，約貞元二年（七八六）春。按：詩寫靈都觀的幽静與李道士的修道生活。

【集　評】

（清）李懷民：「寫仙境幻渺，只作尋常閑話，便似當真。」評「花洞」句：「暗用桃源。」（《重訂中晚唐詩主客圖》卷上）

送韋①評事歸華陰〔一〕

三峰西面住②，出見世人稀。〔二〕老大③誰相識，恓惶④又獨歸。〔三〕掃⑤窗秋菌落，開篋夜⑥蛾飛。若向⑦雲中伴，還應著褐衣。〔四〕

【校　記】

①韋：英華（卷二七七）作「韓」。

②「三峰」句：英華作「蓮花峰下住」。

③老大：英華作「白髮」。

④栖惶：英華作「青山」，席本作「悽惶」。

⑤掃：英華作「拂」。

⑥夜：英華、宋本、陸本、席本作「蟄」。

⑦向：英華、席本作「訪」。

【注　釋】

〔一〕韋評事：所指不詳。評事，大理評事。《舊唐書·職官志三》（卷四四）：「大理寺……評事十二人，從八品下。掌出使推覈。」華陰：縣名（治今陝西華陰市）。因位於華山之北而得名。《元和郡縣圖志·華州·華陰縣》（卷二）：「本魏之陰晉邑……漢高帝八年，更名華陰……垂拱元年改曰仙掌，尋復舊名。……太華山，在縣南八里。」

〔二〕三峰：西嶽華山的三座主峰。《陝西通志·山川·華嶽》（卷八）：「華嶽有三峰，直上數千仞，基廣而峰峻，疊秀迄於嶺表。（《寰宇記》）……三峰直上，晴霽可觀，謂蓮花、玉女、松檜也。」

(《華山記》)」二句寫友人出仕前隱居華山。

〔三〕恓惶：悲傷貌。二句寫友人年老而又失意歸田。

〔四〕向：前往。謂拜訪。雲中伴：指隱士。雲中，山中。南朝梁陶弘景《詔問山中何所有賦詩以答》：「山中何所有？嶺上多白雲。只可自怡悦，不堪持寄君。」褐衣：粗布衣，貧賤者所服。《史記・平原君傳》(卷七六)：「君之後宫以百數，婢妾被綺縠，餘粱肉，而民褐衣不完，糟糠不厭。」

【繫　年】

作於元和元年(八〇六)以後張籍爲官長安時期。按：詩寫韋評事失意歸田及歸後的淒涼境況以送別。

【集　評】

(清)李懷民評「三峰」句：「先著此句。」評頸聯：「匠。」(《重訂中晚唐詩主客圖》卷上)

送閩僧

幾夏京城住，〔一〕今朝獨遠歸。修行《四分律》，護淨七條衣。〔二〕谿寺黄橙熟，沙田紫芋

肥。〔三〕九龍潭上路，同去客應稀。〔四〕

【重　出】

全詩（卷三七一）吕温詩重出，題作「送僧歸漳州」。宋本、劉本等張籍集皆收此詩，《文苑英華·釋門四》（卷二二二）亦署名張籍。「清初季振宜輯全唐詩稿時，吕温詩用明刊《吕衡州詩集》作底本，並據宋槧校勘，集中無此首，江標影宋十行十八字本《吕衡州詩集》中亦無」（佟培基《張籍詩重出甄辨》）。當爲張籍作。全詩吕温詩集編入卷末，顯爲補入，所據當爲胡震亨《唐音統籤·丁籤八八》（卷三九一）吕温集，胡氏題注「見州志」，知采自漳州志。又，《文苑英華·釋門四》收吕温詩一首，後收張籍詩六首，撰志者或因「前人」二字而誤視此詩爲吕温詩。

【注　釋】

〔一〕幾夏：幾年。佛制，僧尼一夏九旬安居而不外出，故以「幾夏」代稱「幾年」。參《送僧游五臺兼謁李司空》（卷二）注釋〔五〕「解夏」。

〔二〕《四分律》：佛經名。五部中曇無德部之律藏。姚秦佛陀耶舍、竺佛念共譯。因曇無德採集成文時分四度完結，故稱四分律。初分二十卷，二分十五卷，三分十四卷，四分十一卷。主要説明僧尼五衆别解脱戒之内容與受持方法。唐代南山道宣以爲宗旨，開創律宗，此律遂盛行南北，成爲中國古代最有影響之佛教戒律。直至現代，漢地佛教僧尼受戒持戒一直奉行此律。護淨：佛徒修行内容之一。有《護淨經》一卷。該書由見大池之中有蟲而説食不淨食之報，並示護淨之法。七條衣：僧人上著衣之一種。梵名鬱多羅，因衣有横截七條，故稱。見唐玄應《一切經音義》（卷一四）。

〔三〕谿寺：建於谿旁的寺院。沙田：沙地田。明徐光啟《農政全書・田制》（卷五）：「沙田，南方、江淮間沙淤之田也。」紫芋：薯類植物芋之一種。宋羅願《爾雅翼・釋草》（卷六）「芋」條：「《本草》唐本注有青芋、紫芋、白芋等，凡六種。青芋毒多……紫芋正爾蒸煮食之。」清李調元《南越筆記》（卷一五）「芋」條：「廣芋之美者，首黄芋，次白芋，次紅芽芋，皆小，惟南芋大。南芋色紫，生沙，甚可食。」二句寫閩僧途經剡中所見之景。宋高似孫《剡録・果・根》（卷一〇）：「張籍詩『山路黄根熟，沙田紫芋肥』，真剡中風物也。」按：根即橙。

〔四〕九龍潭：水名。所指不詳。當在閩境。清人記載今福建永安市、莆田縣皆有九龍潭，可參。顧祖禹《讀史方輿紀要・福建三・附見》（卷九七）「九龍潭」條：「在（延平府永安）縣西，即龍溪之灘也。曰長龍，曰安龍，曰傷龍，曰馬龍，曰三悟龍，曰五白龍，曰興龍，曰暮龍，曰下長龍，乃溪水最險處。」杜臻《粤閩巡視紀略》（卷五）：「白沙溪在（莆田縣）新興里，發源鐵嶺、白雲、鼓角諸山，至大山西合流，北行與大溪合……北行爲九龍潭，山分九支曰九龍山。」二句寫閩僧閩中之行。

【繫　年】

詩云「幾夏京城住」，作於元和元年（八〇六）以後張籍居京爲官期間。按：詩寫閩僧在京的修行與歸途所見以贈别。

【集　評】

（清）李懷民評「幾夏」二字：「字法切僧。」評頸聯：「寫閩風土只消一指。」（《重訂中晚唐詩主客圖》卷上）

送海客①歸舊島〔一〕

海上去②應遠，蠻家雲島孤。〔二〕竹船來桂府③，山市④賣魚鬚。〔三〕入國自獻寶⑤，〔四〕逢人多贈珠。卻歸⑥春洞口，斬⑦象祭天吴。〔五〕

【校　記】

① 海客：英華（卷二七七）、全詩作「海南客」。

② 去：英華作「歸」。

③府：英華、全詩作「浦」。
④市：英華作「地」。
⑤寶：英華作「錦」。
⑥歸：英華作「迴」。
⑦斬：原本、宋本作「新」，當爲「斬」之形訛，據英華、全詩改。

【注釋】

〔一〕海客：海商。唐李白《估客行》：「海客乘天風，將船遠行役。」舊島：謂故鄉。因海客家住海島，故云。

〔二〕蠻：見《賈客樂》（卷一）注釋〔四〕。此指嶺南沿海地區少數民族。雲島：雲霧籠罩的海島。北齊祖珽《望海》：「雲島相接連，風潮無極已。」

〔三〕竹船：竹筏的美稱。桂府：指桂州都督府（治今廣西桂林）。《舊唐書·地理志四》（卷四一）：「桂州下都督府。隋始安郡。武德四年，平蕭銑，置桂州總管府……其年，又置欽州總管，隸桂府。五年，置南恭、燕、梧三州，隸桂府。九年，置晏州，隸桂府。」魚鬚：又作「魚須」，所指今不明。或曰可製作簪、旗杆等。此當爲一種海魚之鬚。《尚書大傳·夏傳》（卷二）：「東海：魚須、魚目。」鄭玄注：「所貢物魚須，今以爲簪。」漢司馬相如《子虛賦》：「靡魚鬚之橈旃，曳明月之珠旗。」（一本作「魚須」)郭璞注引張揖曰:「以魚須爲旃柄。」張銑注:「魚鬚,竿也。」(《六臣注文選》卷七)晉左思《吴都賦》:「旗魚須,常重光。」劉良注:「魚須,魚之髭鬚,以爲旗竿。」(《六臣注文選》卷五)或曰可飾笏,「須」音「班」。此當爲一種海魚之皮。《禮記·玉藻》:「笏,天子以球玉,諸侯以象,大夫以魚須文竹,士竹。」鄭玄注:「文,猶飾也。」陸德明音義:「崔云:『用文竹及魚班也。』《隱義》云:『以魚須飾文竹之邊。』『須』音『班』。」唐李賀《酒罷張大徹索贈詩》:「往還誰是龍頭人,公主遺秉魚須笏。」按:可製作簪、旗杆者,或爲一種海蝦(魚)之鬚。宋葉廷珪《海録碎事·衣冠服用部》(卷五)「蝦鬚杖」條引《嶺表異録》:「海中有大蝦,鬚可爲杖,長丈餘。」元陶宗儀《説郛》(卷二)引唐段公路《北户録》「紅蝦」條:「紅蝦出潮州、潘州南巴縣……王子年《拾遺》云:『大蝦長一尺,鬚可爲簪。』《洞冥記》載『蝦鬚杖』。」明方以智《物理小識·器用類》(卷八):「海杖者,長數尺,大魚之鬚也。交趾蝦鬚,有長七八尺可爲拄杖者。」可飾笏者,或爲鮫(鯊魚)皮,當作「魚須」。漢張衡《南都賦》:「鱏鱣鰅鱅,黿鼉鮫鱐。」李善注引《山海經》郭璞注曰:「鮫……皮有班文而堅。」(《六臣注文選》卷四)漢許慎《説文解字》釋「鮫」字:「海魚,皮可飾刀。」《禮記·玉藻》(上引)孔穎達疏引庾氏語:「以鮫魚須飾竹以成文。」籍詩所指不明。據「鬚」推測,或爲「蝦鬚」;亦或本無「賣魚鬚」之事,僅掇拾文獻之語爲詩耳。又,《漢語大辭典》「魚鬚」、「魚須」條皆釋爲「鯊魚的鬚」,似未當。今所見鯊魚未聞有能爲「旗竿」或飾笏之鬚。

〔四〕國:指京城長安。

〔五〕春洞口：當爲海客家鄉地名。所在不詳。天吴：傳説中的水神。《山海經·海外東經》：「朝陽之谷，神曰天吴，是爲水伯。……其爲獸也，八首人面，八足八尾，皆青黄。」同書《大荒東經》：「有神人，八首人面，虎身十尾，名曰天吴。」

【繫　年】

據「入國自獻寶」語判斷，當作於元和元年（八〇六）以後張籍居京爲官時期。按：詩寫海客至嶺南、中原經商及返鄉的有關活動以贈别。

【集　評】

（宋）葛立方：見《送越客》（卷二）「集評」。

（元）方回：「唐以詩試進士，先以詩爲行卷。如此等語，或本無其人，姑爲是題，以寫殊異之景，故皆新怪可觀。如《送流人》、《寄邊將》之類，皆是也。」（《瀛奎律髓彙評》卷四）

（清）紀昀：「此應入『遠外類』。無味。」「第五句不佳。」（同上）

（清）無名氏：「句少玲瓏，然典故如《風土記》，自可存耳。」（同上）

（清）李懷民：「此等體例，止狀其風土，即所以送之，不用應酬習語。」評頷聯：「寫得蠻境逼真，不求異而自異。」（《重訂中晚唐詩主客圖》卷上）

登咸陽北寺樓①〔一〕

高秋原上寺，〔二〕下馬一登臨。渭水西來直②，秦山南去③深。〔三〕舊宮人不住④，荒碣路難尋。〔四〕日暮涼風起，蕭條多遠心。〔五〕

【校　記】

①詩題席本作「登感化寺樓」、庫本作「登咸陽寺北樓」。

②直：宋本作「急」。

③去：英華（卷三一二）、品彙（拾遺卷七）、全詩作「向」。

④住：英華、品彙作「見」。

【注　釋】

〔一〕咸陽：唐縣名（治今陝西咸陽市），屬京兆府。

〔二〕原：指畢原，也稱咸陽原。在咸陽城北。《陝西通志·山川·咸陽縣》（卷九）「畢原」條：「一名石安原，一名咸陽原，一名咸陽北阪。」「在縣北。（《縣圖》）……咸陽原，在渭水北，九嵕山南。（《雍大記》）」

〔三〕渭水：黄河中游支流渭河。咸陽在其北岸。《元和郡縣圖志·京兆府·咸陽縣》（卷一）：「渭水，南去縣三里。」秦山：秦嶺山脈。深：遠。

〔四〕舊宫：疑指望賢宫。《新唐書·地理志一》（卷三七）：「咸陽……有望賢宫。」《資治通鑑·唐紀·肅宗至德元年》（卷二一八）：「食時，至咸陽望賢宫。」胡三省注：「咸陽縣，在京城西四十里。望賢宫，在縣東。」碣：圓頂石碑。《後漢書·竇憲傳》（卷二三）：「封神丘兮建隆嵑。」李賢注：「方者謂之碑，員者謂之碣。嵑亦碣也。」

〔五〕遠心：遁世遠逸之心。北魏陽固《演賾賦》：「敦儒墨之大教兮，崇逸民之遠心。」（《魏書·陽固傳》卷七二）

【繫　年】

作於元和元年（八〇六）以後張籍居京爲官時期，時節爲秋。按：詩寫詩人登咸陽北寺樓所見的蕭條景象及詩人的感傷遁世之心。

【集　評】

（清）李懷民評頷聯：「『直』字、『深』字鍊。」（《重訂中晚唐詩主客圖》卷上）

送新羅使〔一〕

萬里爲朝使，離家今幾①年。應知舊行路，卻上遠歸船。〔二〕夜泊②避蛟窟，〔三〕朝炊求③島泉。悠悠到鄉國，還望海西天。〔四〕

【校　記】

① 今幾：英華（卷二九七）作「已經」，律髓（卷三八）作「經幾」。

② 泊：席本作「宿」。

③ 求：英華作「取」。

【注　釋】

〔一〕新羅：又稱「斯羅」，古國名。故地在今朝鮮半島東南部，本辰韓十二國之斯盧國，都金城。與唐關係密切。

〔二〕二句謂新羅使未由來時陸路而選擇海路歸返。

〔三〕蛟窟：泛指海怪藏身的洞穴。

〔四〕悠悠：遥遠貌。海西天：大海西邊的天空。借指唐。新羅在唐之東，隔海相望，故謂。

【繫　年】

當作於張籍任主客郎中即長慶四年（八二四）七月至大和二年（八二七）三月期間。《新唐書·百官志一》（卷四六）：「主客郎中、員外郎，各一人，掌二王後、諸蕃朝見之事。……路由大海者，給祈羊豕皆一。西南蕃使還者，給入海程糧；西北諸蕃，則給度磧程糧。……」按：詩寫新羅使由海路歸國的險遠以贈别。

【集　評】

（清）紀昀：「語皆凡近。」（《瀛奎律髓彙評》卷三八）

（清）李懷民評尾聯：「祇如此結。」（《重訂中晚唐詩主客圖》卷上）

宿廣德寺寄從舅〔一〕

古寺客堂空，開簾①四面風。移床動栖鴿②，停燭聚飛蟲。〔二〕閑卧逐涼處，遠愁生静中。〔三〕

林西微月色，思與甯家同。〔四〕

【校記】

① 簾：席本作「簷」。

② 鴿：宋本、陸本、全詩作「鶴」。

【注釋】

〔一〕廣德寺：寺名。在洛陽。唐釋道宣《續高僧傳·魏洛下廣德寺釋法貞傳》（卷六）：「釋法貞……住魏洛下之居廣德寺，爲沙門道記弟子。」從舅：母親的堂兄弟。《爾雅·釋親》：「母之從父晜弟，爲從舅。」

〔二〕床：古代坐具。《舊唐書·敬羽傳》（卷一八六下）：「羽延遵，各危坐於小床，羽小瘦，遵豐碩，頃間問即倒。」停燭：燃著蠟燭。停，停放。

〔三〕遠愁：指思念遠方親人之愁。

〔四〕微月：虧損而不明的月。《詩·邶風·柏舟》：「日居月諸，胡迭而微？」鄭玄箋：「微，謂虧傷也。」甯家：舅家。語出《晉書·魏舒傳》（卷四一）：「魏舒字陽元，任城樊人也。少孤，爲外家甯氏所養。甯氏起宅，相宅者云：『當出貴甥。』外祖母以魏氏甥小而慧，意謂應之。舒曰：

『當爲外氏成此宅相。』」

【繫　年】

當作於張籍早年游寓洛陽期間，約在貞元二年（七八六）夏。按：詩寫詩人旅宿廣德寺的孤寂與對親人的思念。

【集　評】

（明）譚元春評頸聯：「真體認。」（《唐詩歸》卷三〇）

（清）李懷民評頷聯：「匠」。評尾聯：「寄舅意一點便得，不用多擾。」（《重訂中晚唐詩主客圖》卷上）

宿邯鄲館寄馬磁州①〔一〕

孤客到空館，夜寒愁卧遲。雖沽主人酒，不似在家時。幾宿得歡笑，〔二〕如今成别離。明朝行更遠，迴望隔山陂。〔三〕

【校　記】

①詩題席本作「宿邯鄲寄磁州友人」。

【注　釋】

〔一〕邯鄲：縣名。治今河北省邯鄲市西南。館：旅店。馬磁州：吴汝煜等《全唐詩人名考》、郁賢皓《唐刺史考全編》皆以爲馬正卿，當是。《資治通鑑·唐紀·德宗貞元十年》(卷二三五)：「秋……虔休遣磁州刺史馬正卿督裨將石定蕃等將兵五千擊洺州。」知馬正卿貞元十年前後刺磁州。磁州，治所在滏陽縣(今河北磁縣)。中唐時邯鄲屬磁州。《舊唐書·地理志二》(卷三九)：「邯鄲……隋屬磁州。州廢，屬洺州。永泰初，復置磁州，來屬。」

〔二〕「幾宿」句：謂詩人拜見馬磁州而受其款待。

〔三〕陂：山坡。

【繫　年】

作於貞元十年(七九四)冬張籍北上薊北途中。按：詩寫詩人旅宿邯鄲的孤寂與對馬磁州的懷戀。

【集　評】

（清）李懷民評頷聯：「此等格法、對法，惟水部擅長。」評尾聯：「不盡。」（《重訂中晚唐詩主客圖》卷上）

舟行寄①李湖州〔一〕

客愁②無次第，川路重③辛勤。〔二〕藻④密行舟⑤澀，灣多轉楫⑥頻。〔三〕薄游空感惠⑦，失⑧計自憐貧。〔四〕賴誦⑨汀洲句，〔五〕時時慰遠人。

【校　記】

① 寄：英華（卷二九三）作「重寄」。
② 愁：英華（卷二五九，下同）作「行」。
③ 重：英華作「動」。
④ 藻：英華、全詩校「一作萍」。
⑤ 行舟：英華作「舟行」，全詩校「一作移舟」。
⑥ 轉楫：英華作「檝轉」。

⑦惠：席本作「命」。

⑧失：英華作「客」。

⑨賴誦：全詩作「賴有」，律髓（卷二九）作「煩誦」。

【注釋】

〔一〕李湖州：湖州刺史李錡。郁賢皓《唐刺史考全編·湖州（吴興郡）》（卷一四〇）考，貞元、元和年間「李」姓湖州刺史唯李錡與李詞。李詞貞元十四年（七九八）至十七年（八〇一）刺湖州，此間張籍先從韓愈居汴州，并於汴州得「首薦」，十五年進士及第，後於和州居喪，不可能拜謁李詞；詩所謂「失計自憐貧」與張籍當時境況亦不符。故「李湖州」爲李錡。李錡（七四一—八〇七），唐宗室，以父蔭入仕。貞元初，拜宗正少卿，累遷湖、杭二州刺史。因獻奇寶取寵於德宗，遷潤州刺史、浙西觀察使，兼鹽鐵轉運使。後謀據江東，德宗罷其使職，專任鎮海軍節度使。元和二年（八〇七），憲宗召，舉兵反，兵敗送京腰斬。《新唐書》有傳。

〔二〕重：猶「極」、「甚」。唐白居易《渭村雨歸》：「復兹夕陰起，野色重蕭條。」

〔三〕澀：謂不通暢，艱難。二句寫行舟艱難，有象征世道坎坷之意。

〔四〕薄游：指没有成效的漫游。空感惠：謂辜負李錡的恩惠。據《文苑英華》題作「重寄李湖州」推測，此前張籍曾求助於李錡。失計：謂不善謀劃而未能成功。張籍《羈旅行》（卷一）：「舊山已別行已遠，身計未成難復返。」所謂「失計」當指「身計未成」。

〔五〕賴：幸虧。汀洲句：指李錡所贈詩句。梁吴興太守柳惲曾於汀洲賦《江南曲》云：「汀洲采白蘋。」汀洲因此得名。此以柳比李。汀洲，見《霅谿西亭晚望》（卷二）注釋〔二〕「白蘋洲」。

【繫　年】

作於貞元十二年（七九六）夏秋間。同時還作有《霅谿西亭晚望》（卷二）。《唐刺史考全編·湖州（吴興郡）》（卷一四〇）引《吴興志》云：「李錡，貞元十二年四月自杭州刺史授；遷本道觀察使。《統記》作十二年。」《統記》載是。是年夏秋間張籍由薊北返至蘇州，隨後南游湖州、杭州。按：詩寫詩人漫游湖州的旅愁與「失計」的憂傷，感念李湖州曾經相助并以詩相慰；有再次求助之意。

【集　評】

（元）方回：「三、四切於湖州水路，五、六旅況可憐。」（《瀛奎律髓彙評》卷二九）

（清）何焯：「相待之薄，自見於言外。」（同上）

（清）紀昀：「此詩亦淺弱，『灣多』二字不雅。」（同上）

（清）李懷民評「客愁」句：「妙。」評頸聯：「中括多少情事。」（《重訂中晚唐詩主客圖》卷上）

送閑師歸江南〔一〕

偏住江南寺，隨緣到上京。〔二〕多生修律業，外學得詩①名。〔三〕講殿偏追入，齋家別②請行。〔四〕青楓鄉路遠，幾日盡歸程。〔五〕

【校　記】

①詩：英華（卷二二二）作「書」。

②別：英華作「得」。

【注　釋】

〔一〕閑師：高閑上人。著名草書家。《宋高僧傳·唐天台山禪林寺廣修傳》（卷三〇）附其傳：「湖州開元寺釋高閑，本烏程人也。髫年卓躒，范露異才。受法已還，有鄰堅志，苦學勞形，未嘗少惰。後入長安，於薦福、西明等寺隸習經律，克精講貫。宣宗重興佛法，召入對御前草聖，遂賜紫衣……老思歸鄉，終于本寺。……閑常好將霅川白紵書真草之蹤，與人爲學法焉。」張籍、韓愈等與他過從甚密。師，對僧人、道士的尊稱。

〔二〕隨緣：順應機緣。上京：京師長安。

〔三〕多生：衆多的生死。佛教以爲衆生造善惡之業，輪回於六道之中不能出離，生死相續，故有「多生」。律業：佛教戒律。外學：佛家稱佛經外的典籍爲外學。唐鮑溶《送僧東游》：「風流東晉後，外學入僧家。」此指詩藝。

〔四〕講殿：帝王爲講經特設的講席稱經筵，經筵所在的宫殿稱講殿。偏：獨。追入：徵召入宫。追，徵召。《資治通鑑·唐紀·代宗廣德元年》（卷二二三）：「近聞詔追數人，盡皆不至。」胡三省注：「唐人率謂召爲追。」齋家：舉行佛事活動的人家。别：特地。

〔五〕幾日：猶「何日」。謂時間長。

【繫　年】

韓愈有《送高閑上人序》，當同作。韓愈長慶四年十二月二日卒，知此詩作於元和、長慶年間。

按：詩寫高閑上人在佛學和詩藝上的名望，表達詩人敬慕、離別之情。

游襄陽山寺〔一〕

秋色江邊路，烟霞若有期。〔二〕寺貧無利施①，〔三〕僧老足慈悲。薜荔侵禪室②，蝦蟆占浴池。〔四〕閑游殊未徧，〔五〕即是下山時。

【校記】

①利施：宋本、律髓（卷四七）、席本作「施利」。

②室：宋本、律髓、陸本、全詩、庫本作「窟」。

【注釋】

〔一〕襄陽：縣名。治今湖北襄樊市。《元和郡縣圖志·襄州·襄陽縣》（卷二一）：「在襄水之陽，故以爲名。」

〔二〕期：約定。二句間接寫出游時的美好景色與愉快心情。

〔三〕無利施：謂無人向寺院施捨財物。

〔四〕薜荔：又稱「木蓮」。常緑藤本植物，蔓生。禪室：禪房。佛徒習静之所。蝦蟆：亦作「蛤蟆」。浴池：供洗澡用的池塘。唐玄奘《大唐西域記·劫比羅伐窣堵國》：「箭泉東北行八九十里，至臘伐尼林，有釋種浴池。澄清皎鏡，雜花彌漫。」佛制，僧房設浴室或浴池，以除垢輕體、消病增食。《五分律·第五分雜法》（卷二六）：「時諸比丘食多美食，以增諸病。」耆域（耆婆）憂之，乃勸佛設浴室「除其此患」；浴時「著浴衣，不聽裸形浴、裸形相揩」，「用蒲桃皮、摩樓皮、澡豆等諸去垢物」。《增壹阿含經·聽法品第三十六》（卷二八）：「世尊告諸比丘：『造作浴室有五功德』，『一者除風，二者病得差，三者除去塵垢，四者身體輕便，五者得肥白。』」丁福保《佛學大辭典》「浴室」條：「洗浴之室也，西土必以冷水，東土必以温水，故謂爲温室。《寄歸傳》三曰：『世尊教爲浴室，或作露地磚池。（中略）又洗浴者並須饑時。浴已正食，有其二益：一則身體清虚，無諸垢穢。二則痰癊消散，能餐飲食。飽食方洗，醫明所諱。』《義楚六帖》七曰：『有部律頌云：浴室晝五天使。』」以上四句寫山寺的荒涼冷寂。「侵」、「占」二字凸現動植物的得勢，更見「僧老」與山寺的荒閑。

〔五〕殊：猶，尚。唐杜甫《陪鄭公秋晚北池臨眺》：「嚴城殊未掩，清宴已知終。」

【繫　年】

作於長慶二年（八二二）七月，時張籍以水部員外郎使襄陽。參《贈商州王使君》（卷四）「繫年」。按：詩寫詩人游襄陽山寺的喜悦與對山寺荒涼破敗的感傷。

【集　評】

（宋）葛立方：見《送越客》（卷二）「集評」。

（元）方回：「司業三詩（按：另指《律僧》、《上國贈日南僧》）皆平易，惟『蛤蟆占浴池』一句怪

異。」（《瀛奎律髓彙評》卷四七）

（清）紀昀：「五、六極寫荒閒，不爲怪異。」「三、四真語，然不佳。」（同上）

（清）馮舒：「游起游結。」「如此起、結，是定法。然篇篇一例，亦可少變换。」（同上）

（清）李懷民評頷聯：「（『寺貧』句）狀其貧。（『僧老』句）匠其老。」評尾聯：「雪淡無味，恰得情事，此等最妙。」（《重訂中晚唐詩主客圖》卷上）

登城寄王建①〔一〕

聞君鶴嶺住②，西望日③依依。〔二〕遠客偏相憶，〔三〕登城獨不歸。十年爲道侣，幾處共柴扉。〔四〕今日烟霞外，〔五〕人間得見稀。

【校　記】

① 建：英華（卷二五九）、全詩作「秘書建」，庫本作「秘書」。按：皆誤。參「繫年」。

② 鶴嶺住：英華、庫本作「住鶴嶺」。

③ 日：英華、庫本作「自」，宋本、劉本、陸本作「月」。

【注　釋】

〔一〕城：指邢州城。王建（七六六—八三〇?）：字仲初，渭南縣（今陝西渭南市）人。行第六。早年曾與張籍同窗河北十載。元和九年（八一四）授昭應丞，後歷太府寺丞、秘書郎、秘書丞、太常丞，大和二年（八二八）出爲陝州司馬，回朝任「侍御」，尋卜居咸陽北石安原。張籍密友。工樂府，與籍齊名，世稱「張王」。《宫詞》百首，尤傳誦人口。

〔二〕鶴嶺：邢州龍岡縣（今河北邢臺市東北）鶴渡嶺。《太平寰宇記·邢州·龍岡縣》（卷五九）：「鵲山。《水經注》……云：『其南有龍騰溪、鶴渡嶺。』」鵲山又名龍騰山，龍騰溪所出，在邢州龍岡和内丘縣境，爲張籍、王建早年同窗之所。參《逢王建有贈》（卷四）注釋〔二〕。王建學成後一度居鶴渡嶺。西望：鶴嶺在邢州城之西，故云。依依：依戀不舍貌。此形容太陽遲遲下山。

〔三〕遠客：詩人自謂。偏：非常。

〔四〕道侣：修道的同伴。此指同窗。二句寫張、王早年的同窗生活。

〔五〕烟霞外：指隱士隱居之地。《隋書·王貞傳》（卷七六）：「前園後圃，從容丘壑之情；左琴右書，蕭散烟霞之外。」此指王建隱居的鶴嶺。

【繫　年】

作於貞元十年（七九四）冬張籍北上薊北經邢州時。按：據英華、全詩題作「登城寄王秘書建」，學界多以爲詩作於長慶元年（八二一）至二年王建任秘書郎期間。當非。一者，詩有「遠客」語，知張籍正漫游，時當在元和元年其入仕前。二者，没有任何材料證明王建任秘書郎期間曾隱居鶴嶺，相反，有詩證明此間其一直在長安。如王建長慶元年（八二一）七月作《太和公主和蕃》，二年四月作《送嚴大夫赴桂州》，三年四月作《送鄭權尚書南海》，地點均爲長安。即使王建有短時間的隱居，亦與「人間得見稀」語不合。又按：詩寫詩人經邢州時對隱居鶴嶺的王建的思念。

【集　評】

（清）李懷民評頷聯：「看其對格之妙。」（《重訂中晚唐詩主客圖》卷上）

送從①弟戴玄往②蘇州〔一〕

楊柳閶門路③，悠悠水岸斜。〔二〕乘舟④向山寺，著屐⑤到漁⑥家。〔三〕夜月紅柑樹，秋風白藕花。江天詩景⑦好，迴日莫令⑧賒。〔四〕

【校　記】

①從：唐音（卷四）作「仁」。
②往：英華（卷二七七）作「之」。
③路：英華作「外」。
④舟：英華作「船」。
⑤屐：宋本作「履」。
⑥漁：英華作「人」。
⑦景：英華作「境」。
⑧令：律髓（卷四）作「言」。

【注　釋】

〔一〕從弟：堂弟。唐詩中亦稱同姓同輩而年少者，如李白《書情寄從弟邠州長史昭》。戴玄：生平不詳。蘇州：治今江蘇省蘇州市，張籍郡望，一説爲張籍故鄉。

〔二〕閶門：蘇州古城西門。春秋時吴王闔閭命伍子胥築。舊題唐陸廣微《吴地記》：「闔閭城，周敬王六年伍子胥築。大城周迴四十二里三十步，小城八里二百六十步。陸門八，以象天之八風；水門八，以象地之八卦。……西閶、胥二門，南盤、蛇二門，東婁、匠二門，北齊、平二門。

不開東門者，爲絶越之故也。」另參漢趙曄《吴越春秋·闔閭内傳》。悠悠：連綿不盡貌。斜：曲折地延伸。唐韓愈《獨釣四首》其二：「一徑向池斜，池塘野草花。」

〔三〕屐：木製的鞋。底大多有齒，以行泥地。

〔四〕賒：遲。

【集評】

（宋）梅堯臣：「説樂不得言樂。詩曰：『乘舟泊山寺，著屐到人家。』」（《續金針詩格·詩有七不得》）

（元）方回：「此蘇州風景。『乘舟』、『著屐』一聯，膾炙人口。『紅柑』、『白藕』一聯，太綺。故尾句放寬，不然冗矣。」（《瀛奎律髓彙評》卷四）

（明）許學夷：見《江南春》（卷二）「集評」。

（清）紀昀：「此論（按：指方回之論）深得疏密相參之妙。」「差有風韻。」（《瀛奎律髓彙評》卷四）

（清）無名氏：「『乘舟』二句太質，又須『夜月』二句點綴相映，此正善於調劑處。」（同上）

（清）黄生：「尾聯見意。」「三、四自是蘇州實景，對法卻以反裝見趣。七總綰上文，八勉其早歸。」（《增訂唐詩摘鈔》卷一）

（清）李懷民評頷聯：「高興。」評頸聯：「柑蓮二物，何地無之？且豈遂足以盡蘇州之勝耶？然詩景已盡於此者，正東坡所謂『賦詩必此詩，定知非詩人』也，不然，臚衍《蘇州志》一部且不能盡，又不得詩景也，呵呵。」（《重訂中晚唐詩主客圖》卷上）

送朱慶餘及第歸越〔一〕

東南歸路遠，幾日到鄉中。〔二〕有寺山皆遍，無家水不通。湖聲蓮葉雨，野氣①稻花②風。州縣知名久，爭邀與客同。〔三〕

【校　記】

①氣：英華（卷二七七）作「色」。

②花：席本作「苗」。

【注　釋】

〔一〕朱慶餘（七八六？—八三三？）：名可久，以字行，越州人。寶曆二年（八二六）進士及第，授秘書省校書郎。與張籍、賈島、姚合、章孝標、顧非熊等交往密切。舊傳其曾行卷與張籍，爲張籍所賞，因此及第。生平事跡散見於唐劉崇遠《金華子雜編》卷下、唐范攄《雲谿友議》卷下「閨婦歌」條、《唐詩紀事》卷四六。越：越州。治所在今浙江省紹興市。

〔二〕幾日：猶「何日」。謂時間長。

〔三〕州縣：指越州及其屬縣的官員與士人。二句謂朱慶餘早有詩名，如今及第，州縣官員與士人將爭相邀請，奉爲上賓。

【繫年】

作於寶曆二年（八二六）春或夏初，時張籍在主客郎中任。按：詩寫越州美景與朱慶餘及第歸鄉所受的禮遇以贈別。

【集評】

（清）李懷民評頸聯：「（『湖聲』句）如入耳。（『野氣』句）如入鼻。」評尾聯：「及第意略見，又正閑甚。」（《重訂中晚唐詩主客圖》卷上）

【同唱】

姚合《送朱慶餘及第後歸越》：「勸君緩上車，鄉里有吾廬。未得同歸去，空令相見疎。山晴棲

鶴起，天曉落潮初。此慶將誰比，獻親冬集書。」（全詩卷四九六）

過賈島野①居〔一〕

青門坊外住，行坐見南山。〔二〕此地去人遠，知君終日閑。蛙聲籬落下，草色户庭間。好是經過處，〔三〕唯②愁暮獨還。

【校記】

① 野：衆妙作「幽」。

② 唯：衆妙、律髓（卷二三）、石倉（卷五九）作「惟」。

【注釋】

〔一〕過：訪問。賈島（七七九—八四三）：字閬仙（一作浪仙），范陽（今河北涿縣）人。早歲爲僧，法名無本。後還俗，累舉進士不第。文宗開成初，任遂州長江縣主簿，人稱「賈長江」。會昌初，以普州司倉參軍遷司户，未及受命，卒。中唐著名詩人。與張籍、韓愈、姚合等交游密切。

〔二〕青門坊外：所指當在長安延興門附近。青門，漢長安城東面三門之南門，即霸城門。《三輔黄圖·都城十二門》(卷一):「長安城東出南頭第一門曰霸城門。民見門色青,名曰青城門,或曰青門。」唐時稱長安城東面三門之南門延興門。唐李隆基《送賀知章歸四明》:「獨有青門餞,群僚悵别深。」青門坊,當指延興門内新昌、昇道諸坊。又,賈島有《青門里作》詩,知其曾居青門里,所謂「青門坊外」當即「青門里」。按:島詩又言居「原東居」(如《原東居喜唐温琪頻至》、《張郎中過原東居》),學界或以爲「原東居」在樂游原以東昇道坊,所據爲島詩《昇道精舍南臺對月寄姚合》,當非。一者,島詩題「昇道」二字全詩校「一作丹陽」;二者,張籍《贈賈島》云「籬落荒涼僮僕飢,樂游原上住多時」,知「原東居」在「樂游原上」,也就是説「原東」指樂游原「東」部,而非其以東之昇道坊;三者,據所稱判斷,「原東居」所在似非「坊」,如在昇道坊,當以「昇道」相稱。又,宋張禮《游城南記》:「樂游之南曲江之北新昌坊,有青龍寺,北枕高原,前對南山,爲登眺之絶勝,賈島所謂『行坐見南山』是也。」(按:「賈島」應作「張籍」。)新昌坊爲「青門」延興門入門右第一坊(昇道坊爲左第一坊),在樂游原之東南部。合上推斷,「原東居」即「青門里」,亦即張籍所謂「青門坊外」,當在新昌坊北或東北之樂游原上。行坐:行走或坐定。唐杜甫《又示兩兒》:「團圓思弟妹,行坐白頭吟。」南山:終南山。屬秦嶺山脈,在長安城之南。

〔三〕好是:真是。表示贊美。唐白居易《吴中好風景二首》其二:「況當豐歲熟,好是歡游處。」

【繫年】

約作於寶曆元年（八二五）夏，時張籍在主客郎中任。參羅聯添《張籍年譜》、傅璇琮主編《唐五代文學編年史》。按：詩寫賈島幽居的寧靜和景色的優美，表達詩人流連忘返之情。

【集評】

（元）方回：「予嘗評之，賈浪仙詩幽奥而清新，姚少監詩淺近而清新，張文昌詩平易而清新。」（《瀛奎律髓彙評》卷二三）

（清）馮舒：「説得著。如此看詩，儘具隻眼，奈何偏佞陳、黄？」（同上）

（清）馮班：「浪仙、文昌詩不止清新也，若少監斯下矣，不當在弟子之列，宫牆外望可也。」（同上）

（清）紀昀：「（馮班）評賈、張是，評姚未確。當曰求清新而反僻反俚。」「雖平易而有自然之趣，勝武功之纖瑣多矣。」（同上）

（清）李懷民：「看他於島師更不著一贊語，但平平叙一野居，而其品之高，已可想也。」評頸聯：「野色如是，真畫出野居。」（《重訂中晚唐詩主客圖》卷上）

【同　唱】

賈島《張郎中過原東居》：「年長惟添嬾，經旬止掩關。高人餐藥後，下馬此林間。對坐天將暮，同來客亦閑。幾時能重至，水味似深山。」（全詩卷五七二）

酬韓庶子〔一〕

西街幽①僻處，正與嬾相宜。〔二〕尋寺獨行遠，借書常送遲。家貧無易②事，身病是③閑時。寂寞誰相問，秖應君自④知。〔三〕

【校　記】

① 幽：英華（卷二四五）作「游」。
② 易：英華作「異」。
③ 是：英華、席本、全詩作「足」。
④ 自：英華作「獨」，席本作「子」。

【注　釋】

〔一〕韓庶子：韓愈（七六八—八二四）。字退之，河陽（今河南孟縣）人，郡望昌黎，後人因稱韓昌黎。貞元八年(七九二)擢進士第。曾任節度推官、監察御史;貞元十九年因言事觸怒權貴,貶陽山令;憲宗即位,量移江陵法曹參軍,尋召拜國子博士;元和十二年(八一七)從裴度征討淮西吴元濟有功,升任刑部侍郎;十四年上《論佛骨表》,貶潮州刺史;次年穆宗即位,召拜國子祭酒。長慶元年(八二一)遷兵部侍郎,次年轉吏部侍郎,三年授京兆尹兼御史大夫,尋又轉兵部侍郎、吏部侍郎;四年十二月二日卒於長安。著名文學家,尤善古文,唐宋「八大家」之一。庶子,東宫屬官。《新唐書·百官志四上》(卷四九上):太子左、右春坊分别設左、右庶子各二人;左庶子,正四品上,「掌侍從贊相,駁正啟奏。總司經、典膳、藥藏、内直、典設、宫門六局」;右庶子,正四品下,「掌侍從、獻納、啟奏」。宋洪興祖《韓子年譜》載,韓愈元和十一年五月由中書舍人降官太子右庶子。

〔二〕西街:長安城朱雀大街以西街坊的統稱。亦稱「街西」。西街爲長安縣,東街爲萬年縣。張籍自元和元年(八〇六)得官太常寺太祝至長慶元年(八二一)春,皆寓居西街延康坊西南隅西明寺後。白居易元和十年《寄張十八》:「同病者張生,貧僻住延康。」孟郊元和八年《寄張籍》:「西明寺後窮瞎張太祝。」另參《移居靖安坊答元八郎中》(卷四)「繫年」。清徐松《唐兩京城坊考》(卷四)載,延康坊在朱雀街西第三街自北向南街西第七坊。宋宋敏求《長安志·唐京城四》(卷一〇)「延康坊」條:「西南隅西明寺。」嬾:同「懶」。指怠於社交。

〔三〕二句謂只有韓愈深知詩人的寂寞並過訪題詩相慰。

【繫年】

韓愈贈詩有「溝濁萍青青」、「蛙讙橋未掃，蟬嘒門長扃」語，時當爲夏或初秋。韓愈元和十一年五月降官太子右庶子，次年七月「兼御史中丞，充彰義軍行軍司馬」（《舊唐書·憲宗本紀下》卷一五），知詩作於元和十一年（八一六）或次年。錢仲聯《韓昌黎詩繫年集釋》繫韓愈贈詩於元和十一年，當是。時張籍在國子助教或廣文博士任。按：詩酬韓愈過訪題詩，抒寫詩人貧病閒居的寂寞與感慨。

【集評】

（明）周珽：「一『嬾』字，亦足以陶養性靈，隨他貧病，皆成樂境。『尋寺』、『借書』，非處幽寂何以得此？曰『相宜』，曰『自知』，所與韓相慰酬至矣。」「孟東野『居貧難自好』、蘇子瞻『因病得閒殊不惡』，俱善言貧病者，何如文昌此頷聯透徹簡凈？」（明周珽輯《删補唐詩選脉箋釋會通評林》卷三四）

（明）顧璘：「五六語較寬。」（同上）

（清）吴瑞榮：「精削之至，從常理俗情中得來，又不覺其乖僻。讀此詩却未敢慢易文昌。」「妙起妙結，無一處弱。」（《唐詩箋要》卷六）

（清）李懷民：「此皇皇泰山北斗之韓夫子也，乃只用家常閑話，淡淡酬之，更不作意，不知此不

作意處，正是高處，一時之胸次交情，莫真切於此矣。在後人反不知添多少矜持張皇，都成客氣。」（《重訂中晚唐詩主客圖》卷上）

（清）陸鎣：見《聽夜泉》（卷二）「集評」。

（清）余成教：見《薊北旅思》（卷二）「集評」。

【原　唱】

韓愈《題張十八所居》：「君居泥溝上，溝濁萍青青。蛙讙橋未掃，蟬嘒門長扃。名秩後千品，詩文齊六經。端來問奇字，爲我講聲形。」（全詩卷三四二）

贈[①]姚合少府〔一〕

病來辭赤縣，案上有丹經。〔二〕爲客燒茶竈，教兒掃竹亭[②]。詩成添舊卷，酒盡卧空缾。闕下今遺逸，誰瞻[③]隱士[④]星？〔三〕

【校　記】

①贈：席本作「答」。按：當作「答」，詳「繫年」。

②亭：英華（卷二五九）作「庭」。

③瞻：英華、紀事（卷四九）、席本作「占」。

④士：英華、全詩校「一作者」。

【注釋】

〔一〕姚合（七七五？—八五五？）：陝州（今河南陝縣）人，郡望吳興武康（今浙江德清），開元名相姚崇曾侄孫。元和十一年（八一六）進士及第。授武功主簿，遷富平、萬年尉。寶曆中任東都監察御史，後歷殿中侍御史，户部員外郎，荆、杭二州刺史，刑、户二部郎中，諫議大夫，給事中，陝虢觀察使，終秘書少監。詩名重於時，人稱「姚武功」，後人又稱「姚少監」。與張籍、賈島、馬戴、殷堯藩等交游密切。少府：唐時縣尉的别稱。宋趙彦衛《雲麓漫鈔》（卷二）：「唐人則以『明府』稱縣令……既稱令爲明府，尉遂曰『少府』。」

〔二〕赤縣：唐之最上等縣。唐歐陽詹《同州韓城縣西尉廳壁記》：「我唐極天啟宇，窮地闢土，列縣出於五千，分爲七等：第一曰赤，次赤曰畿，次畿曰望，次望曰緊，次緊曰上，次上曰中，次中曰下。赤縣僅二十，萬年爲之最……」。此指京兆府萬年縣尉。宋晁公武《郡齋讀書志》（卷一八）：「唐姚合……歷武功主簿，富平、萬年尉。」《新唐書·地理志一》（卷三七）：「萬年，赤。……富平，次赤。」丹經：記載煉丹術的專書。晉葛洪《抱朴子·内篇·金丹》：「凡受太清丹經三卷及九鼎丹經一卷、金液丹經一卷。」

〔三〕闕下：指京城長安。闕，見《楚宮行》（卷一）注釋〔四〕。遺逸：猶「隱居」。《漢書·五行志》（卷二七中之下）：「是歲遣博士褚大等六人持節巡行天下，存賜鰥寡，假與乏困，舉遺逸獨行君子詣行在所。」隱士星：即「處士星」，亦名「少微」。屬於獅子座和小獅子座。少微一，獅子座67；少微二，獅子座54；少微三，小獅座41；少微四，獅子座51。《晉書·隱逸傳·謝敷》（卷九四）：「初，月犯少微，少微一名處士星，占者以隱士當之。」《史記·天官書》（卷二七）：「廷藩西有隋星五，曰少微，士大夫。」張守節正義：「少微四星，在太微西，南北列：第一星，處士也……占以明大黃潤，則賢士舉；不明，反是；月、五星犯守，處士憂，宰相易也。」此指姚合。

【繫　年】

姚合有《寄主客張郎中》：「年長方慕道，金丹事參差。故園歸未得，秋風思難持。蹇拙公府棄，朴靜高人知。以我齊杖屨，昏旭詎相離。吟詩紅葉寺，對酒黃菊籬。所賞未及畢，後游良有期。粲華省步，屑屑旅客姿。未同山中去，固當殊路岐。」（全詩卷四九七）「主客張郎中」即張籍，「蹇拙公府棄」即張籍詩所謂「病來辭赤縣」。尋詩意，張詩乃答姚詩。二詩皆當作於姚合辭「少府」後不久，時張籍在主客郎中任，季節爲秋。張籍長慶四年（八二四）七月至大和二年（八二八）春爲主客郎中。寶曆二年（八二六）四月姚合復官，《册府元龜·帝王部·延賞第二》（卷一三一）：「（寶曆）二年四月，以姚元崇玄孫前京兆府富平縣尉合爲監察御史。」知二詩作於長慶四年秋或寶曆元年（八二五）秋。按：姚合養病時間當不會很長，詩或作於寶曆元年秋。又按：詩寫姚合以病辭官及其清淨的閒居生活。

【集　評】

（清）馮舒：「『卧』字真妙。」（《瀛奎律髓彙評》卷四二）

（清）紀昀：「贈姚即似姚。」（同上）

（清）李懷民：「俱是空處著想。」評頸聯：「『添』字、『卧』字，自然得妙。」（《重訂中晚唐詩主客圖》卷上）

【唱　和】

姚合《寄主客張郎中》：見本詩「繫年」。

送僧游五臺①兼謁李司空〔一〕

遠去見雙節，因行上五臺。〔二〕化樓②侵曉③出，雪④路向⑤春開。〔三〕邊寺連⑥烽⑦去⑧，胡

兒聽法來。〔四〕定知巡禮後，解夏始應迴。〔五〕

【校　記】

① 送僧游五臺：英華（卷二二二）作「送顥法師往太原」。
② 樓：英華作「雲」。
③ 曉：英華作「晚」。
④ 雪：英華作「隱」。
⑤ 向：英華作「到」。
⑥ 連：英華作「看」。
⑦ 烽：全詩作「峰」。
⑧ 去：英華作「過」。

【注　釋】

〔一〕僧：所指不詳。據英華異題知爲「顥法師」。又，賈島、無可、朱慶餘分別有《送慈恩寺霄韻法師謁太原李司空》、《送顥法師往太原講兼呈李司徒》、《送僧往太原謁李司空》，四詩所寫事件、季節相同，當同賦，所謂「顥」、「霄韻」爲一人。（按：李嘉言《長江集新校》卷五疑籍詩異題

「顥」字爲島詩「『霄韻』二字之形訛」。）又，劉禹錫有《送霄韻上人游天台》（《全唐詩》校「一作寶韻上人」）、曹松有《青龍寺贈雲顥法師》，所謂「霄韻」、「寶韻」、「雲顥」亦當爲同一人。孰是不可知。五臺：我國佛教四大名山之一，位於唐河東道代州五臺縣（今屬山西省）東北。因五峰聳峙如壘土之臺，故稱。《太平寰宇記·代州·五臺縣》（卷四九）：「五臺山，在縣東北一百四十里。《水經注》云：『五臺山，五巒巍然，故謂之五臺。』」李司空：當指李光顔。據兩《唐書》載，自元和元年張籍入仕至大和四年春張籍卒，李姓河東節度使有四人，即李鄘（元和四年三月至六月在任）、李聽（長慶二年二月至寶曆元年閏七月在任）、李光顔（寶曆元年七月至二年九月在任）、李程（寶曆二年九月至大和四年三月在任）。其中加「司空」銜者有李光顔、李程。但李程加檢校司空在大和六年，時已離河東節度使任兩年，且張籍已卒。可見「李司空」當爲李光顔。李光顔，中唐著名戰將李光進之弟。《舊唐書》本傳（卷一六一）載，元和十二年因平淮西有功，「加檢校司空」，「長慶初，遷鳳翔節度使，依前檢校司空、同中書門下平章事」，「四年，敬宗即位，正拜司徒」，寶曆元年七月「遷太原尹、北京留守、河東節度使，進階開府儀同三司，仍於正衙受册司徒兼侍中。二年九月卒」。知李光顔遷太原尹、河東節度使前，先「加檢校司空」，後「正拜司徒」。此與張籍、賈島、朱慶餘詩稱「司空」，賈島詩稱「司徒」皆合。司空，見《節婦吟》（卷一）注釋〔一〕「按」語。按：五臺山位於河東節度使治所太原府（治今山西太原市西南）東北，由長安至五臺山須經太原。

〔二〕雙節：唐節度領刺史者出行的儀仗。《新唐書·百官志四下》（卷四九下）：「節度使掌總軍旅，顓誅殺。……辭日，賜雙旌雙節。」同書《車服志》（卷二四）：「大將出……旌以絳帛五丈，粉畫虎，有銅龍一，首纏緋幡，紫縑爲袋，油囊爲表。節，懸畫木盤三，相去數寸，隅垂赤麻，餘與旌同。」另參《董公詩》（卷七）注釋〔三〕「旌節」。此借指李光顔。因：順便。

〔三〕化樓：猶「化城」。佛寺。唐王維《登辨覺寺》：「竹徑從初地，蓮峰出化城。」據朱慶餘詩題知指長安慈恩寺。侵曉：拂曉。《北齊書·崔暹傳》（卷三〇）：「侵曉則與兄弟問母之起居，暮則嘗食視寢。」二句寫友僧從長安出發。

〔四〕邊寺：指五臺山寺院。五臺山北近邊關，故謂。烽：烽火臺。

〔五〕定知：料定。巡禮：指宗教徒巡迴參拜與佛、菩薩、祖師等有關的聖跡靈場或廟宇等。唐王建《題詵法師院》：「三年説戒龍宫裏，巡禮還來向水行。」解夏：佛制，僧尼一夏九旬安居，七月十五日期滿散去，謂之「解夏」。南朝梁宗懔《荆楚歲時記》：「夏乃長養之節，在外行則恐傷草木蟲類，故九十日安居。……至七月十五日，應禪寺掛搭，僧尼盡皆散去，謂之解夏。」末句謂友僧解夏後當回到京城。

【繫　年】

李光顔寶曆元年七月至二年九月任河東節度使，張籍詩云「雪路向春開」，無可詩云「近臘辭精舍」（詳「同唱」），知作於寶曆元年（八二五）冬末，時張籍在主客郎中任。按：詩寫友僧游五臺之歷程與所見以送別。

【集　評】

（清）李懷民評頸聯：「就邊地生意。」評尾聯：「只如此結便妙。」（《重訂中晚唐詩主客圖》卷上）

【同　唱】

賈島《送慈恩寺霄韻法師謁太原李司空》：「何故謁司空，雲山知幾重。磧遥來雁盡，雪急去僧逢。清磬先寒角，禪燈徹曉烽。舊房閑片石，倚著最高松。」（全詩卷五七二）

無可《送顥法師往太原講兼呈李司徒》：「近臘辭精舍，并州謁尚公。路長山忽盡，塞廣雪無窮。講席開晴壘，禪衣涉遠風。聞經諸弟子，應滿此門中。」（全詩卷八一三）

朱慶餘《送僧往太原謁李司空》：「已共鄰房別，應無更住心。中時過野店，後夜宿寒林。寺去人烟遠，城連塞雪深。禪餘得新句，堪對上公吟。」（全詩卷五一四）

送鄭秀才①歸寧〔一〕

桂楫彩爲衣，行當令節歸。〔二〕夜②潮迷浦遠③，晝雨見人稀。野艾④到時熟，〔三〕江鷗泊處飛。離琴一奏罷，山雨⑤靄餘暉⑥。〔四〕

【校　記】

① 鄭秀才：英華（卷二八四）作「秀才鄭君」，庫本作「鄭才」。
② 夜：英華、全詩作「夕」。
③ 遠：英華作「盡」。
④ 艾：英華、宋本、全詩作「芰」。
⑤ 雨：英華、宋本、席本作「水」。
⑥ 暉：英華作「輝」。

【注　釋】

〔一〕鄭秀才：名不詳。據詩所寫景判斷，當爲江南人。秀才，唐時對應舉者的泛稱。《唐國史補》

（卷下）：「進士爲時所尚久矣。……其都會謂之『舉場』，通稱謂之『秀才』。」歸寧：歸省父母。

〔二〕桂楫：桂木船槳。借指華麗的船。彩爲衣：身著五彩衣裳。謂孝敬父母。典出楚老萊子。《藝文類聚·人部·孝》（卷二〇）引《列女傳》：「老萊子孝養二親，行年七十，嬰兒自娱，著五色采衣。嘗取漿上堂，跌仆，因卧地爲小兒啼，或弄烏鳥於親側。」行當：即將。令節：佳節。據詩中景推斷，或指端午。

〔三〕艾：多年生草本植物。又名艾蒿。莖、葉可入藥。古有端午「懸艾」袪邪之俗。南朝梁宗懔《荆楚歲時記》：「五月五日，荆楚人並踏百草，採艾以爲人，懸門户上，以禳毒氣。」

〔四〕靄：指雨後的水氣。末句謂陣雨過後，夕陽斜照，遠山霧氣彌漫。

【繫　年】

當作於元和元年（八〇六）以後居京爲官時期。按：詩寫鄭秀才歸途所見與眼前離别之景以贈别。

【集　評】

（清）李懷民：「送行詩，將以道彼美而樂乎往也，雖題類不一，要以此意爲主。省親，爲人子之常情，故凡唐人送歸覲歸寧之作，不過或起或結或中間一點便是，而其餘則仍言到家載塗之景物，其體例應如是也。在後人則有許多贊孝贊悌至仁至性膚語，不知反成闊泛。試執此以考之，可定古今之分。」評首句：「歸寧意，祇此一點。」評頸聯：「（『野艾』句）宛然初到家景物。（『江鷗』句）一路祇此一指，便已該括。」（《重訂中晚唐詩主客圖》卷上）

送李評事游越①〔一〕

未習風塵②事，初爲吴③越游。〔二〕露沾④湖草⑤濕⑥，日⑦照海山⑧秋。〔三〕梅市門何在⑨，蘭亭水尚⑩流。〔四〕西陵⑪待潮處⑫，〔五〕知汝不勝愁⑬。

【重　出】

重出於唐劉長卿、郎士元詩集。宋本、劉本等張籍詩集皆收此詩，英華（卷二七七）、宋孔延之《會稽掇英總集》（卷一〇）、宋祝穆《方輿勝覽》（卷六）同作張籍詩。然明弘治十一年刻本、四庫全書本、《四部叢刊》影印明正德刊本、全詩本劉長卿集亦收，題作「送人游越」。又，全詩卷一四八劉長卿詩題注「一作郎士元詩」；卷二四八郎士元詩收此詩，題作「送李遂之越」。據郎詩異題可知，「李評事」即「李遂」。白居易《海州刺史裴君夫人李氏墓志銘（並序）》：「夫人贊皇縣君李氏，趙郡高邑人也。……適河東裴君克諒，今爲海州刺史。一子曰鏦，左衛騎曹參軍。一女適隴西李遂，遂爲壽州録事參軍。……寶曆二年三月一日，疾終於海州官第。其歲十一月十四日，歸祔于某所先塋，享年五十有四。」知李遂隴西人，海州刺史裴克諒之婿，寶曆二年（八二六）在壽州録事參軍任。此李遂當即「李評事」。據《唐才子傳校箋》考，劉長卿卒於貞元五年至七年（七九一）間，郎士元卒於貞元二年（七八六）後不久。即使二人皆卒於貞元七年，時李遂岳母「李氏」亦只有十九歲（按其寶曆二年卒時五四歲推算），可見，李遂不可能與劉、郎二人交往酬唱，此詩非劉、郎之作無疑。又，檢《舊唐書》地理志、職官志，壽州爲中州，其録事參軍正第八品上階，而「評事」即大理評事爲從第八品下階，據此知李遂任大理評事當在任壽州録事參軍前，即寶曆二年（八二六）前，或元和末，或長慶間。時張籍在京師長安，與李遂交游酬唱完全可能。合上推斷，此詩當爲張籍所作。

【校　記】

①詩題全詩（卷一四八）劉長卿集（下簡稱「劉詩」）作「送人游越」，全詩（卷二四八）郎士元詩（下簡稱「郎詩」）作「送李遂之越」。

②塵：劉詩、郎詩作「波」。

③吴：郎詩作「東」。

④沾：席本、劉詩、郎詩作「霑」。

⑤草：劉詩作「色」。

⑥濕：英華(卷二七七)、宋本、劉本、陸本、席本、全詩作「晚」，全詩校「一作夕」，劉詩作「曉」。

⑦日：劉詩、郎詩作「月」。

⑧山：劉詩作「門」。

⑨在：郎詩作「處」。

⑩尚：郎詩作「向」。

⑪陵：郎詩作「興」。

⑫處：郎詩作「信」。

⑬「知汝」句：郎詩作「落日滿孤舟」，劉詩作「落日滿扁舟」。

【注　釋】

〔一〕李評事：李遂。詳上「重出」。評事，大理評事。詳《送韋評事歸華陰》(卷二)注釋〔一〕。越：古國名。指今浙江一帶。

〔二〕風塵事：指旅行。風塵，借指旅途。漢秦嘉《與妻徐淑書》：「當涉遠路，趨走風塵。」吴：古國名。春秋時建都於吴(今江蘇蘇州市)，轄今江蘇、上海大部和安徽、浙江部分。此指今江蘇省南部一帶。

〔三〕湖：指鏡湖。見《送越客》（卷二）注釋〔三〕。海山：海邊的山巒。

〔四〕梅市：地名。在會稽縣（今浙江紹興）。《太平寰宇記·越州·會稽縣》（卷九六）：「梅市。漢梅福，字子真，九江人。遇王莽亂，獨棄妻子，之會稽。人多依之，遂爲村落井鄽也。」蘭亭：亭名。在會稽縣（今浙江紹興）西南蘭渚山上。東晉永和九年（三五三）王羲之、謝安等同游於此，羲之作《蘭亭集序》。《太平寰宇記·越州·山陰縣》（卷九六）：「蘭亭，在縣西南二十七里。《輿地志》云：『山陰郭西有蘭渚，渚有蘭亭，王羲之所謂曲水之勝境，製序于此。』」二句謂梅福古村不存，蘭亭之水尚在。

〔五〕西陵：浙江渡口。在今浙江省蕭山市西興鎮。《方輿勝覽·紹興府》（卷六）：「西興渡。在蕭山縣西十二里。本名西陵，吴越武肅王以非吉語，改西興渡。」

【繫　年】

作於寶曆二年（八二六）前，或元和末，或長慶間。詳「重出」。按：詩寫李評事所游越中勝地之景及其旅愁以贈別。

【集　評】

（清）李懷民評頷聯：「就大處寫，須看其不闊落處。」評頸聯：「也不盡廢點染。」「尚帶套氣。」

評末句：「唐人愁字不必深看。」（《重訂中晚唐詩主客圖》卷上）

閑居

東城南陌塵，紫幰與朱輪。〔一〕盡説無多事，能閑有幾人？〔二〕唯①教推甲子，不信守②庚申。〔三〕誰見衡門裏，終朝自在貧③。〔四〕

【校　記】

① 唯：事聚（前集卷三二）作「惟」。
② 守：席本作「有」。
③ 貧：席本作「身」。

【注　釋】

〔一〕東城南陌：泛指長安大道。紫幰、朱輪：借指王公貴族的車馬。幰，車帷。二句寫顯貴車馬奔走之狀。
〔二〕二句謂顯貴誑言「無多事」，實則忙碌於自我經營。

〔三〕教：令（自己）。推甲子：根據干支推算年齡歲時。守庚申：信奉道教者每於庚申日通宵靜坐不眠。南朝梁陶弘景《真誥》（卷一〇）：「凡甲寅、庚申之日，是尸鬼競亂，精神躁穢之日也，不可與夫妻同席及言語面會，當清齋不寢警備，其日遺諸可欲。」唐段成式《酉陽雜俎·玉格》：「七守庚申三尸滅，三守庚申三尸伏。」

〔四〕衡門：横木所爲之門。言其簡陋。《詩·陳風·衡門》：「衡門之下，可以棲遲。」朱熹集傳：「衡門，横木爲門也。門之深者，有阿塾堂宇，此惟横木爲之。」終朝：整天。自在貧：謂貧窮卻安閑自在。以上四句寫詩人的閑居生活，與前文顯貴形成鮮明對比。

【繫　年】

據首聯知詩人居長安「東城」，故詩作於長慶元年春張籍遷居靖安坊（詳卷四《移居靖安坊答元八郎中》「繫年」）後。按：詩寫詩人閑居的貧困、孤寂與感慨。

【集　評】

（清）李懷民評首聯：「唱入。」評頷聯：「冷眼看出，冷語唤醒。」評尾聯：「『自在貧』三字奇創得妙。」「古詩人全須此副胸襟。」（《重訂中晚唐詩主客圖》卷上）

寄昭應王中①〔一〕丞

借得西街②宅，開門渭③水頭。〔二〕長貧唯要健，漸老不禁愁。獨凭藤書案，空懸④竹酒篘⑤。〔三〕春風石甕寺，作意共⑥君游。〔四〕

【校　記】

① 中：席本無此字，當爲衍文。王丞，王建。建曾爲昭應縣丞而未曾任「中丞」。岑仲勉《讀全唐詩札記》：「此即寄王建詩也，『中』字衍。」

② 西街：英華（卷二五九）、宋本、席本、全詩作「街西」。

③ 渭：英華作「御」。

④ 懸：劉本、庫本作「閑」。

⑤ 篘：原本與宋本、席本作「鉤」，據英華改。「酒鉤」，飲酒時一種游戲的器具。鉤藏於他人手中，猜中爲勝。唐白居易《房家夜宴喜雪戲贈主人》：「酒鉤送醆推蓮子，燭淚黏盤壘蒲萄。」「酒鉤」無所謂「空懸」。

⑥ 作意共：英華作「會擬待」。

【注　釋】

〔一〕昭應：京兆畿縣。治今陝西臨潼縣。《舊唐書·地理志一》（卷三八）：「昭應。隋新豐縣……天寶二年，分新豐、萬年置會昌縣。七載，省新豐縣，改會昌爲昭應，治温泉宫之西北。」驪山在其境内。王丞：王建。見《登城寄王建》（卷二）注釋〔一〕。丞，縣官名。次於縣令。昭應丞，正八品下。《舊唐書·職官志一》（卷四二）：「正第八品下階：……京兆、河南、太原府諸縣丞。」王建元和九年（八一四）九月至十二年冬爲昭應丞。參《逢王建有贈》（卷四）「繫年」。

〔二〕「借得」句：詳《酬韓庶子》（卷二）注釋〔二〕。渭水頭：渭水邊。渭水流經長安城北。《長安志·縣二·長安》（卷一二）：「渭水西在鄠縣界流入。《水經注》曰：『渭又東過長安縣北。』」

〔三〕酒篘：一種用以濾酒的竹具。唐皮日休《奉和魯望新夏東郊閑泛》：「碧莎裳下攜詩草，黄篾樓中挂酒篘。」《酒中十詠·酒篘》：「翠篾初織來，或如古魚器。新從山下買，静向甑中試。輕可網金醅，疎能容玉蟻。自此好成功，無貽我罍恥。」二句寫詩人的孤寂和貧窮。

〔四〕石甕寺：驪山東繡嶺佛教名刹。唐玄宗所名。《長安志·縣五·臨潼》（卷一五）：「福巖寺。《兩京道里記》曰：『在縣東五里南山半腹，臨石甕谷。有懸泉激石成臼，似甕形，因以谷名名石甕寺。』太平興國七年改。《津陽門詩》注曰：『石魚巖下有天然石，其形如甕，以貯飛泉，故玄宗以石甕爲之寺名。』」作意：起意。

【繫　年】

作於王建爲昭應丞即元和九年(八一四)九月至十二年冬期間。時張籍在太常寺太祝或國子助教或廣文博士任。尋繹尾聯，季節當爲冬或春。按：詩寫詩人貧居的寂寞，表達與王建同游驪山的願望。

【集　評】

(清)潘德輿：見《薊北旅思》(卷二)「集評」。

(清)李懷民評頷聯：「此等親切入情，妙在理足。」(《重訂中晚唐詩主客圖》卷上)

酬孫洛陽①〔一〕

家貧相遠住②，齋③館入時稀。獨坐看書卷，閑行著褐衣。〔二〕早蟬庭筍老，新雨徑莎肥。〔三〕各離爭名地，〔四〕無人見是非。

【校　記】

① 孫洛陽：席本後有「革」字。

② 遠住：庫本作「住遠」。

③ 齋：席本作「學」。按：疑席本是。張籍曾任國子監助教、司業，國子監即「學館」；尾聯與「學館」亦合。唐人一般不稱學舍爲「齋」；「齋館」爲齋戒時所住館舍，無所謂「入時稀」。

【注釋】

〔一〕孫洛陽：據席本異題知爲孫革。孫革，見《寄孫洛陽格》（卷四）注釋〔一〕。洛陽，謂洛陽縣令，正五品上。

〔二〕褐衣：見《送韋評事歸華陰》（卷二）注釋〔四〕。

〔三〕早蟬：蟬於夏秋間由幼蟲蜕化而成，農曆五月或六月初始鳴者，謂之「早蟬」。白居易《早蟬》：「六月初七日，江頭蟬始鳴。」莎：見《江南曲》（卷一）注釋〔五〕。

〔四〕爭名地：指官場緊要部門。籍自大和二年三月至四年春卒任國子司業，屬閑職。

【繫年】

孫革寶曆年間或大和初爲洛陽令（詳《寄孫洛陽格》「繫年」）。據尾聯「各離爭名地」推斷，張籍時當在國子司業任。故詩當作於大和二年（八二八）孟夏或三年孟夏。按：詩寫詩人的閒靜生活及其與友人的超脱情懷。

【集　評】

（清）李懷民評頷聯：「高致。」（《重訂中晚唐詩主客圖》卷上）

送人任濟陰①〔一〕

黄綬在腰②下，〔二〕知君非旅行。將書報舊里，留褐與諸生。〔三〕贈别盡沽酒，惜歡多出城。春風濟水上，候吏聽車③聲。〔四〕

【校　記】

① 任濟陰：英華（卷二七七）作「往濟南」。

② 腰：原本、劉本皆作「陰」，據英華、宋本、陸本、席本、全詩、庫本改。

③ 車：席本作「來」。

【注　釋】

〔一〕濟陰：縣名。治今山東曹縣西北。《舊唐書·地理志一》（卷三八）：「曹州上。隋濟陰郡。武德四年，改爲曹州，領濟陰……等七縣。」此指濟陰縣令或縣丞或縣尉。詳注釋〔二〕。

〔二〕黄綬：古代用以繫官印的黄色絲帶。漢代縣長、縣丞、縣尉皆用黄綬。《漢書·百官公卿表》(卷一九上)：「(縣)長，秩五百石至三百石」，「丞、尉，秩四百石至二百石」；「凡吏秩比二千石以上，皆銀印青綬」，「秩比六百石以上，皆銅印黑綬」，「比二百石以上，皆銅印黄綬」。唐承漢制。

〔三〕褐：褐衣。詳《送韋評事歸華陰》(卷二)注釋〔四〕。生：指未入仕的儒生。

〔四〕濟水：水名。古「四瀆」之一，包括黄河南北兩部分。黄河北部分即今濟水；黄河南部分，因河道屢有變遷，已不存。此所指當爲黄河南部分。候吏：迎送賓客的官員。唐王維《送康太守》：「郭門隱楓岸，候吏趨蘆洲。」聽車聲：謂等候長官到達。

【繫　年】

作於元和元年(八〇六)以後張籍居京爲官時期。按：詩寫友人釋褐赴任及其離別的場景以贈别。

【集　評】

(明)鍾惺評首聯：「絶似岑嘉州。」(《唐詩歸》卷三〇)

(明)邢昉：「鍾評此起句『似岑嘉州』，最確。」「全首有盛唐氣韻。」(《唐風定》卷一五)

（清）李懷民：「句句是尋常情事而高致自見。」「起結二句妙寫官樣，然卻是冷眼。」（《重訂中晚唐詩主客圖》卷上）

晚春過崔駙馬①東園〔一〕

閑園多好風，不意在街東。〔二〕早早詩名②遠，長長酒性同。竹香新雨後，鶯語落花中。莫遣③經過少，年光漸覺空。〔三〕

【校　記】

①駙馬：席本後有「宅」字。

②名：席本作「聲」。

③遣：宋本作「道」。

【注　釋】

〔一〕過：訪問。崔駙馬：崔杞。張籍另有《和崔駙馬聞蟬》（卷六）、《崔駙馬養鶴》（卷六），姚合有《題大理崔少卿駙馬林亭》、《題崔駙馬宅》、《崔少卿鶴》，無可、朱慶餘皆有《題崔駙馬林亭》，所贈當爲一人,崔駙馬即崔少卿。《新唐書·公主傳》(卷八三)載,順宗女東陽公主嫁崔杞。《新唐書·刑法志》(卷五六):「穆宗童昏,然頗知慎刑法……大理少卿崔杞奏曰:……」知「崔駙馬」爲崔杞,穆宗長慶年間曾任大理少卿。崔杞,兩《唐書》無傳,生平事蹟不詳。陶敏《全唐詩人名考證》:「《新表》二下博陵崔氏:『杞,駙馬都尉。』貞元同州刺史崔淙子。」《舊唐書·文宗本紀下》(卷一七下)載,大和八年六月「以將作監、駙馬都尉崔杞爲兖海沂密觀察使」。唐白居易《送兖州崔大夫駙馬赴鎮》:「戚里誇爲賢駙馬,儒家認作好詩人。」知崔杞大和中曾任將作監,八年遷兖州刺史、兖海沂密觀察使,爲「儒家」「好詩人」。

〔二〕街東:長安城朱雀大街以東街坊的統稱。參《酬韓庶子》(卷二)注釋〔二〕「西街」。

〔三〕遺:令,使。經過:拜訪。年光:春光。唐王績《春桂問答二首》其一:「年光隨處滿,何事獨無花?」

【繫年】

據内容判斷,張籍、姚合、無可、朱慶餘諸詩寫作時間當相近,即同在長慶(八二一—八二四)間崔杞任大理少卿時,時張籍在國子博士或水部員外郎任。按:詩寫詩人對崔駙馬及其「東園」晚春美景的贊美之情。

【集評】

(清)李懷民:「東坡稱王晉卿雖貴戚,而學問與寒士相角,正是此等詩骨子可以類推。」評頷聯:「詩、酒、名、性對法妙。」(《重訂中晚唐詩主客圖》卷上)

夏日閑居

多病逢迎少,閑居又一年。藥看辰①日合,茶過卯時煎。〔一〕草長晴來地,蟲飛晚後天。〔二〕此時幽步②遠,不覺到山邊。〔三〕

【校記】

① 辰:宋本、席本作「成」。

② 步:全詩作「夢」。

【注釋】

〔一〕看:選擇。辰日:古人以干支紀日,逢地支「辰」者爲辰日。合:配製藥物。古人以辰日調製藥物爲吉祥。明朱橚《普濟方·膏藥門》(卷三一三):「合藥宜辰日,天德、月德、天醫吉日爲佳。」卯：十二時辰之一。今早晨五點至七點。

〔二〕二句化用南朝梁丘遲《與陳伯之書》「暮春三月，江南草長，雜花生樹，群鶯亂飛」之意境。

〔三〕幽步：閑步。唐錢起《奉使採箭簳竹谷中晨興赴嶺》：「重峰轉森爽，幽步更超越。」

【繫　年】

作於元和元年（八〇六）以後張籍居京爲官時期。按：詩寫詩人病居的閑寂。

【集　評】

（清）潘德輿：「文昌『藥看辰日合，茶到卯時煎』，『草長晴來地，蟲飛晚後天』，絶似樂天。大抵中唐人氣味往往相近。然樂天勝微之，文昌勝仲初，名雖相埒，又當細求其分别與優劣處，乃非無星秤耳。」（《養一齋詩話》卷三）

（清）李懷民評頷聯：「偶取支干字對，正見閑處，亦天然恰好。若專借此見長，則纖而陋矣。」評頸聯：「閑眼。」評尾聯：「真得自然之妙。」（《重訂中晚唐詩主客圖》卷上）

晚秋閑居

獨坐高秋晚，蕭條是①遠思。家貧長②畏③客，〔一〕身老轉憐兒。萬種盡閑事，〔二〕一生能幾時。從來疏嬾性，應秪有僧知。

【校　記】

①是：宋本、律髓（卷二三）、陸本、席本、全詩作「足」。
②長：全詩、庫本作「常」。
③畏：席本作「媿」。

【注　釋】

〔一〕畏客：怕客人到訪。謂無力款待。
〔二〕「萬種」句：謂看輕一切世事。

【繫　年】

當作於詩人晚年。按：詩寫詩人閑居的孤寂、貧困與人生感慨。

【集　評】

（元）方回：「三、四似纏於家累，然佳句也。五、六遂破前説，而自開解焉，亦佳句也。」（《瀛奎

律髓彙評》卷二三）

（清）查慎行：「三、四苦語真摯。」（同上）

（清）紀昀：「五六淺俗。」（同上）

（清）李懷民：「此等與王仲初一體，確非白香山，須辨。」評頷聯：「説俗情須是説到家，人人可按，無古無今。」評頸聯：「放此二句尤妙。」（《重訂中晚唐詩主客圖》卷上）

和陸（裴）①司業習靜寄所知〔一〕

幽室獨焚香，清晨下未央。〔二〕山開登竹閣，〔三〕僧到出茶堂②。收拾新琴譜，尋封③舊藥方。〔四〕逍遥無別事，不似在班行。〔五〕

【校記】

① 陸（裴）：原本目録作「裴」。

② 堂：宋本、陸本、席本、全詩作「床」。

③ 尋封：宋本、陸本、席本、全詩作「封題」。

【注　釋】

〔一〕陸(裴)司業：名不詳。司業，國子監官名。《舊唐書·職官志三》(卷四四)：「國子監……司業二員。從四品下。……祭酒、司業之職，掌邦國儒學訓導之政令。……凡春秋二分之月，上丁釋奠于孔宣父，祭以太牢，樂用登歌軒懸。祭酒爲初獻，司業爲亞獻。」習靜：坐禪。唐王維《積雨輞川莊作》：「山中習靜觀朝槿。」高士奇注：「習靜，猶坐禪。張籍有《和陸司業習靜》詩。」(《三體唐詩》卷四注)所知：知交。

〔二〕下未央：謂早朝歸來。未央，漢宮殿名。《史記·高祖本紀》(卷八)：「蕭丞相營作未央宮。」常爲漢帝聽朝處。二句倒置，謂早朝歸來即焚香坐禪。

〔三〕山開：山光大開。

〔四〕收拾：收集，整理。尋：覓求。封：封緘。謂保存。

〔五〕在班行：謂在衙門理事。班行，常參官朝參的行列。參《酬秘書王丞見寄》(卷四)注釋〔三〕「常參官」。

【繫　年】

尋詩意，時詩人似「在班行」，與陸(裴)司業同僚。詩當作於大和二年(八二八)或三年張籍任國子司業期間。按：詩寫陸(裴)司業習靜生活的逍遥閑適。

【集　評】

（宋）葛立方：見《送越客》（卷二）「集評」。

（清）李懷民評頷聯：「畫出高情，止是尋常事。」評頸聯：「偏於無關緊要處搜剔情事，正見閒靜處。」（《重訂中晚唐詩主客圖》卷上）

酬韓祭酒雨中見寄〔一〕

雨中愁不出，陰黑盡①連宵。屋濕唯添漏，泥深未放朝。〔二〕無芻憐馬瘦，少食信兒嬌。〔三〕聞道韓夫子，還同此寂寥。

【校　記】

① 盡：席本作「晝」。

【注　釋】

〔一〕韓祭酒：韓愈。見《酬韓庶子》（卷二）注釋〔一〕。祭酒，國子監官名。《舊唐書·職官志三》（卷四四）：「國子監……祭酒一員，從三品。……祭酒、司業之職，掌邦國儒學訓導之政令。……凡春秋二分之月，上丁釋奠于孔宣父，祭以太牢，樂用登歌軒懸。祭酒爲初獻，司業爲亞獻。」同書《穆宗本紀》載，韓愈自元和十五年（八二〇）九月至長慶元年（八二一）七月爲國子祭酒。

〔二〕放朝：唐制，凡盛暑、雨雪、泥潦，酌免群臣朝參，謂之「放朝」。《唐會要·朔望朝參》（卷二四）：「（貞元十三）年六月十二日敕：『卿等朝謁是常，或陰雨不聞鼓聲，則不免奔波走馬，忽有墜損，深軫朕懷。自今以後，縱鼓聲差池，亦不得走馬。及時暑稍甚，雨雪泥潦，亦量放朝參。』」

〔三〕芻：馬料。

【繫　年】

韓愈贈詩有「見牆生菌徧，憂麥作蛾飛」語（詳「原唱」），知時爲四、五月間。韓愈元和十五年九月至長慶元年七月爲國子祭酒，知二人酬唱在長慶元年（八二一）夏，時張籍在國子博士任。按：詩寫大雨連綿中詩人的愁苦和寂寥。

【集　評】

（清）李懷民：「入情。」評頸聯：「仲初云『家貧童僕瘦』、『兒病向來嬌』。」評尾聯：「只此一

點，以上俱是自寫。」（《重訂中晚唐詩主客圖》卷上）

【原　唱】

韓愈《雨中寄張博士籍侯主簿喜》：「放朝還不報，半路蹋泥歸。雨慣曾無節，雷頻自失威。見牆生菌徧，憂麥作蛾飛。歲晚偏蕭索，誰當救晉饑。」（全詩卷三四四）

和裴僕射移官言志①〔一〕

身②在勤勞地，常思放曠時。〔二〕功成③歸聖主，位重委群司。〔三〕看壘臺邊石，閑④吟篋裏⑤詩。〔四〕蒼生正瞻望⑥，難與故山⑦期。〔五〕

【校　記】

① 移官言志：英華（卷二四五）作「寄韓侍郎」。

② 身：英華、席本作「久」。

③ 成：英華作「高」。

④ 閑：英華、席本作「行」。

⑤ 裹：律髓（卷六）作「内」。
⑥ 望：英華作「仰」。
⑦ 山：律髓、席本作「人」。

【注　釋】

〔一〕裴僕射：裴度。見《沙堤行呈裴相公》（卷一）注釋〔一〕。僕射，尚書省官名。《舊唐書·職官志二》（卷四三）：「尚書省……左右僕射各一員，從二品……掌統理六官，綱紀庶務，以貳令之職。自不置令，僕射總判省事。御史糾劾不當，兼得彈之。」裴度長慶二年（八二二）六月至三年八月爲左僕射。《舊唐書·裴度傳》（卷一七〇）：「（長慶二年六月）罷度爲左僕射，李逢吉代度爲宰相。」《資治通鑑·唐紀·穆宗長慶三年》（卷二四三）：「（八月）癸卯，以左僕射裴度爲司空、山南西道節度使，不兼平章事。」移官：指度罷相爲左僕射。韓愈同作《奉和僕射裴相公感恩言志》，《全唐詩》題注：「穆宗長慶二年，裴度罷，李逢吉爲相。」度罷相詳《沙堤行呈裴相公》（卷一）注釋〔五〕。言志：抒懷。

〔二〕勤勞地：辛勞的職位。此指相位。度元和十年（八一五）六月拜相，十四年四月出爲河東節度使，長慶二年三月復相。放曠時：指任閑職時。

〔三〕功成：指裴度元和十二年平淮西。委：委任，任命。群司：謂百官。

〔四〕壘石：堆砌假山。度罷相後於園中建造假山，韓愈有《和裴僕射相公假山十一韻》。二句寫裴度罷相後的清閑。韓愈同唱詩亦云：「林園窮勝事，鐘鼓樂清時。擺落遺高論，雕鐫出小詩。」

〔五〕故山：昔日閑居的山野。期：相會。二句暗用晉謝安典，謂裴度受當世瞻望，不能退隱。《晉書·謝安傳》（卷七九）：謝安神識沉敏，少有重名，高卧東山，屢辟不出，後桓温請爲司馬，始出仕治事，臨行，「中丞高崧戲之曰：『卿累違朝旨，高卧東山，諸人每相與言，安石不肯出，將如蒼生何！蒼生今亦將如卿何！』安甚有愧色」。

【繫　年】

作於長慶二年（八二二）六月，時張籍在水部員外郎任。按：詩贊美裴度不居功戀位及其罷相後的閑雅生活，同時寫出當世對裴度的瞻望。

【集　評】

（元）方回：「此和裴晉公也。爲上公而用心常常如此，所以善終。如蔡京、史彌遠、賈似道則不然矣。」（《瀛奎律髓彙評》卷六）

（清）馮舒：「第四句不應以事對志，五、六言事不妨。」（同上）

（清）查慎行：「頸聯莊重。」（同上）

（清）何焯：「第四是移官。」（同上）

（清）紀昀：「三、四好，五、六句格太弱，遂支不起，此又非濃淡相間之謂。」（同上）

（清）李懷民：「如此極重極大題目，而只平平提過，如此正可見眼界胸次高處。」評「功成」句：「即指淮西事，祇輕輕點過。」評頷聯：「須知只此平常十箇字，而裴令公相業已無可復加，即作史贊，亦高筆也。」「眼界絶大。」評「看壘」句：「韓公有和公假山詩，此是實也。」（《重訂中晚唐詩主客圖》卷上）

【同　唱】

韓愈《奉和僕射裴相公感恩言志》（穆宗長慶二年，裴度罷，李逢吉爲相）：「文武功成後，居爲百辟師。林園窮勝事，鐘鼓樂清時。擺落遺高論，雕鐫出小詩。自然無不可，范蠡爾其誰。」（全詩卷三四四）

酬白二十二①舍人早春曲江見②招〔一〕

曲江冰欲盡，風日③已恬和。柳色看猶淺，泉聲覺漸多。紫蒲生濕岸，青鴨戲④新波。〔二〕仙掖高情客，相招共一過。〔三〕

【校記】

①二十二：英華（卷二四五）無此三字。

②見：席本作「相」。

③日：英華作「物」。

④戲：英華作「弄」。

【注釋】

〔一〕白二十二：白居易（七七二—八四六）。字樂天，太原（今山西太原市）人。行第二十二。貞元十六年（八〇〇）擢進士第。元和二年充翰林學士，十年被貶江州司馬，後歷司門員外郎、主客郎中、中書舍人、杭州刺史、蘇州刺史、秘書監、刑部侍郎，大和三年（八二九）以太子賓客分司東都歸洛陽，官至太子少傅、刑部尚書。舍人：中書舍人。《舊唐書·職官志二》（卷四三）：「中書省……中書舍人六員。正五品上。……掌侍奉進奏，參議表章。凡詔旨敕制，及璽書册命，皆按典故起草進畫；既下，則署而行之。」同書《穆宗本紀》載，長慶元年十月「壬午，以尚書主客郎中、知制誥白居易爲中書舍人」，次年七月「壬寅，出中書舍人白居易爲杭州刺史」。曲江：即曲江池。唐著名游覽勝地。故址在今陝西省西安市東南。源於長安城東南昇道坊。唐康駢《劇談録·曲江》（卷下）：「曲江池，本秦世隑洲，開元中疏鑿，遂爲勝境。其南有紫雲樓、芙蓉苑，其西有杏園、慈恩寺。花卉環周，烟水明媚。都人游翫，盛於中和、上巳之節。」《資治通鑑·唐紀·代宗大曆二年》（卷二二四）：「奏毁曲江及華清宫館以給之。」胡三省注：「長安朱雀街東第五街、皇城之東第三街昇道坊龍華尼寺南，有流水屈曲，謂之曲江。此地在秦爲宜春院、隑州，在漢爲樂游園。」

〔二〕蒲：菖蒲。詳《白頭吟》（卷一）注釋〔七〕。青鴨：緑頭鴨。

〔三〕仙掖：唐門下、中書兩省之别稱。掖，宫殿正門兩側之旁門。兩省在宫中左右掖。唐姚合《西掖寓直春曉聞殘漏》：「直廬仙掖近，春氣曙猶寒。」此指白居易所在之中書省。高情客：指白居易。過：游覽。

【繫　年】

白居易長慶元年十月至二年七月爲中書舍人，詩題「早春」，知作於長慶二年（八二二），時張籍在國子博士任。按：詩寫曲江早春勝景，酬謝白居易相招同游。

【集　評】

（清）李懷民：「此等應酬體，越見性情，不同後世一味周旋世故，故讀唐詩者，先須看其應酬詩。樂天推重水部至矣，而水部卻不混作贊語，止和其詩景而人自見。」評頷聯：「寫『早』字妙。」評尾

聯：「酬意只如此便出。」(《重訂中晚唐詩主客圖》卷上)

【原　唱】

白居易《曲江獨行招張十八》：「曲江新歲後，冰與水相和。南岸猶殘雪，東風未有波。偶游身獨自，相憶意如何。莫待春深去，花時鞍馬多。」(全詩卷四四二)

酬①裴僕射朝回寄韓吏部〔一〕

獨愛南園②裏，〔二〕山晴竹杪風。從容朝早退，蕭洒客常通。案曲新亭上，〔三〕移花遠寺中。唯應有吏部，詩酒每相同。〔四〕

【校　記】

① 酬：劉本、席本、全詩作「和」。

② 園：原本與石倉(卷五九)、全詩、庫本作「關」，據宋本、席本改。裴度興化池亭稱「南園」而非「南關」。詳《和户部令狐尚書喜裴司空見招看雪》(卷二)注釋〔二〕。

【注　釋】

〔一〕裴僕射：裴度。見《沙堤行呈裴相公》（卷一）注釋〔一〕。度自長慶二年（八二二）六月至三年八月罷相爲左僕射。詳《和裴僕射移官言志》（卷二）注釋〔一〕。韓吏部：韓愈。見《酬韓庶子》（卷二）注釋〔一〕。吏部，尚書省六部之一。主管官吏任免、考課、升降、調動等事。班列次序，在其他各部之上。此指吏部侍郎。《舊唐書·韓愈傳》（卷一六〇）載，愈長慶二年九月由兵部侍郎轉吏部侍郎，三年六月遷京兆尹、兼御史大夫。同書《職官志二》（卷四三）：「（吏部）侍郎二員。正四品上。……掌天下官吏選授、勳封、考課之政令。其屬有四：一曰吏部，二曰司封，三曰司勳，四曰考功。總其職務，而行其制命。」韓愈有《和僕射相公朝回見寄》（詳「同唱」），《全唐詩》題注：「時牛李黨熾，裴度介其間，累遭謗讟，故愈詩有高蹈之語。」

〔二〕南園：見《和户部令狐尚書喜裴司空見招看雪》（卷二）注釋〔二〕。

〔三〕案曲：同「按曲」。彈奏音樂，擊節歌唱。

〔四〕二句謂裴、韓情趣相同，常常唱和聚飲。

【繫　年】

據裴度任左僕射之時間及韓愈詩所謂「公今始暫閑」、「秋臺風日迥」，知詩作於長慶二年（八二二）秋。又，長慶二年六月張籍使襄陽，約於八月中旬返京，詩當作於此後。參《贈商州王使君》（卷四)「繫年」。時張籍在水部員外郎任。按：詩寫南園的優美風景與裴度罷相爲左僕射後的閑雅情致，言近意遠。

【集評】

(清)李懷民評首聯：「先畫一幅景。」評頷聯：「只似不作意。」評尾聯：「安放得平澹高妙。」(《重訂中晚唐詩主客圖》卷上)

【同唱】

韓愈《和僕射相公朝回見寄》(時牛李黨熾，裴度介其間，累遭謗讟，故愈詩有高蹈之語)：「盡瘁年將久，公今始暫閑。事隨憂共減，詩與酒俱還。放意機衡外，收身矢石間。秋臺風日迥，正好看前山。」(全詩卷三四四)

春日李舍人宅見兩省諸公唱和因書情即事〔一〕

又見帝城裏，東風天氣和。官閑人事少，年長道情多。〔二〕紫掖發章句，青闈更詠①歌。〔三〕誰知余寂寞②，終日斷經過。〔四〕

【校　記】

①詠：席本作「和」。

②余寂寞：宋本、劉本、陸本作「幽寂寞」，席本作「幽寂處」，庫本作「常寂寞」。

【注　釋】

〔一〕李舍人：李絳（七六四—八三〇）。字深之，趙郡贊皇縣（今屬河北）人。貞元八年（七九二）進士及第，登博學宏詞科，授秘書省校書郎。貞元末，拜監察御史，元和二年（八〇七）充翰林學士，六年罷學士拜户部侍郎，尋遷中書侍郎、同平章事，九年左遷禮部尚書。後歷兵部尚書、河中觀察使、尚書左僕射、山南西道節度使，大和四年（八三〇）兵亂遇害。中唐著名政治家、散文家。舍人，見《酬白二十二舍人早春曲江見招》（卷二）注釋〔一〕。李絳元和五年十二月至六年爲中書舍人。《唐會要·翰林院》（卷五七）：「（元和）五年十二月，以司勳郎中、知制誥李絳爲中書舍人，依前翰林學士。」《舊唐書·李絳傳》（卷一六四）：「（元和）六年，猶以中人之故，罷學士，守户部侍郎，判本司事。……是歲，將用絳爲宰相。」兩省：指中書省與門下省。《資治通鑑·後周紀·世宗顯德四年》（卷二九三）：「兩省給、舍以上，各舉所知。」胡三省注：「兩省，謂中書、門下省也。」即事：以當前事物爲題材作詩。多用爲詩題。

〔二〕道情：修道的情懷。唐白居易《野行》：「暇日無公事，衰年有道情。」

〔三〕紫掖：宫庭。宋任廣《書叙指南·殿宇庭闕》（卷一）：「宫庭曰掖庭，又曰紫掖。」此指中書省。中書省在宫中右掖，唐玄宗開元元年改稱紫微省，五年復舊。掖，宫殿正門兩側之旁門。青闈：即「青瑣闈」。本指宫門，亦借指宫廷。唐王維《留别錢起》：「知音青瑣闈。」趙殿成注：「《漢書·元后傳》『赤墀青瑣』。孟康注：『以青畫户邊鏤中，天子制也。』如淳曰：『門楣格再重，如人衣領，再重裹青，名曰青瑣，天子門制也。』師古注：『孟説是。青瑣者，刻爲連瑣文，而以青塗之也。』《爾雅》：『宫中之門謂之闈。』」唐詩中常借指門下省。杜牧《將出關宿層峰驛却寄李諫議》：「心馳碧泉澗，目斷青瑣闈。」薛存誠《暮春自南臺丞再除給事中》：「再入青瑣闈，忝官誠自非。」按：諫議大夫、給事中皆門下省官員。二句寫「兩省諸公唱和」。

〔四〕斷經過：謂無人來訪。經過，拜訪。

【繫　年】

據李絳爲中書舍人之時間與詩題「春日」，知詩作於元和六年（八一一）春，時張籍在太常寺太祝任。按：詩寫詩人見友人唱和而感慨自己「官閑」、「寂寞」。

【集　評】

（宋）葛立方：見《送越客》（卷二）「集評」。

（清）李懷民：「詩中長題須看制題詳略法。」評頷聯：「語能該括，自然味長。」評頸聯：「和意只此二語，敘得閑適高致。」（《重訂中晚唐詩主客圖》卷上）

和李僕射秋日病中作〔一〕

由來病根①淺，易見藥功成②。曉日杵臼靜，涼風衣服輕。〔二〕猶疑少③氣力，漸覺有心情。獨倚紅藤杖，時時階上行。

【校記】

① 根：席本作「源」。

② 成：宋本、陸本、席本作「程」。

③ 少：宋本、劉本、陸本、庫本作「多」。

【注釋】

〔一〕李僕射：李絳。見《春日李舍人宅見兩省諸公唱和因書情即事》（卷二）注釋〔一〕。僕射，見《和裴僕射移官言志》（卷二）注釋〔一〕。此指左僕射。《舊唐書·敬宗本紀》（卷一七上）：寶曆元年四月「乙亥，以劍南東川節度、檢校司空李絳爲左僕射」，十二月「甲子，以左僕射李絳爲太子少師，分司東都」。李絳屢以疾辭官。《舊唐書·李絳傳》（卷一六四）：「（元和）八年，封高邑縣男。絳以足疾，拜章求免。……穆宗即位，改御史大夫。……絳以疾辭。」

〔三〕杵臼靜：謂不聞搗藥之聲。杵臼，舂搗藥物的工具。衣服輕：謂體力恢復，不覺衣沉。

【繫　年】

李絳寶曆元年（八二五）四月至十二月爲左僕射，詩作於此年秋，時張籍在主客郎中任。按：詩寫李絳病情好轉。

【集　評】

（清）李懷民：「此烈烈破蔡州第一功之李小太尉也，乃只用尋常病後閑話和之，更不作意，不獨見自己胸次，亦使僕射身分愈高，且所言不過病中，又何須分外張皇。」（《重訂中晚唐詩主客圖》卷上）

按：「破蔡州第一功之小太尉」乃李愬，李懷民誤。

早春①病中

羸病及年初，心情不自如。多申請假牒，祇送賀官書。〔一〕幽徑獨行步，白頭長嬾梳。更憐晴日色，漸漸暖貧居。

【校　記】

①早春：席本作「春日」。

【注　釋】

〔一〕請假牒：用以請假的呈文。賀官書：祝賀别人升官的書信。

【繫　年】

作於元和元年（八〇六）以後張籍居京爲官時期。按：詩寫詩人早春病居的生活與心境。

【集　評】

（宋）葛立方：見《送越客》（卷二）「集評」。

（清）李懷民評頷聯：「全於世務看其高閑。」評尾聯：「恰是新年病後，寫得閑官妙極。」（《重訂中晚唐詩主客圖》卷上）

送嚴大夫之桂州〔一〕

旌旆過湘潭，幽奇得遍探。〔二〕莎①城百越北，竹②路九疑南。〔三〕有地多生桂，無時不養蠶。〔四〕聽歌難辨③曲，風俗自相諳。〔五〕

【校　記】

① 莎：庫本作「涉」。

② 竹：原本及英華（卷二七七）、宋本、全詩、庫本作「行」，據席本改。作「竹」，與「莎」對，又與「九疑」多竹合。

③ 難辨：英華、全詩作「疑似」，宋本、庫本作「難辯」。

【注　釋】

〔一〕嚴大夫：嚴謨。韓愈《送桂州嚴大夫同用南字》題注：「嚴謨也。」嚴謨，生卒年不詳。元和中官歷朝議大夫、黔中觀察使、秘書少監，長慶二年四月出爲桂管觀察使。大夫：指朝議大夫。唐散官名。《舊唐書·職官志一》（卷四二）：「正第五品下階：……朝議大夫（文散官）。」桂州：治今廣西桂林市，爲桂管觀察使理所。

〔二〕湘潭：縣名。唐天寶八年（七四九）改衡山縣置，治今湖南湘潭市東南。幽奇：謂風景幽美奇異之地。

〔三〕莎城：覆蓋莎草以保護牆體的城牆。參《江南曲》（卷一）注釋〔五〕。百越：亦作「百粤」。古代對分佈在今浙、閩、粵、桂等地少數民族的總稱。因部落衆多，故稱百越。《通典·州郡·古南越》（卷一八四）：「自嶺而南，當唐、虞、三代爲蠻夷之國，是百越之地，亦謂之南越。」此指今兩廣地區。竹路：綿延於竹林中的道路。九疑：山名。亦作「九嶷」。在今湖南寧遠縣南。《山海經·海内經》：「南方蒼梧之丘，蒼梧之淵，其中有九嶷山，舜之所葬，在長沙零陵界中。」郭璞注：「其山九谿皆相似，故云『九疑』。」二句寫途徑五嶺時所見風土。

〔四〕桂：肉桂。常緑喬木。樹皮可作香料或入藥。「無時」句：謂一年四季養蠶。

〔五〕「聽歌」句：謂難以聽懂當地的民歌。「風俗」句：謂各部族的習俗文化彼此之間非常熟悉。以上四句寫桂州風土。

【繫　年】

作於長慶二年（八二二）四月，張籍在水部員外郎任。白居易《嚴謨可桂管觀察使制》：「朝議大夫、前守秘書監、驍騎尉、賜紫金魚袋嚴謨：嘗守商洛，刺黔巫，州部縣道，謐然安理。……可使持節都督桂林諸軍事，守桂州刺史兼御史中丞、桂州本管都防禦觀察處置等使，散官、勳如故。」知嚴謨任桂管觀察使前曾「守商洛，刺黔、巫」，並任「秘書監」。《舊唐書·憲宗本紀下》（卷一五）：「（元和十四年）二月己酉朔，以商州刺史嚴謨爲黔中觀察使。」《唐詩紀事·韋處厚》（卷三一）：「盛山十二詩，韓退之序云……黔中嚴中丞謨爲秘書少監。」《舊唐書·穆宗本紀》（卷一六）：「（長慶二年四月）丁亥，以秘書監嚴謩爲桂管觀察使。」「謩」爲「謨」之誤（《文苑英華》卷七二四載于邵《宴餞嚴判官使還上都序》，作「馮翊嚴氏之子曰謩」，蓋「謩」、「謩」形似而誤），知嚴謨元和十四年二月爲黔中觀察使，尋回朝任秘書少監，長慶二年四月又出爲桂管觀察使。按：詩寫嚴大夫赴任途中的所爲所見以及桂州風土以送別。

【集　評】

（清）李懷民評頷聯：「略涉成趣。」評頸聯：「今俗亦有不同。」（《重訂中晚唐詩主客圖》卷上）

【同　唱】

王建《送嚴大夫赴桂州》：「嶺頭分界候，一半屬湘潭。水驛門旗出，山巒洞主參。辟邪犀角重，解酒荔枝甘。莫歎京華遠，安南更有南。」（全詩卷二九九）

韓愈《送桂州嚴大夫同用南字（嚴謨也）》：「蒼蒼森八桂，茲地在湘南。江作青羅帶，山如碧玉

簪。户多輸翠羽，家自種黄甘。遠勝登仙去，飛鸞不假驂。」（全詩卷三四四）

白居易《送嚴大夫赴桂州》：「地壓坤方重，官兼憲府雄。桂林無瘴氣，柏署有清風。山水衙門外，旌旗艛艓中。大夫應絶席，詩酒與誰同。」（全詩卷四四二）

詠懷

老去多悲事，非唯見二毛。〔一〕眼昏書字大，耳重語①聲高。〔二〕望月偏增思，尋山覺②發③勞。〔三〕都無作官意，賴得在閑曹。〔四〕

【校　記】

①語：宋本、陸本、全詩、庫本作「覺」。

②覺：宋本、陸本、席本、全詩、庫本作「易」。

③發：席本作「覺」。

【注　釋】

〔一〕二毛：斑白的頭髮。《左傳·僖公二十二年》：「君子不重傷，不禽二毛。」杜預注：「二毛，頭白有二色。」

〔二〕書字：寫字。耳重：重聽，聽覺遲鈍。

〔三〕偏：多。發勞：産生疲勞。

〔四〕賴得：幸虧。閑曹：閑散少事的官署。當指國子監。曹，古代分科辦事的官署或部門。《墨子·號令》：「吏卒侍大門中者，曹無過二人。」岑仲勉注：「曹猶今言『處』或『科』。」

【繫　年】

從詩歌内容看，當作於詩人暮年，即大和二年（八二八）或三年爲國子司業期間。按：寫詩人晚年的衰老境況和無意做官的心態。

【集　評】

（清）李懷民：「寫老態入畫，而不似後人瑣鄙。」評頷聯：「（『眼昏』句）匠出眼昏。（『耳重』句）匠出耳重。」評「望月」句：「老人始知此意。」評尾聯：「此中便有人在。」（《重訂中晚唐詩主客圖》卷上）

（清）余成教：見《薊北旅思》（卷二）「集評」。

使至藍谿驛寄太常王丞〔一〕

獨上七盤去，峰巒轉轉稠。〔二〕雲中迷象鼻，雨裏下①筝頭。〔三〕水没荒橋路，鴉啼古驛樓。君今在城闕，肯見此中愁。〔四〕

【校　記】

① 下：席本作「上」。

【注　釋】

〔一〕使：指大和元年（八二七）張籍出使襄陽。詳「繫年」。藍谿驛：驛站名。即藍橋驛。在藍田縣（今屬陝西）境。《長安志·縣六·藍田》（卷一六）：「藍橋驛，在縣東南四十里。」藍谿，水名。即藍谷水。《長安志·縣六·藍田》（卷一六）：「藍谷水，南自秦嶺，西流經藍關、藍橋，過王順山下，水出藍谷，西北流入霸水。」太常王丞：王建。見《登城寄王建》（卷二）注釋〔一〕。太常丞，太常寺屬官。《舊唐書·職官志三》（卷四四）：「太常寺……丞二人，從五品上。……掌判寺事。凡大饗太廟，則修七祀於太廟西門之内。若祫享，則兼修配享功臣之禮。」王建約於寶曆二年任太常丞。詳「繫年」。

〔二〕七盤：山名。在藍田縣藍關。《長安志・縣六・藍田》（卷一六）：「七盤山，在縣南二十里。」轉轉：漸漸。《漢書・貢禹傳》（卷七二）：「後世爭爲奢侈，轉轉益甚。」

〔三〕迷：謂不辨道路和方向。象鼻：當爲山峰名。《長安志・縣六・藍田》（卷一六）：「繂坂，在縣東南。《通典》曰：『七盤十二繂，藍關之險路也。』」所謂「箏」即「繂坂」、「十二繂」。

〔四〕城闕：城門兩邊的望樓。《詩・鄭風・子衿》：「佻兮達兮，在城闕兮。」高亨注：「闕，城門兩邊的高臺。」多借指京城。唐杜甫《自京赴奉先縣詠懷五百字》：「鞭撻其夫家，聚斂貢城闕。」仇兆鰲注：「京師有闕，得稱城闕。」肯見：怎見。

【繫　年】

據詩題知王建時爲太常丞。寶曆元年（八二五）張籍作《賀秘書王丞南郊攝將軍》（卷四），王建尚在秘書丞任，而大和二年（八二八）秋王建由太常丞出爲陝州司馬（詳卷四《贈王司馬赴陝州》「繫年」），知王建由秘書丞遷太常丞在寶曆元年至大和二年秋之間。又，張籍晚年兩次出「使」皆使襄陽。首次在長慶二年六月（詳卷四《贈商州王使君》「繫年」），第二次在大和元年深秋（詳卷二《使回留别襄陽李司空》「繫年」）。合上知此詩作於大和元年（八二七）深秋，時張籍在主客郎中任。按：據此推測，王建由秘書丞遷太常丞約在寶曆二年（八二六）。又按：詩寫詩人出使襄陽途經七盤山時的情景和旅愁。

【集　評】

（清）李懷民評頷聯：「此只可偶一及之，若專以此見長，則俗矣。」（《重訂中晚唐詩主客圖》卷上）

留別江陵王少府①〔一〕

迢迢山上路，病客獨行遲。〔二〕況此分襟日②，〔三〕當君失意時。寒林露遠驛③，晚燒獵④荒陂。〔四〕別後空迴首，相逢未有⑤期。

【校　記】

① 府：席本作「尹」。
② 襟日：全詩作「手處」。
③ 露遠驛：英華（卷二八八）作「路遠驛」；全詩作「遠路驛」，校「一作露遠邑」。
④ 獵：英華、宋本、陸本、全詩作「過」。
⑤ 未有：席本作「亦未」。

【注　釋】

〔一〕江陵：縣名。詳《江陵孝女》（卷二）注釋〔一〕。王少府：名不詳。或爲王建從侄王擬。席本題作「王少尹」，建有《送從侄擬赴江陵少尹》。少府，見《贈姚合少府》（卷二）注釋〔一〕。

〔二〕遲：緩慢。參《襄國别友》（卷二）注釋〔二〕。

〔三〕分襟：離别。唐王勃《春日桑泉别王少府序》：「異縣分襟，意切悽惶之路。」

〔四〕「寒林」句：謂深秋季節，樹葉落盡，隱約可見遠處的驛站。陂：山坡。

【繫　年】

詩言「病客獨行」，時張籍當未及第。又有「寒林」語，時爲深秋。詩當作於貞元十年（七九四）秋張籍由嶺南北上薊北經江陵時。按：詩寫詩人離别王少府的悲傷。

【集　評】

（清）李懷民評頷聯：「此等格法自劉文房印轉來也。」評頸聯：「（『寒林』句）畫。（『晚燒』句）字法，非真有獵者也。」（《重訂中晚唐詩主客圖》卷上）

贈海東①僧〔一〕

別家行萬里，自説過扶餘。〔二〕學得②中州語，能爲外國書。〔三〕與醫③收海藻，持④咒取龍魚。〔四〕更問同來伴，天台幾處⑤居？〔五〕

【校　記】

①海東：律髓（卷三八）作「東海」。
②學得：庫本作「得學」。
③與醫：石倉（卷五九）作「依方」。
④持：陸本作「將」。
⑤處：席本作「夏」。

【注　釋】

〔一〕海東僧：據「自説過扶餘」語斷，當爲新羅僧。海東，大海之東。唐代文獻中多指高麗、新羅、百濟、日本等國。唐竇常《奉送職方崔員外攝中丞新羅册使》：「帝命海東使，人行天一涯。」新羅,見《送新羅使》(卷二)注釋〔一〕。

〔二〕扶餘:古國名。又作「夫餘」。位於松花江平原。《後漢書·東夷傳·夫餘國》(卷八五):「夫餘國,在玄菟北千里。南與高句驪,東與挹婁,西與鮮卑接,北有弱水。地方二千里,本濊地也。」晉太康六年爲鮮卑族慕容氏所破,南朝宋、齊間消亡。

〔三〕中州語:指漢語。中州,見《洛陽行》(卷七)注釋〔二〕。此指漢民族所居中原地區。

〔四〕海藻:生於海中的藻類植物,如海帶、紫菜、石花菜、龍須菜等。有的可入藥。《本草綱目·草·海藻》(卷一九)「集解」李時珍云:「海藻,近海諸地采取。亦作『海菜』,乃立名目,貨之四方云。」龍魚:龍和魚。泛指水族。唐牟融《春日山亭》:「龍魚失水難爲用,龜玉蒙塵未見珍。」

〔五〕天台:山名。在今浙江天台縣北。由赤城、瀑布、佛隴、香爐、華頂、桐柏諸山組成。《太平寰宇記·台州·天台縣》(卷九八):「天台山,在州西一百一十里。《臨海記》云:『天台山超然秀出,山有八重,視之如一帆,高一萬八千丈,周回二百里。又有飛泉,懸流千仞似布。』」《方輿勝覽·台州》(卷八)引《真誥》:「大台山,上應台星,故曰天台。」佛教天台宗發源於此。

【集評】

(清)紀昀:「三、四太率易。」(《瀛奎律髓彙評》卷三八)

（清）李懷民：「此總與島僧、蠻客一例。」評頸聯：「奇而真。」（《重訂中晚唐詩主客圖》卷上）

（清）李懷民：見《不食姑》（卷二）「集評」。

寄漢陽故人〔一〕

知君漢陽住，烟樹遠重重。歸使雨中發，寄書燈下封。同時買江塢①，〔二〕今日別②雲松。欲問新移處③，青蘿最北峰。〔三〕

【校　記】

① 塢：宋本、劉本、陸本、席本作「島」。

② 別：席本作「隔」。

③ 處：石倉作「室」。

【注　釋】

〔一〕漢陽：縣名。治今湖北武漢市漢陽。唐屬鄂州。

〔二〕江塢：臨江的建築。蓋借指江邊的別墅。塢，村落。北周庾信《杏花詩》：「依稀映村塢，爛漫開山城。」張籍與故人「買江塢」當在貞元十二年其遷居和州(治今安徽和縣)時。宋賀鑄《歷陽十詠·桃花塢》:「種樹臨溪流,開亭望城郭。當年孟張輩,載酒來行樂。斯人久埃滅,節物今猶昨。看取不言華,春風自相約。」題注:「縣西二里麻溪上。按縣譜,張司業之别墅也。籍與孟郊載酒屢游焉。茂林修竹,尤占近郭之勝。」(《慶湖遺老詩集》卷三)籍所買「江塢」或即桃花塢。籍另詩《書懷寄元郎中》(卷四):「重作學官閑盡日,一離江塢病多年。」

〔三〕青蘿:松蘿。一種攀生於石崖、松柏的植物。此狀寫山中清幽之景。最北峰:當在和州。二句寫張籍將移居「最北峰」。

【繫　年】

當作於貞元十三年(七九七)張籍居和州時。按:詩寫詩人寄書故人及對故人的思念。

【集　評】

(清)李懷民評頷聯:「極尋常事,卻有新意。極無味語,卻有深情。張洎所謂『字清意遠,不涉舊體,天下莫能窺其奥』者,正當於極尋常極無味處求之。」(《重訂中晚唐詩主客圖》卷上)

送①安西②將〔一〕

萬里海西路，〔二〕茫茫邊草秋。計程沙塞口，望伴驛峰頭③。雪暗非時宿，〔三〕沙深獨去愁。塞④鄉人易老，莫住近番⑤州。〔四〕

【校　記】

①送：英華（卷三〇〇）無此字。
②安西：劉本、庫本作「西安」。
③頭：英華作「樓」。
④塞：席本作「憶」。
⑤番：英華、宋本、席本、全詩作「蕃」。

【注　釋】

〔一〕安西：唐方鎮名。治所在龜兹（今新疆庫車縣），貞元三年陷於吐蕃。《舊唐書・地理志一》（卷三八）：「安西節度使，撫寧西域，統龜兹、焉耆、于闐、疏勒四國。安西都護府治所，在龜兹國城内。」同書《地理志三》（卷四〇）：「安西大都護府……貞元三年，竟陷吐蕃。」此當泛指西域。

〔二〕海西：謂西域。海，見《關山月》（卷一）注釋〔三〕。

〔三〕非時宿：不能按時宿夜。

〔四〕番州：西域少數民族聚居地。番，古稱少數民族或外國。

【繫　年】

據詩題「送」推知，詩當作於元和元年（八〇六）以後張籍居京爲官期間。按：詩寫西域將領歸鄉的旅愁及詩人對他的顧念。

【集　評】

（清）李懷民評頷聯：「（『計程』句）得情。（『望伴』句）入畫。」（《重訂中晚唐詩主客圖》卷上）

題李山人幽居

襄陽南郭外，〔一〕茅屋一書生。無事焚香坐，有時尋竹行。畫苔藤杖細，踏石筍鞋輕。〔二〕

應笑風塵客，[三]區區逐世名。

【注　釋】

〔一〕襄陽：見《游襄陽山寺》(卷二)注釋〔一〕。

〔二〕畫：猶「劃」。筍鞋：以筍箬(竹筍外殼)納製的鞋。

〔三〕風塵客：指官場奔走的人。

【繫　年】

作於長慶二年(八二三)初秋張籍以水部員外郎出使襄陽期間。參《贈商州王使君》(卷四)「繫年」。按：詩寫李山人的隱居生活與超世情懷。

【集　評】

(清)黄周星：「鄭常有《寄邢逸人》一聯云：『儒衣荷葉老，野飯藥苗肥。』正可與此詩並傳。」評頷聯：「自是幽人行徑。」(《唐詩快》卷九)

早春閑游

年長身多病，獨①宜作冷官。〔一〕從來閑坐慣，漸覺出門難。樹影新猶薄，池光晚尚寒。〔二〕遥聞有花發，騎馬暫行看。

【校　記】

① 獨：石倉（卷五九）作「偏」。

【注　釋】

〔一〕冷官：清閑而不重要的官職。亦專指學官。宋趙升《朝野類要·稱謂》（卷二）「冷官」條：「凡緩慢優閒之職是也。因杜子美詩云『廣文先生官獨冷』，後人遂專以號教官。」張籍元和十一年（八一六）春至十五年秋爲國子助教、廣文博士，十五年冬至長慶二年（八二二）春任國子博士。

〔二〕樹影：樹的色彩形貌。薄：謂葉疏色淺。池光：池上的景色。

【繫　年】

作於張籍爲國子助教、廣文博士或國子博士期間，即元和十一年（八一六）至長慶二年（八二二）某早春。按：詩寫詩人晚年的閑靜、多病與孤寂。

【集　評】

（清）李懷民評頷聯：「真能道得出。」評頸聯：「匠。寫早春入細。」（《重訂中晚唐詩主客圖》卷上）

贈太常王建藤杖筍鞋〔一〕

蠻藤剪爲杖，楚筍結成鞋。〔二〕稱與詩人用，堪隨禮寺齋。〔三〕尋花入幽徑，步日①下寒階。以此持相贈，君應愜素懷。〔四〕

【校　記】

①日：席本、庫本作「月」。按：作「月」於義爲長。

【注釋】

〔一〕太常：唐九寺之一。掌禮樂、郊廟、社稷之事。此指太常丞。詳《使至藍谿驛寄太常王丞》（卷二）注釋〔一〕。王建：見《登城寄王建》（卷二）注釋〔一〕。建約於寶曆二年（八二六）爲太常丞，大和二年（八二八）秋出爲陝州司馬。詳《使至藍谿驛寄太常王丞》「繫年」。筍鞋：見《題李山人幽居》（卷二）注釋〔三〕。按：此所謂有藤杖筍鞋當爲大和元年（八二七）秋張籍使襄陽所帶回。

〔二〕鑾：見《賈客樂》（卷一）注釋〔四〕。楚：當指襄陽一帶。襄陽古屬楚地。

〔三〕禮寺：太常寺。《舊唐書·職官志三》（卷四四）：「太常寺……掌邦國禮樂、郊廟、社稷之事，以八署分而理之。」齋：祭祀或舉行其他典禮前清心寡欲，淨身潔食，以示莊敬。《莊子·人間世》：「顏回曰：『回之家貧，唯不飲酒不茹葷者數月矣。如此則可以爲齋乎？』」成玄英疏：「齋，齊也，謂心跡俱不染塵境也。」此指太常寺的禮樂祭祀活動。

〔四〕素懷：平素的願望。唐王維《瓜園詩》：「素懷在青山，若值白雲屯。」

【繫年】

作於大和元年（八二七）冬，時張籍以主客郎中使襄陽回京。參《使回留別襄陽李司空》（卷二）「繫年」。按：詩寫詩人所贈藤杖、筍鞋稱合王建「素懷」，表達對王建的深厚情誼。

【集　評】

（清）李懷民：「看似枯窘，實寓厚味。初學讀此，真是雪淡。」評首聯：「疏得珍重有致。」評頷聯：「（『稱與』句）高妙。對法之變尤妙。」評頸聯：「細細摹想。」（《重訂中晚唐詩主客圖》卷上）

和周贊善聞子規〔一〕

秦城啼楚鳥，〔二〕遠思更紛紛。況是街西夜，〔三〕偏當雨裏聞。應投最高樹，似隔數重①雲。此處誰能聽，遥知獨有君。

【校　記】

① 重：庫本作「層」。

【注　釋】

〔一〕周贊善：名不詳。贊善，太子東宫屬官。《舊唐書·職官志三》（卷四四）載：太子左、右春坊各有贊善大夫五人，皆正五品上，職掌「諷諭規諫」。子規：杜鵑鳥的别稱。傳説爲蜀帝杜宇魂魄所化。《太平御覽·州郡部·益州》（卷一六六）引《十三州志》：「望帝使鱉冷鑿巫山，治水有功，望帝自以德薄，乃委國禪鱉泠，號曰開明，遂自亡去，化爲子規，故蜀人聞鳴曰：『我望帝也。』」「又云，望帝使鱉泠治水而淫其妻，泠還，帝慚，遂化爲子規。」宋陸佃《埤雅·釋鳥》（卷九）：「杜鵑，一名子規。苦啼，啼血不止。一名怨鳥。夜啼達旦，血漬草木。凡始鳴，皆北嚮。啼苦則倒縣於樹。《説文》所謂『蜀王望帝化爲子巂』，今謂之子規是也。」古人多藉以抒悲苦哀怨之情。

〔二〕秦城：指長安。公元前二二一年秦王嬴政統一中原，建都咸陽（漢以後稱長安），故稱。楚鳥：指子規。

〔三〕街西：見《酬韓庶子》（卷二）注釋〔二〕。此指張籍所居延康坊。

【繫　年】

由「街西夜」知詩作於張籍居延康坊之元和年間（八〇六—八二〇）。按：詩寫詩人與周贊善聞子規的感受。

【集　評】

（清）李懷民評首聯：「（首句）古興。（次句）先停頓一筆，妙。」評頷聯：「只似不作意，所以升菴無從領取。」（《重訂中晚唐詩主客圖》卷上）

送李騎曹靈州歸覲〔一〕

翩翩出上京，幾日到邊城？〔二〕漸覺①風沙起②，還將弓箭行。席箕侵路暗，〔三〕野馬見人驚。軍府知歸慶，〔四〕應教數騎迎。

【校　記】

①覺：席本作「過」。

②起：英華（卷二七七）、宋本、陸本、席本作「處」。

【注　釋】

〔一〕李騎曹：疑指李琭。唐著名戰將李晟孫，李聽子，官至左千牛衛將軍。姚合同唱詩題作「送李琮歸靈州覲省」，「琮」或爲「琭」之訛。《舊唐書·李聽傳》（卷一三三）：「（元和）十五年六月，改靈州大都督府長史、靈鹽節度使。……長慶二年二月，授檢校兵部尚書、太原尹、北京留守、河東節度使。」知李聽曾官靈州。《新唐書·宰相世系表二上》「隴西李氏」載，聽子琢、璋、瑾、璩、琭、瓊、琟。知聽有子琭。又，《唐文拾遺》（卷二八）所收昔耘《大唐故隴西郡李府君墓志銘（並序）》載，琮爲愨之子，聽之侄。堂兄弟不應重名，知聽子爲「琭」而非「琮」。騎曹，官名。《舊唐書·職官志三》（卷四四）載，天子武官十衛之左右衛、左右驍衛、左右武衛、左右威衛、左右金吾衛，及諸王府之武官，均設文職騎曹一人，「皆掌本曹勾檢之事」，品秩正六品下、正七品上不等。靈州：州名。治今寧夏靈武附近。《舊唐書·地理志一》（卷三八）：「靈州大都督府。隋靈武郡。……天寶元年，改靈州爲靈武郡。至德元年七月，肅宗即位于靈武，升爲大都督府。乾元元年，復爲靈州。」歸覲：歸謁父母。

〔二〕翩翩：行走輕疾貌。唐王昌齡《從軍行二首》其一：「虜騎獵長原，翩翩傍河去。」上京：京師長安。邊城：指靈州。

〔三〕席箕：牧草名。箕，又作「萁」。唐段成式《酉陽雜俎續集·支植下》：「席箕，一名塞蘆，生北胡地。古詩云：『千里席箕草。』」明胡震亨《唐音癸籤·詁箋五》（卷二〇）「席萁」條：「《五代史》云：契丹地有息雞草，尤美而本大，馬食不過十本而飽。意『席萁』即『息雞』，一物而音訛耳。」侵路暗：謂路爲席箕遮蓋，難以辨别。

〔四〕軍府：靈州節度使府署。此指李聽。

【繫年】

賈島同唱詩云「嘶馬背寒鴻」，無可同唱詩云「凉天數騎行」、「新鴻引寒色」，知李騎曹歸覲在秋。李聽元和十五年（八二〇）六月至長慶二年（八二二）二月鎮靈州，詩作於元和十五秋或長慶元年秋。又，姚合有贈詩，合元和十五年冬離魏博幕調武功主簿。合上知詩作於長慶元年秋。時張籍在國子博士任。按：詩寫李騎曹歸覲的歷程以贈别。

【集　評】

（清）李懷民評頸聯：「畫邊景真。」評尾聯：「省覲意只從傍一點，而情事如見。」「淡極。」（《重訂中晚唐詩主客圖》卷上）

【同　唱】

賈島《送李騎曹》：「歸騎雙旌遠，懽生此別中。蕭關分磧路，嘶馬背寒鴻。朔色晴天北，河源落日東。賀蘭山頂草，時動卷帆風。」（全詩卷五七二）

姚合《送李琮歸靈州覲省》：「餞席離人起，貪程醉不眠。風沙移道路，僕馬識山川。塞樹花開小，關城雪下偏。胡塵今已盡，應便促朝天。」（全詩卷四九六）

無可《送李騎曹之武寧》：「一歲一歸寧，凉天數騎行。河來當塞曲，山遠與沙平。縱獵旗風卷，聽笳帳月生。新鴻引寒色，迴日滿京城。」（全詩卷八一三）

按：無可詩全詩卷二四八又作郎士元詩，題爲「送李騎曹之靈武寧侍」；《瀛奎律髓》卷三〇「邊塞類」又作顧非熊詩，題爲「送李騎曹之武寧」。郎士元所處時代不符。或無可或顧非熊作，孰是不可考。

寒食夜寄姚侍御①〔一〕

貧官多寂寞，不異野人居。〔二〕作酒和山②藥，教兒寫道書。〔三〕五湖歸去遠，〔四〕百事病來疏。況③憶④同懷者⑤，〔五〕寒庭⑥月上初。

【校　記】

①御：宋本、劉本、全詩作「郎」。按：作「郎」非。姚侍御，即姚合，合未曾任侍郎。
②山：全詩校「一作仙」。
③況：宋本作「沉」。
④憶：紀事（卷四九）作「是」。
⑤者：雜詠（卷一二）、紀事、席本作「客」。
⑥庭：雜詠作「亭」。

【注　釋】

〔一〕姚侍御：姚合。見《贈姚合少府》（卷二）注釋〔一〕。侍御，唐御史臺殿中侍御史與監察御史的通稱。唐趙璘《因話録・徵部》（卷五）：「御史臺三院……二曰殿院。其僚曰殿中侍御史，衆呼爲『侍御』。……三曰察院。其僚曰監察御史，衆呼亦曰『侍御』。」《舊唐書・職官志三》（卷四四）：「御史臺……殿中侍御史六人，從七品下。……掌殿廷供奉之儀式。凡冬至、元正大朝會，則具服升殿。若郊祀、巡幸，則於鹵簿中糾察非違，具服從於旌門，視文物有所虧闕，則糾之。凡兩京城内，則分知左右巡，各察其所巡之内有不法之事。」「監察御史十員，正八品上。……掌分察巡按郡縣、屯田、鑄錢、嶺南選補、知太府、司農出納，監決囚徒。監祭祀則閲牲牢，省器服，不敬則劾祭官。尚書省有會議，亦監其過謬。凡百官宴會、習射，亦如之。」此指殿中侍御史（詳「繫年」）。

〔二〕貧官：指國子司業。張籍大和二年三月遷此職。野人：村野農夫。

〔三〕作酒：釀酒。和：摻合。道書：指道家典籍。《三國志・魏書・張魯傳》（卷八）：「祖父陵，客蜀，學道鵠鳴山中，造作道書以惑百姓。」

〔四〕五湖：古代吴越地區的湖泊。所指説法不一。《國語・越語下》載，春秋末越國大夫范蠡，輔佐越王勾踐，滅亡吴國，功成身退，乘輕舟以隱於五湖。後因以「五湖」指隱遁之所。晉葛洪《抱朴子・外篇・正郭》：「法當仰隮商洛，俯泛五湖，追巢父於峻嶺，尋漁父於滄浪。」「五湖」句謂詩人尚不能歸隱。

〔五〕同懷者：指姚合。同懷，志趣相合。南朝宋謝靈運《登石門最高頂》：「惜無同懷客，共登青雲梯。」據姚合答詩「歸路亦應同」語斷，此當謂同志於歸隱。

【繫年】

姚合答詩爲《酬張籍司業見寄》，知時在大和二年三月張籍遷國子司業至四年春去世前。姚合大和二年五月至三年七月爲殿中侍御史（詳卷六《贈姚合》「繫年」），則詩作於大和三年（八二九）寒食。按：詩寫詩人晚年的貧居生活與寂寞情懷。

【集評】

（清）李懷民評頸聯：「多少心中語，十字括盡。」（《重訂中晚唐詩主客圖》卷上）

【唱和】

姚合《酬張籍司業見寄》：「日日在心中，青山青桂叢。高人多愛静，歸路亦應同。罷吏方無病，因僧得解空。新詩勞見問，吟對竹林風。」（全詩卷五〇一）

題清徹上人院〔一〕

古①寺臨壇久，松間別起堂。〔二〕看添浴佛水，自合讀經香。〔三〕愛養無家客，多傳得效②方。〔四〕遇③齋長不出，坐卧一繩床。〔五〕

【校　記】

①古：宋本、劉本、陸本作「本」。

②效：宋本、劉本、陸本、席本作「力」。

③遇：宋本、席本、全詩作「過」。

【注　釋】

〔一〕清徹上人：元和年間高僧。《宋高僧傳》（卷一六）有其傳：「釋清徹，未知何許人也。周游律肆，密護根門，即無常師，唯善是與。初於吴苑開元寺北院道恒律師，親乎閫奥，深該理致，而鐘華望無不推稱。憲宗元和八年癸巳中，約志著記二十卷……徹未知其終。」知其曾於蘇州開元寺習經律。又，李頻《峽州送清徹上人歸浙西》：「坐經嵩頂夏，行值洛陽秋。」知清徹住錫浙西，行跡曾至峽州（治今湖北宜昌）、嵩山、洛陽。上人，對僧人的尊稱。院：當指浙西清徹住錫寺。或在湖州。李頻詩題《全唐詩》（卷五八八）校「一作送清江上人歸東林」，「浙西」當指「東林」。《方輿勝覽・安吉州》（卷四）：「東林寺。王會《回仙碑》：『熙寧間，湖州歸安縣之東林有隱君子沈思……』」《浙江通志・山川四・湖州府・歸安縣》（卷一二）引明弘治《湖州府志》：「（東林山）在縣東南五十四里。」

〔二〕臨壇：謂禮佛修行。壇，僧人進行佛事活動的場所。二句謂清徹上人住寺已久，寺院興旺，另建佛堂。

〔三〕浴佛水：浴佛日浴洗佛像的香湯。宋孟元老《東京夢華録・四月八日》（卷八）：「四月八日，佛生日，十大禪院各有浴佛齋會，煎香藥糖水相遺，名曰『浴佛水』。」浴佛，又稱「灌佛」。宋釋道誠《釋氏要覽・三寶》（卷中）「浴佛」條引《浴佛功德經》：「爲衆香湯置淨器中，先作方壇敷妙床座，於上置佛，以諸香湯次第浴之。用香水畢，復以淨水淋洗其像。人各取少許洗像水，置自頭上（彼經有用香煎湯設壇法式）。初於像上淋水時，應誦此偈云：『我今灌沐諸如來，淨智功德莊嚴聚。五濁衆生令離垢，願證如來淨法身。』」《三國志・吴書・劉繇傳》（卷四九）：「每浴佛，多設酒飯，布席於路，經數十里，民人來觀及就食，且萬人，費以巨億計。」丁福保《佛學大辭典》「浴佛」條：「西天於平常行之。中日諸宗於四月八日之佛生日行之。禪家更於十二月八日之佛成道日行之。」合：配製。讀經香：讀經書時所焚之香。

〔四〕無家客：無家可歸而漂泊他鄉的人。得效方：有療效的藥方。

〔五〕齋：指佛教所謂的齋月。佛經謂農曆正、五、九三個月，諸天下降巡視人間，世人宜持長齋，慎言行，特修善業，此謂齋月。宋陸游《老學庵筆記》（卷八）：「武德二年正月甲子，下詔曰：『釋典微妙，淨業始於慈悲……自今每年正月、五月、九月十直日，並不得行刑。所在公私，宜斷屠殺。』……唐大夫如白居易輩，蓋有遇此三齋月，杜門謝客，專延緇流作佛事者。」長：久。繩床：一種以板、繩製成的可以折疊的輕便坐具，又稱「胡床」、「交床」。唐玄奘《大唐西域記·印度總述》：「至於坐止，咸用繩床。」

【繫　年】

詩當作於貞元十二年（七九六）夏秋間張籍南游湖州時。按：詩寫清徹上人的修行生活。

和裴司空即事通簡舊僚〔一〕

肅肅上台坐，四方皆仰風。〔二〕當朝奉明政，早日立元功。〔三〕獨對赤墀下，密宣黄閣中。〔四〕猶聞動高韻，思與舊僚同。〔五〕

【注　釋】

〔一〕裴司空：裴度。見《沙堤行呈裴相公》（卷一）注釋〔一〕。司空，見《節婦吟》（卷一）注釋〔一〕「按」語。裴度授司空銜詳「繫年」。即事：以當前事物爲題材作詩。多用爲詩題。通簡：謂寄送詩柬。

〔二〕肅肅：嚴正貌。《詩・小雅・黍苗》：「肅肅謝功，召伯營之。」鄭玄箋：「肅肅，嚴正之貌。」上台：「三台」之星名。「三台」由大熊星座ι、κ、λ、μ、ν、ξ 六星組成。上台爲ι、κ，中台爲λ、μ，下台爲ν、ξ。古以「三台」擬「三公」，因以「上台」敬稱三公、宰輔。《史記・天官書》（卷二七）：「中宫天極星，其一明者，太一常居也。」旁三星三公，或曰子屬。」張守節正義：「三公三星在北斗杓東，又三公三星在北斗魁西，並爲太尉、司徒、司空之象。」魏阮籍《奏記詣蔣公》：「明公以含一之德，據上台之位，群英翹首，俊賢抗足。」劉良注：「三台星，三公位也。濟爲太尉，即三公，言『上台』，重之也。」（《六臣注文選》卷四〇）此指司空裴度。仰風：謂敬仰裴度風範、風操。

〔三〕當朝：本朝。此指文宗朝。詳「繫年」。元功：首功，大功。指元和十二年（八一七）裴度平淮西。

〔四〕赤墀下：指宫中。赤墀：宫中臺階。因以紅漆塗飾，故稱。《説文・土部》「墀」字：「塗地也。」「禮，天子赤墀。」黄閣：指宰相、三公的官署。漢衛宏《漢官舊儀》（卷上）：「（丞相）聽事閤曰黄閤。」宋黄朝英《靖康緗素雜記・黄閤》(卷一)：「天子曰黄闥，三公曰黄閤，給事舍人曰黄扉，太守曰黄堂。」二句謂裴度得文宗隆遇。

〔五〕動高韻：謂創作高雅的詩歌。同：謂共同分享。二句點題。

【繫　年】

作於大和二年(八二八)春夏間，時張籍在主客郎中任或改國子司業不久。由詩内容可知，裴度時帶司空銜且在朝爲相。度元和十五年九月以河東節度使「守司空、門下侍郎、同平章事」(《舊唐書・穆宗本紀》卷一六)，長慶元年冬「進位檢校司空」(《舊唐書・裴度傳》卷一七〇)，二年三月回朝，尋「守司徒、同平章事，復知政事」(同上)，六月罷相爲左僕射；長慶三年八月「爲司空、山南西道節度使，不兼平章事」(《資治通鑑・唐紀・穆宗長慶三年》卷二四三)；寶曆二年正月至京師，「帝禮遇隆厚，數日，宣制復知政事」(《舊唐書・裴度傳》)，「(二月)丙寅，正册司空」(《舊唐書・敬宗本紀》卷一七上)。知裴度元和十五年九月已帶司空銜，但以司空「知政事」在寶曆二年(八二六)正月。詩當作於此後。又，裴度原唱《中書即事》：「灰心緣忍事，霜鬢爲論兵。」所謂「論兵」當指諫議討伐李同捷事。《舊唐書・裴度傳》：「滄景節度使李全略死，其子同捷竊弄兵柄，以求繼襲。度請行誅伐，踰年而同捷誅。」同書《文宗本紀上》(卷一七上)：大和元年七月「李同捷除兖海，不受詔，結幽鎮謀叛」，二年五月「王廷湊出兵侵鄰籓，欲撓王師以援李同捷」，三年五月「柏耆斬李同捷於將陵，滄景平」。據「逾年而同捷誅」知「度請行誅伐」在大和二年（八二八）春夏間。詩當作於此時。

按：詩寫裴度功高望重深得皇帝厚遇，及其詩興勃發而通簡舊僚。

【集　評】

（清）李懷民：「格亦別。」「此等只平平寫去，更不加意矜持張皇，即作者之識量高闊處，若謂作律格一味寒素，不敢道著冠冕一字，又不是也。」評尾聯：「和處如此便足。」（《重訂中晚唐詩主客圖》卷上）

【唱　和】

裴度《中書即事》：「有意效承平，無功答聖明。灰心緣忍事，霜鬢爲論兵。道直身還在，恩深命轉輕。鹽梅非擬議，葵藿是平生。白日長懸照，蒼蠅謾發聲。高陽舊田里，終使謝歸耕。」（全詩卷三三五）

劉禹錫《奉和司空裴相公中書即事通簡舊僚之作》：「譚笑在巖廊，人人盡所長。儀形見山立，文字動星光。日運丹青筆，時看赤白囊。佇聞戎馬息，入賀領鴛行。」（全詩卷三五八）

使回留别襄陽李司空〔一〕

江亭寒日晚，絃筦①有離聲。〔二〕從此一筵别，獨爲千里行。遲遲戀恩德，役役恨②公程。〔三〕迴首吟新句，霜雲滿楚城。〔四〕

【校　記】

① 筦：宋本、席本、全詩作「管」。

② 恨：席本、全詩、庫本作「限」。

【注　釋】

〔一〕使：指張籍大和元年（八二七）秋出使襄陽。詳「繫年」。襄陽：見《游襄陽山寺》（卷二）注釋〔一〕。山南東道節度使治所。《舊唐書·地理志一》（卷三八）：「山南東道節度使。治襄州，管襄、復、均、房、鄧、唐、隨、郢等州。」襄州城即襄陽城。李司空：李逢吉（七五八—八三五）。字虚舟，隴西（今甘肅）人。貞元十年（七九四）進士及第。歷右司郎中、給事中、中書舍人，元和十一年（八一六）拜門下侍郎同平章事，次年罷相出爲劍南東川節度使，十五年移山南東道節度使；長慶二年（八二二）入爲兵部尚書，旋復相；寶曆二年（八二六）復出爲山南東道節度使；大和二年（八二八）轉宣武軍節度使，五年充東都留守，八年徵拜左僕射，九年卒。司空，見《節婦吟》（卷一）注釋〔一〕「按」語。

〔二〕江：指漢水。漢水流經襄陽東。《元和郡縣圖志·襄州·襄陽縣》（卷二一）：「峴山，在縣東南九里。山東臨漢水，古今大路。」絃筦：泛指樂器。筦，同「管」，管樂器。

〔三〕遲遲：徐行貌。《詩·邶風·谷風》：「行道遲遲，中心有違。」毛傳：「遲遲，舒行貌。」役役：勞苦不息貌。《莊子·齊物論》：「終身役役，而不見其成功。」公程：公差的旅程。

〔四〕霜雲：白雲。指秋冬之雲。南朝陳江總《置酒高殿上》：「霜雲動玉葉，凍水疎金箭。」楚城：指襄陽。襄陽屬古楚地。

【繫年】

作於大和元年（八二七）冬，時張籍在主客郎中任。李逢吉出鎮襄陽共兩次。首次在元和十五年十月至長慶二年二月，未帶司空銜。《舊唐書·穆宗本紀》（卷一六）：元和十五年正月「以劍南東川節度使李逢吉爲襄州刺史，充山南東道節度使」；長慶二年二月「丙寅，以前成德軍節度使牛元翼檢校工部尚書、襄州刺史，充山南東道節度觀察、臨漢監牧等使」，三月「以前山南東道節度使李逢吉爲兵部尚書」。第二次在寶曆二年十一月至大和二年十月，帶司空銜。《舊唐書·敬宗本紀》（卷一七上)：寶曆二年十一月「甲申，以右僕射、同平章事李逢吉檢校司空、同平章事、兼襄州刺史，充山南東道節度使、臨漢監牧使」。同書《文宗本紀上》(卷一七上)：大和二年十月「癸酉，以尚書右僕射、同平章事竇易直檢校左僕射、同平章事，充山南東道節度使、臨漢監牧等使，代李逢吉；以逢吉爲宣武軍節度使，代令狐楚」。張籍長慶二年六月曾出使襄陽(詳卷四《贈商州王使君》「繫年」)，時李逢吉已回京任兵部尚書。此詩稱「李司空」，當作於李逢吉第二次出鎮襄陽時。郭文鎬《張籍生平二三事考辨》(載《唐代文學研究》第一輯)考張籍南使有兩次，第一次在長慶二年「夏秋」，此次使襄陽爲第二次，出使在大和元年(八二七)秋，使回在同年冬，當是。按：大和元年七月十三日張籍作《莊陵挽歌詞三首》(卷二)，時尚在京；據使回在冬推知，出使當在深秋。又按：詩爲離別時應酬之作，表現對李司空的感激與依戀之情。

【集　評】

(清)李懷民評「絃莞」句：「須知此句中有多少繁鬧，然在詩人眼中，不過一點即過。」評頸聯：「此中有多少話説，止總括之，所以爲超。」(《重訂中晚唐詩主客圖》卷上)

和户部令狐尚書喜裴司空見招看雪〔一〕

南園新覆雪，上宰曉來看。〔二〕誰共登春榭，唯聞有地官。〔三〕色連山遠静①，氣與竹偏

寒。〔四〕高韻更相應，寧同歌吹歡？〔五〕

【校　記】

①　靜：席本作「淨」。

【注　釋】

〔一〕户部：尚書省六部之一。掌管全國土地、户籍、賦税、財政收支等事務。令狐尚書：令狐楚（七六六—八三七）。字殼士，太原（今山西太原市）人。貞元七年（七九一）進士及第。憲宗時歷右拾遺、職方員外郎、知制誥、翰林學士、中書舍人、華州刺史、河陽節度使，元和十四年（八一九）拜中書侍郎同平章事。穆宗即位，貶宣歙觀察使、衡州刺史；長慶元年（八二一）四月，量移郢州刺史，遷太子賓客分司東都；二年十一月擢陝虢觀察使，視事一日復授賓客，歸東都；四年九月爲宣武軍節度。大和年間歷户部尚書、東都留守、天平節度使、吏部尚書、左僕射。開成元年（八三六），出爲山南西道節度使；二年卒於鎮，贈司空，謚曰文。尚書，尚書省六部的最高長官。《舊唐書·職官志二》（卷四三）：「户部尚書一員，正三品。……掌天下田户、均輸、錢穀之政令，其屬有四：一曰户部，二曰度支，三曰金部，四曰倉部。總其職務，而行其制命。凡中外百司之事，由於所屬，皆質正焉。」令狐楚大和二年十月至三年三月爲户部尚書。《舊唐書·文宗本紀上》（卷一七上）：大和二年十月「以逢吉爲宣武軍節度使，代令狐楚；以楚爲户部尚書」，三年「三月辛巳朔，以户部尚書令狐楚爲東都留守」。裴司空：裴度。見《沙堤行呈裴相公》（卷一）注釋〔一〕。司空，見《節婦吟》（卷一）注釋〔一〕「按」語。裴度寶曆二年二月「丙寅，正册司空」（《舊唐書·敬宗本紀》卷一七上）。

〔二〕南園：裴度亭園。位於長安朱雀大街西第二街皇城之南街西第三坊興化坊。楊鴻年《隋唐兩京坊里譜·興化坊》：「《長安志》：『晉國公裴度池亭。』注：『白居易詩，《宿裴相興化池亭兼借船舫游泛》。』《城坊考》加注：『按《獨異志》：裴晉公寢疾，暮春之月，忽遇游南園，令家僮舁至藥欄，蓋即此池亭。自永樂里視之在南，故曰南園。』」上宰：宰相。此指裴度。

〔三〕地官：古代六官之一。《周禮·地官·序官》：「乃立地官司徒，使帥其屬而掌邦教，以佐王安擾邦國。」武則天曾改户部爲地官。《通典·職官·吏部尚書》（卷二三）：「大唐武太后遂以吏部爲天官，户部爲地官，禮部爲春官，兵部爲夏官，刑部爲秋官，工部爲冬官，以承周六官之制。」故唐人常稱户部長官爲地官。此指令狐楚。

〔四〕偏：非常。二句謂大雪覆蓋，遠近連成一片，非常寂静，竹林中寒氣襲人。

〔五〕高韻：高雅的詩歌。相應：互相唱和。二句謂二人面對美麗雪景，又賡歌唱和，真是勝似歌吹之樂。

【繫 年】

令狐楚大和二年十月至三年三月爲户部尚書，詩有「看雪」、「春樹」語，知作於大和三年（八二九）初春，時張籍在國子司業任。按：《唐五代文學編年史》繫於大和二年冬，誤。又按：元和間朝廷用兵淮西，裴度與令狐楚政見不同，楚因「草度淮西招撫使制」不合憲宗意旨而遭貶，度晚年化解與舊日政見不同者之間的恩怨，故有招楚看雪之舉。了解裴度與令狐楚之間這種微妙的關係，則可見此詩寫裴度招令狐楚看雪與二人高情遠韻背後的深層用意。

【集 評】

（清）李懷民：「以下三首看他運題之法，格即在此，妙即在此，後來不講律格，凌亂則雜，鋪陳則瑣，無復風人之致矣。」評頷聯：「對工處自成閑趣。」評頸聯：「寫雪高簡入妙。」（《重訂中晚唐詩主客圖》卷上）

【唱 和】

劉禹錫《和令狐相公以司空裴相見招南亭看雪四韻》：「重門不下關，樞務有餘閑。上客同看雪，高亭盡見山。瑞呈霄漢外，興入笑言間。知是平陽會，人人帶酒還。」（全詩卷三五六）

和裴司空以詩請刑部白侍郎雙鶴〔一〕

皎皎仙山①鶴，遠留閑宅中。〔二〕徘徊幽榭②月，嘹唳小亭風。〔三〕丞相西園好，〔四〕池塘野③水通。從君求置此④，賞望與賓同。

【校　記】

① 山：宋本、全詩、庫本作「家」。

② 榭：原本作「謝」，據席本、庫本改；宋本、全詩作「樹」。

③ 野：原本及庫本作「夜」，據宋本、全詩等改。裴度原唱：「且將臨野水，莫閉在樊籠。」

④ 「從君」句：宋本、全詩、庫本作「欲將來放此」，席本作「欲將求放此」。

【注　釋】

〔一〕裴司空：裴度。見《沙堤行呈裴相公》（卷一）注釋〔一〕。司空，見《節婦吟》（卷一）注釋〔一〕「按」語。裴度寶曆二年二月「丙寅，正册司空」（《舊唐書・敬宗本紀》卷一七上）。刑部白侍郎：白居易。見《酬白二十二舍人早春曲江見招》（卷二）注釋〔一〕。刑部，尚書省六部之一。

掌管刑法、獄訟等事務。侍郎，尚書省六部長官之副。《舊唐書·職官志二》（卷四三）：「刑部……侍郎一員。正四品下。……掌天下刑法及徒隸、勾覆、關禁之政令。其屬有四：一曰刑部，二曰都官，三曰比部，四曰司門。總其職務，而行其制命。凡中外百司之事，由於所屬，咸質正焉。」白居易除刑部侍郎之時間，《舊唐書》記載略異。本傳（卷一六六）：「大和二年正月，轉刑部侍郎。」《文宗本紀上》（卷一七上）：「（大和二年二月）乙巳，以刑部侍郎盧元輔爲兵部侍郎，秘書監白居易爲刑部侍郎。」《文宗本紀》記載具體，當是。雙鶴：長慶四年（八二四）五月白居易罷杭州刺史除太子左（或曰「右」）庶子分司東都時，山陽盧明府所寄贈，白居易養於洛陽履道里宅。趙嘏有《山陽盧明府以雙鶴寄遺白氏以詩回答因寄和》。白居易《池上篇》：「樂天罷杭州刺史，得天竺石一、華亭鶴二以歸；始作西平橋，開環池路。」大和二年春白居易轉刑部侍郎，雙鶴留於洛陽，故裴度以詩相乞。

〔二〕仙山鶴：傳説中仙人多養鶴並以鶴爲坐騎，故謂。閑宅：指白居易洛陽履道里宅。

〔三〕嘹唳：形容鶴鳴聲響亮淒清。

〔四〕西園：裴度興化里亭園。參《宴興化池亭送白二十二東歸》（卷八）注釋〔一〕與《和户部令狐尚書喜裴司空見招看雪》（卷二）注釋〔二〕。

【繫　年】

白居易有《答裴相公乞鶴》詩，白集中編於《微之就拜尚書居易續除刑部因書賀意兼詠離懷》後，且其後詩多寫春景，知裴度乞鶴事在白居易除刑部侍郎後不久，即大和二年（八二八）春末，時張籍始遷國子司業。按：詩借裴度請鶴寫裴度閑雅的情致及其與白居易之間的友誼。

【集　評】

（清）李懷民評頷聯：「淡淡寫來，神已逼真，轉覺鮑明遠費力矣。」（《重訂中晚唐詩主客圖》卷上）

【唱　和】

裴度《白二十二侍郎有雙鶴留在洛下予西園多野水長松可以栖息遂以詩請之》：「聞君有雙鶴，羈旅洛城東。未放歸仙去，何如乞老翁。且將臨野水，莫閉在樊籠。好是長鳴處，西園白露中。」（全詩卷三三五）

白居易《答裴相公乞鶴》：「警露聲音好，冲天相貌殊。終宜向遼廓，不稱在泥塗。白首勞爲伴，朱門幸見呼。不知疎野性，解愛鳳池無。」（全詩卷四四八）

劉禹錫《和裴相公寄白侍郎求雙鶴》：「皎皎華亭鶴，來隨太守船。青雲意長在，滄海别經年。留滯清洛苑，裴回明月天。何如鳳池上，雙舞入祥烟。」（全詩卷三五七）

同錦①州胡郎中清明日對雨西亭②宴〔一〕

郡内開新③火，高齋雨氣清。〔二〕惜花邀客賞，勸酒促歌聲。共醉移芳席，留歡閉暮城。〔三〕政閑方宴語，琴筑④任⑤遥⑥情。〔四〕

【校　記】

①錦：原本、雜詠（卷一四）、席本作「綿」，據宋本、全詩、庫本等改。據現存資料判斷，張籍未曾至綿州（治今四川綿陽市東）。

②亭：雜詠作「京」。

③開新：雜詠作「新開」。

④筑：雜詠作「瑟」。

⑤任：陸本作「在」。

⑥遥：雜詠作「摇」。

【注　釋】

〔一〕錦州：治今湖南省麻陽縣。《舊唐書·地理志三》（卷四〇）：「錦州下。垂拱二年，分辰州麻陽縣地並開山洞置錦州及四縣。天寶元年，改錦州爲盧陽郡。乾元元年，復爲錦州。」胡郎中：名不詳。郎中，尚書省所屬各司首長，並從五品上。據詩歌内容看，胡或以郎中出刺錦州，詩以舊職相稱。

〔二〕郡内：錦州城内。開新火：開始生火。古俗清明前一日或二日爲寒食。寒食禁火，至清明解禁。高齋：對西亭的美稱。南朝齊謝朓有《郡内高齋閒望答吕法曹》詩。

〔三〕留歡：留客歡飲。唐杜甫《宴王使君宅題二首》其二：「泛愛容霜髮，留歡卜夜閑。」二句謂酒興酣暢，日暮未艾，移席城中續飲。

〔四〕政閑：政事少。謂胡郎中理政有方。宴語：設宴閑談。《漢書·趙充國傳》（卷六九）：「初，破羌將軍武賢在軍中時與中郎將印宴語。」顔師古注：「閑宴時共語也。」琴筑：借指音樂。筑，絃樂器。形似箏，頸細肩圓，絃下設柱。左手按絃一端，右手執竹尺擊絃發音。戰國時已流行。遥情：高遠的情思。

【繫　年】

作於貞元十年（七九四）春游錦州時。按：詩寫同錦州胡郎中宴飲的歡樂。

【集　評】

（清）李懷民評「留歡」句：「五字中括情事多少。」（《重訂中晚唐詩主客圖》卷上）

莊陵挽歌詞　三首〔一〕

其一

白日已昭昭，干戈亦漸消①。〔二〕迎師親②問③道，從諫早臨朝。〔三〕佞倖威權薄，忠良寵錫④饒。〔四〕丘⑤陵今一變，無復《白雲謡》。〔五〕

【校　記】

①消：宋本、席本作「銷」。

②親：原本、劉本、庫本作「新」，據宋本、陸本、席本、全詩改。

③問：原本、宋本、劉本、陸本、全詩、庫本作「出」，據席本改。

④錫：席本作「賜」。

⑤丘：庫本作「莊」。

【注　釋】

〔一〕莊陵：唐敬宗李湛陵墓。《舊唐書·敬宗本紀》（卷一七上）：寶曆二年（八二六）十二月辛丑爲宦官劉克明等謀害，「時年十八」，「大和元年（八二七）七月十三日，葬于莊陵」。《長安志·縣十·三原》（卷二〇）：「敬宗莊陵在縣西北五里人平鄉胡村，封内四十里，下宫去陵八里，陪葬一（悼懷太子）。」三原，唐京兆屬縣，今屬陝西。

〔二〕白日：喻敬宗。戰國楚宋玉《九辯》：「去白日之昭昭兮，襲長夜之悠悠。」張銑注：「白日喻君，言放逐去君。」（《六臣注文選》卷三三）干戈：指藩鎮之亂。二句謂敬宗登位，藩鎮之亂漸漸平息。

〔三〕師：對僧人、道士的尊稱。「迎師」句寫敬宗迷信道士。《舊唐書·敬宗本紀》（卷一七上）：「時有道士劉從政者，説以長生久視之道，請於天下求訪異人，冀獲靈藥。仍以從政爲光禄少卿，號昇玄先生。」「（寶曆二年）三月戊辰朔，命興唐觀道士孫準入翰林待詔。」「五月……浙西送到絶粒女道士施子微。……癸未，山人杜景先於光順門進狀，稱有道術；令中使押杜景先往淮南及江南、湖南、嶺南諸州求訪異人。」「八月……令供奉道士二十人隨浙西處士周息元入内宫之山亭院，上問以道術。」「十一月甲子朔，以太清宫道士趙歸真充兩街道門都教授博士。」臨朝：登朝理政。《舊唐書·敬宗本紀》：「（長慶四年三月）戊辰，群臣入閤，日高猶未坐……諫議大夫李渤出次白宰相，俄而始坐。班退，左拾遺劉栖楚極諫，頭叩龍墀血流，上爲之動容，仍賜緋魚袋。」同書《李德裕傳》（卷一七四）：「敬宗荒僻日甚，游幸無恒；疏遠賢能，昵比群小。坐朝月不二三度」，李德裕「遣使獻《丹扆箴》六首」，「托箴以盡意」，「帝雖不能盡用其言，命學士韋處厚殷勤答詔，頗嘉納其心焉」。

〔四〕忠良：李懷民以爲或指裴度（詳「集評」）。錫：賜。

〔五〕《白雲謡》：神話中西王母爲周穆王所作之歌。《樂府詩集·雜歌謡辭》（卷八七）録此謡：「白雲在天，山陵自出。道里悠遠，山川間之。將子無死，向復能來。」題解：「《穆天子傳》曰：『天子觴西王母于瑶池之上，西王母爲天子謡，天子答之。』」末句婉言敬宗卒。

【繫 年】

作於大和元年（八二七）七月十三日，時張籍在主客郎中任。按：三詩挽敬宗，頌中寓諷。

【集 評】

（清）李懷民：「敬宗昏主，詩特妙於回護，亦昭公知禮之意，若看作皮裏陽秋，則悖矣。此亦循例，不得不作，然語自斟酌，不同蕪靡之響，所以存之。」評頷聯：「史稱敬宗視朝，月不再三，大臣罕得進見。此二句似反言，然不可謂譏訕，亦臣子稱頌之體，不得不爾。」評頸聯：「（『佞倖』句）亦似反言之。（『忠良』句）或即指裴晉公。」（《重訂中晚唐詩主客圖》卷上）

【同　唱】

劉禹錫《敬宗睿武昭愍孝皇帝挽歌三首》：「寶曆方無限，仙期忽有涯。事親崇漢禮，傳聖法殷家。晚出芙蓉闕，春歸棠棣華。玉輪今日動，不是畫雲車。」「任賢勞夢寐，登位富春秋。欲遂東人幸，寧虞杞國憂。長楊收羽騎，太液泊龍舟。惟有衣冠在，年年愴月游。」「講學金華殿，親耕鈎盾田。侍臣容諫獵，方士信求仙。虹影俄侵日，龍髯不上天。空餘水銀海，長照夜燈前。」（全詩卷三五七）

姚合《敬宗皇帝挽詞三首》：「從諫停東幸，垂衣寶曆昌。漢昭登位少，周代卜年長。綵仗三清路，麻衣萬國喪。玄宫今一閉，終古柏蒼蒼。」「晚色啟重扉，旌旗路漸移。荆山鼎成日，湘浦竹斑時。臣子終身感，山園七月期。金莖看尚在，承露復何爲。」「紫陌起仙飇，川原共寂寥。靈輴萬國護，儀殿百神朝。漏滴秋風路，笳吟灞水橋。微臣空感咽，踊絶覺天遥。」（全詩卷五〇二）

其二

觀風欲巡洛，習戰且①開池。〔一〕始改三年政，旋聞②七月期。〔二〕陵分内外使，官具吉凶儀。〔三〕渭北新園路，蕭③笳遠更悲。〔四〕

【校　記】

① 且：劉本、庫本作「日」，宋本、陸本、席本、全詩作「亦」。

②聞：原本、劉本、陸本作「開」，據宋本、席本、全詩、庫本改。

③蕭：宋本、席本、全詩、庫本作「簫」。

【注釋】

〔一〕「觀風」句：寫寶曆二年（八二六）敬宗欲行幸東都洛陽。《舊唐書·裴度傳》（卷一七〇）：「時昭愍欲行幸洛陽，宰相李逢吉及兩省諫官，累疏論列」，「帝不聽」，後裴度諫止。「習戰」句：寫敬宗於宮中開池競渡。《舊唐書·敬宗本紀》（卷一七上）：「（寶曆）二年春正月……甲戌，以諸軍丁夫二萬入內穿池修殿」，常「幸魚藻宮觀競渡」。開池習戰，典出漢武帝。《漢書·武帝紀》（卷六）：「（元狩三年）發謫吏穿昆明池。」顏師古注引臣瓚曰：「《西南夷傳》有越巂、昆明國，有滇池，方三百里。漢使求身毒國，而爲昆明所閉。今欲伐之，故作昆明池象之，以習水戰，在長安西南，周回四十里。」

〔二〕「始改」句：謂敬宗登位而三年父喪始除（即崩）。唐穆宗長慶四年（八二四）正月壬申崩，敬宗次日柩前繼位。古制，父喪而服孝三年（「二十五月而畢」），爲君者不聽政。《禮記·王制》：「三年之喪，自天子達。」《論語·憲問》：「子張曰：『《書》云：「高宗諒陰，三年不言。」何謂也？』子曰：『何必高宗，古之人皆然。君薨，百官總己以聽於冢宰三年。』」敬宗寶曆二年（八二六）十二月八日爲劉克明等所弑，服除不久，故云。七月期：帝王之葬期。《禮記·王制》：「天子七日而殯，七月而葬。」敬宗大和元年（八二七）七月十三日葬，合古制。按：二句所寫爲古代喪制通則，唐白居易《德宗皇帝挽歌詞四首》其四所謂「蓼減三齡壽，哀延七月期」亦然，實際上唐代喪禮並非完全如此。《通典·禮·凶禮·總論喪期》（卷八〇）：「大唐元陵遺制：其喪儀及山陵制度，務從儉約……禮固從宜，喪不可久。皇帝宜三日聽政，十三日小祥，二十五日大祥，二十七日而釋服。」《唐會要·葬》（卷三八）引元和十五年閏正月太常博士王彦威奏：「臣按《禮》經，天子七月而葬。國朝故事，高祖六月而葬，太宗四月而葬，高宗九月而葬，中宗六月而葬，睿宗五月而葬，順宗七月而葬。……（憲宗）用六月爲便。」

〔三〕陵：陵使，陵官。負責安葬帝王及將來巡陵、祭奠等事務的官員。內，宦官。外，朝官。吉凶儀：指葬儀。如駕、服等皆有吉、凶之分。參清徐乾學《讀禮通考·喪儀節·唐大喪儀》（卷六八）。

〔四〕新園路：指新修的莊陵墓道。園，陵園。笳：胡笳。傳説爲老子避亂西戎時所造，其音悲涼。《宋書·樂志一》（卷一九）：「杜摯《笳賦》云：『李伯陽入西戎所造。』」宋陳暘《樂書·樂圖論》（卷一三〇）：「胡笳，似觱篥而無孔。後世鹵簿用之。」此借指喪儀所奏的音樂。

【集　評】

（清）李懷民評首句：「此即指罷修東都之事。」評頷聯：「言其不久也，敬宗在位二年耳。」（《重

訂中晚唐詩主客圖》卷上）

其三

曉日龍車動，秋風閶闔開。〔一〕行帷六宮出，執紼①萬方來。〔二〕慘慘郊原暮，遲遲挽唱哀。〔三〕空山烟雨夕，新柏②繞陵臺。〔四〕

【校　記】

①紼：原本作「緋」，據宋本、席本、全詩、庫本等改。

②柏：全詩作「陌」。

【注　釋】

〔一〕龍車：天子的車駕。《藝文類聚·舟車部·車》（卷七一）引漢應劭《漢儀》：「天子法駕，所乘曰金根車，駕六龍，以御天下也。」此指敬宗靈車。閶闔：傳説中的天門。《楚辭·離騷》：「吾令帝閽開關兮，倚閶闔而望予。」王逸注：「閶闔，天門也。」泛指宫門或京都城門。

〔二〕行帷：舉行大典或祭祀活動時用以間隔内、外人群的布帷。唐制，皇帝下葬，公主、王妃、内官等行儀禮皆障以行帷。《通典·禮·凶禮·喪制》（卷八六）：「妃、主、内官不去（山陵）者，於輼輬車後，帷中哭，再拜辭。」（《遺奠》引大唐《元陵儀注》）；「靈駕至陵門」，「公主及内官以下並降車，障以行帷，哭於凶帳殿之西」，「帷内設公主、王妃及内官以下奉辭位」；「龍輴即玄宫」，「公主、王妃及内官等障以行帷」；「龍輴至羡道」「以俟」，「妃主内官以下，於羡道西南帷内就位，東向哭」；葬畢，「中官贊公主、王妃並退出，周以行帷，至門，乘車以扈從」（《葬儀》引大唐《元陵儀注》）。六宫：帝后的寢宫。正寢一，燕寢五，合爲六宫。《周禮·天官·内宰》：「詔王后帥六宫之人。」鄭玄注：「六宫之人，夫人以下分居后之六宫者。」此指敬宗嬪妃。執紼：喪葬時手執牽引靈柩的大繩以助行進。《禮記·曲禮上》：「助葬必執紼。」鄭玄注：「葬，喪之大事。紼，引車索。」萬方：萬邦。此指各方國前來吊唁的使者。以上四句寫靈車出京城。

〔三〕郊原：原野。南朝梁蕭子範《東亭極望》：「郊原共超遠，林野雜依菲。」遲遲：見《使回留别襄陽李司空》（卷二）注釋〔三〕。二句寫靈車在途中行進。

〔四〕柏：柏樹。古代墓地多植栢。陵臺：陵墓。二句寫安葬完畢。

【集　評】

（清）李懷民評頷聯：「此等泛處正有意思。」「不必定切敬宗，方是佳句。」（《重訂中晚唐詩主客圖》卷上）

和左司元郎中秋居 十首〔一〕

其一

選得閑坊住，〔二〕秋來樹木①肥。風前卷筒②簟，雨裏③脱荷④衣。〔三〕野客留方去，山童取⑤藥歸。〔四〕非因入朝省，過此出門稀。〔五〕

【校　記】

① 樹木：劉本作「草木」，宋本、陸本、席本、全詩作「草樹」。
② 筒：庫本作「菌」。
③ 裏：庫本作「後」。
④ 荷：宋本、陸本、席本作「生」。
⑤ 取：席本作「收」。

【注　釋】

〔一〕左司元郎中：元宗簡（大曆末—八二二）。字居敬，行第八，河南洛陽縣人，父銛（或曰「琚」）。

貞元末進士及第。官歷御史府、金部員外郎、左司郎中，終京兆少尹。中唐著名詩人，尤以七言絶句著稱，白居易《與元九書》稱「元八絶句」，惜詩俱佚。與白居易、張籍交游甚密。事跡見白居易《故京兆元少尹文集序》。左司，唐尚書省下屬機構。《通典・職官・尚書省》（卷二二）：「都堂居中，左右分司。都堂之東，有吏部、户部、禮部三行，每行四司，左司統之。都堂之西，有兵部、刑部、工部三行，每行四司，右司統之。」郎中，尚書省所屬各司首長。《舊唐書・職官志二》（卷四三）：「尚書省……左右司郎中各一員。並從五品上。……左司郎中，副左丞所管諸司事，省署鈔目，勘稽失，知省内宿直之事。若右司郎中闕，則併行之。……左右司郎中、員外郎各掌副十有二司之事，以舉正稽違，省署符目焉。」

〔二〕閑坊：指昇平坊，即朱雀大街東第四街自北向南街東第七坊。《長安志・唐京城二》（卷八）：「朱雀街東第四街即皇城之東第二街，街東從北第一長樂坊」、「次南大寧坊」、「勝業坊」、「東市」、「安邑坊」、「宣平坊」、「昇平坊」。宗簡元和十年（八一五）春或稍前遷居於此。詳《寄元員外》（卷四）「繫年」。閑，清靜。

〔三〕筒簟：竹席。《詩・小雅・斯干》：「下莞上簟，乃安斯寢。」鄭玄箋：「竹葦曰簟。」「風前」句謂秋風起，收起夏用的竹席。荷衣：傳説中用荷葉製成的衣裳。《楚辭・九歌・少司命》：「荷衣兮蕙帶，儵而來兮忽而逝。」後指隱士之服。南齊孔稚珪《北山移文》：「焚芰製而裂荷衣，抗塵容而走俗狀。」吕延濟注：「芰製、荷衣，隱者之服。」（《六臣注文選》卷四三）「雨裏」句寫元宗簡不避風雨，蕭散自適。

〔四〕野客：村野之人。唐杜甫《枏樹爲風雨所拔歎》：「野客頻留懼雪霜，行人不過聽竽籟。」多指隱士。

〔五〕入朝省：指料理公務。朝省，指尚書省。詳《寄元員外》（卷四）注釋〔四〕。過此：來此，到此。

【繫　年】

據元稹《授元宗簡權知京兆少尹劉約行尚書司門員外郎制》、白居易《和元少尹新授官》，知元宗簡長慶元年（八二一）盛春授京兆少尹（從四品下），則其任左司郎中在此前。又，白居易元和十二年春末作《酬元員外三月三十日慈恩寺相憶見寄》，次年春夏間作《荅元八郎中楊十二博士》，知元宗簡由「員外」遷左司郎中在元和十二年夏至十三年夏之間。又，此組詩其五云：「閑堂新掃灑，稱是早秋天。」時爲七月。其三：「更恐登清要，難成自在身。」「登清要」謂任左司郎中。尋繹「恐」字，時元宗簡上任不久。合上知詩作於元和十二年（八一七）秋，時張籍在國子助教或廣文博士任。按：組詩寫元宗簡閑靜、高蹈的「秋居」生活與高雅的情致。

【集　評】

（清）李懷民：「此等體易於俗，他人必謂易於雅也。是俗是雅，煞費剖析。」評頸聯：「淡處正是高處。」（《重訂中晚唐詩主客圖》卷上）

【唱　和】

姚合《和元八郎中秋居》：「聖代無爲化，郎中似散仙。晚眠隨客醉，夜坐學僧禪。酒用林花釀，茶將野水煎。人生知此味，獨恨少因緣。」（全詩卷五〇一）

其二

有地唯栽竹，無池亦養鵝。〔一〕學書求墨跡，釀酒愛乾和①。〔二〕古鏡銘文淺，神②方謎③語多。〔三〕居貧閑自樂，豪客莫相過。

【校　記】

① 乾和：原本與全詩、庫本作「朝和」，據宋本、陸本、席本改。參注釋〔二〕。
② 神：陸本作「押」。
③ 謎：劉本、陸本作「繼」。

【注釋】

〔一〕栽竹：用晉王子猷典。《世説新語·任誕第二十三》：「王子猷嘗暫寄人空宅住，便令種竹。或問：『暫住何煩爾？』王嘯詠良久，直指竹曰：『何可一日無此君！』」養鵝：用晉王羲之典。《晉書·王羲之傳》（卷八〇）：羲之「性愛鵝」，「山陰有一道士，養好鵝，羲之往觀焉，意甚悦，固求市之。道士云：『爲寫《道德經》，當舉群相贈耳。』羲之欣然寫畢，籠鵝而歸，甚以爲樂」。與下文「學書」照應。

〔二〕墨跡：書法真跡。乾和：一種不攙水的釀酒法。亦指不攙水的酒。唐李肇《唐國史補》（卷下）：「酒則有郢州之富水，烏程之若下……劍南之燒春，河東之乾和蒲萄。」元陶宗儀《説郛》（卷六六）引宋竇苹《酒譜》：「張籍詩云『釀酒愛乾和』，即今人不入水酒也。并、汾間以爲貴品，名之曰乾酢酒。」

〔三〕神方：指仙方。道家以求長生的藥方。謎語：隱語。指仙方難解處。丹書好用隱語，如東漢魏伯陽《參同契》：「河上姹女，靈而最神。得火則飛，不見埃塵。鬼隱龍匿，莫知所存。將欲制之，黄芽爲根。」所謂「河上姹女」、「黄芽」分别爲水銀、硫磺之隱語。其意謂水銀加熱即蒸發（飛），使其不蒸發則加入硫黄（加熱生成硫化汞即丹砂）。魏伯陽連自己的姓字亦用隱語表示：「委時去害……與鬼爲鄰。……百世一下，遨游人間。敷陳羽翮，東西南傾。湯遭厄際，水旱隔並。」（同上書）故晉葛洪《抱朴子内篇序》云：「考覽奇書，既不少矣，率多隱語，難可卒解。

自非至精，不能尋究；自非篤勤，不能悉見也。」

【集　評】

（清）李懷民評頸聯：「（『古鏡』句）閑眼。（『神方』句）閑心。」（《重訂中晚唐詩主客圖》卷上）

其三

閑來松菊地，未省有埃塵。〔一〕直去多將藥①，〔二〕朝回不訪人。見僧收酒器，迎客换紗巾。〔三〕更恐登清要，〔四〕難成自在身。

【校　記】

① 藥：席本作「藁」。

【注　釋】

〔一〕松菊地：指隱士的庭園。語出晉陶淵明《歸去來兮辭》：「三徑就荒，松菊猶存。」松與菊不畏霜寒，因以喻堅貞節操。未省：未曾。唐白居易《尋春題諸家園林》：「平生身得所，未省似而今。」埃塵：喻世俗。二句寫元宗簡品性高潔。

〔二〕直去：謂赴尚書省理政。直，通「值」，當值。

〔三〕收酒器：佛門禁酒，故謂。紗巾：紗製頭巾。隱士常戴。唐劉長卿《贈秦系》：「向風長嘯戴紗巾，野鶴由來不可親。」

〔四〕清要：指地位顯貴、職司重要而政務不繁的官職。宋趙升《朝野類要·稱謂》（卷二）「清要」條：「職慢位顯謂之清，職緊位顯謂之要。兼此二者謂之清要。」

【集　評】

（清）紀昀：「三、四太率易。五、六言惟見僧乃收酒器，迎客乃換紗巾，以見無時不科頭痛飲之意，亦殊小樣。」（《瀛奎律髓彙評》卷一二）另見其五「集評」。

（清）李光垣：「五首（按：另四首指其五、其四、其六、其八）中『無忙事』、『無餘事』、『居閑』、『秋茶』、『茶房』、『蜀藥』、『將藥』等句，似複。」（同上）

（清）李懷民評頸聯：「妙只尋常。」評尾聯：「高情自然。」（《重訂中晚唐詩主客圖》卷上）

其四

自知清靜①好，不要問時豪。〔一〕就石安琴枕，穿松厭②酒槽。〔二〕山情③因月甚，〔三〕詩語入

秋高。身外無餘事，唯應筆硯勞。〔四〕

【校　記】

①靜：宋本、律髓（卷一二）作「淨」。

②厭：宋本作「望」，律髓、席本、全詩作「壓」。

③情：全詩作「晴」。

【注　釋】

〔一〕問：問候，交好。

〔二〕琴枕：形如古琴的竹枕。穿松：謂穿鑿松木以爲酒槽。厭：同「壓」，壓酒。酒釀製將熟時，壓榨取酒。酒槽：榨酒時用以承酒的容器。

〔三〕山情：愛山的情懷。北魏楊衒之《洛陽伽藍記・城東・正始寺》（卷二）：「是以山情野興之士，游以忘歸。」

〔四〕筆硯勞：謂作詩。

【集　評】

（清）紀昀：「五、六獷甚，已逗漏宋派矣。」（《瀛奎律髓彙評》卷一二）另見其五「集評」。

（清）李光垣：見其三「集評」。

（清）李懷民評頸聯：「字法妙。」（《重訂中晚唐詩主客圖》卷上）

（清）余成教：見《薊北旅思》（卷二）「集評」。

其五

閑堂新掃洒①，〔一〕稱是早秋天。書客多呈帖，琴僧與合絃。〔二〕莎臺乘晚上，〔三〕竹院就涼眠。終日無忙事，還應似得仙。

【校　記】

① 掃洒：律髓（卷一二）作「灑掃」。

【注　釋】

〔一〕閑堂：清靜的廳堂。

〔二〕書客：愛好書法的友人。帖：字帖。合絃：合奏。

〔三〕莎臺：莎草蓋頂的亭臺。實即草臺、草亭之類。莎，見《江南曲》(卷一)注釋〔五〕。

【集評】

(清)馮舒：「少監之《武功縣》，司馬之《原上新居》，詩體大率如此圓脱。」(《瀛奎律髓彙評》卷二二)

(清)紀昀：「五首(按：另四首指其三、其四、其六、其八)純是『武功體』，而更參以率易之句，不爲佳作。」(同上)

(清)李光垣：見其三「集評」。

(清)李懷民評頷聯：「(『書客』句)偏不贊其工書而書法可想。(『琴僧』句)偏不贊其工琴而琴指可想。」評尾聯：「唐人口吻。」(《重訂中晚唐詩主客圖》卷上)

其六

醉倚班①藤杖，閑眠瘿木床。〔一〕案頭行氣訣，爐裹②降真香。〔二〕尚儉經營少，居閑意思長。〔三〕秋茶莫夜飲，新自③作松漿。〔四〕

【校　記】

①班：律髓（卷一二）、全詩作「斑」。

②裏：席本作「内」。

③自：宋本、律髓、劉本、陸本作「月」。

【注　釋】

〔一〕班：通「斑」。瘿木：楠樹根。可製器具。《説文·疒部》「瘿」字，段玉裁注：「凡楠樹樹根贅肬甚大，析之，中有山川花木之文，可爲器械。」三國張昭作《楠瘤枕賦》。今人謂之瘿木是也。」

〔二〕行氣訣：指有關行氣口訣的書籍。行氣，道教所謂呼吸吐納等養生方法。晉葛洪《抱朴子·内篇·微旨》：「明吐納之道者，則曰唯行氣可以延年矣。」降真香：香名。傳説能降神。宋唐慎微《證類本草》（卷一二）：「降真香，出黔南，伴和諸雜香燒，烟直上天，召鶴得盤旋於上。」

〔三〕經營：指建造亭臺樓閣等。《尚書·周書·召誥》：「太保朝至于洛，卜宅，厥既得卜，則經營。」意思：情趣。

〔四〕松漿：用松花或松脂釀成的酒漿。又稱「松醪」。

【集　評】

（清）紀昀：「結二句刻意求新，亦未自然。」（《瀛奎律髓彙評》卷一二）

（清）李光垣：見其三「集評」。

（清）李懷民評頸聯：「極淡語見真諦。」（《重訂中晚唐詩主客圖》卷上）

（清）余成教：見《薊北旅思》（卷二）「集評」。

其七

每憶舊山居，新教上墨圖。〔一〕晚花迴地種，好酒問人沽。〔二〕夜後開朝簿，中前發省符。〔三〕爲郎①凡幾歲，〔四〕已見白髭須。

【校　記】

① 爲郎：宋本、陸本作「渭頭」。

【注　釋】

〔一〕上墨圖：謂將舊山居繪成圖。

〔二〕晚花：指菊花。唐李端《晚秋旅舍寄苗員外》：「晚花唯有菊，寒葉已無蟬。」迴：環繞，圍繞。

問：向。唐杜甫《入宅三首》其二：「相看多使者，一一問函關。」

〔三〕夜後：指天明。朝簿：朝廷公文。申：十二時辰之一，即一日中的十五時至十七時。省符：尚書省下達的公文。《新唐書·百官志一》（卷四六）：「凡制敕計奏之數、省符宣告之節，以歲終爲斷。」《唐會要·御史臺下·雜録》（卷六二）：「元和六年三月，御史臺奏：『準令，用未後決囚者，請不過申時。如敕到府及諸司，已未後至者，伏乞至來日，仍請勒本司。準舊例，與御史同臨引決。』敕旨，依奏。」二句寫元宗簡處理公務。

〔四〕凡幾歲：謂時間短。元宗簡始「爲郎」在元和十一年（八一六）春夏間（任金部員外郎，見卷四《寄元員外》注釋〔一〕與「繫年」），至此方二載，故云。

【集評】

（清）李懷民：「寫山林泉石不沾塵土氣，自易易耳；寫塵勞世務而自見高簡之性，乃爲難也。讀張、王詩，當於此會之。」評領聯：「（『迴』、『問』）字法。」評頸聯：「此即郎官案牘，有何佳趣？然偏要點綴，著以『夜後』、『申前』二字，情事如見，亦形容得開心開眼。」（《重訂中晚唐詩主客圖》卷上）

其八

菊地纔通屐①，茶房不壘階。〔一〕憑醫看蜀藥，寄信覓吴鞋。〔二〕盡得仙家法，多隨道客齋。〔三〕本無榮辱意②，不是學③安排。〔四〕

【校　記】

①屐：宋本、律髓（卷一二）、全詩作「履」。

②意：席本作「慮」。

③學：宋本、律髓、劉本、陸本、庫本作「覺」。

【注　釋】

〔一〕纔通屐：謂花多徑窄。

〔二〕憑：請求。唐杜甫《公安送李二十九弟晉肅入蜀余下沔鄂》：「憑將百錢卜，飄泊問君平。」看：挑選。吴鞋：吴地所産之鞋。疑指草履。宋樂史《太平寰宇記》（卷九一）載蘇州「土産」有「草履」，蓋唐時已有名。《新唐書·五行志一》（卷三四）：「文宗時，吴、越間織高頭草履，織如綾縠，前代所無。履，下物也，織草爲之，又非正服，而被以文飾，蓋陰斜闒茸泰侈之象。」

〔三〕仙家法：道家修仙之法。齋：指從事法事活動。

〔四〕安排：順應自然，聽任變化。《莊子·大宗師》：「造適不及笑，獻笑不及排，安排而去化，乃入於寥天一。」郭象注：「安於推移而與化俱去，故乃入於寂寥而與天爲一也。」

【集　評】

（清）紀昀：「次句俚而無意義，但趁韻耳。」（《瀛奎律髓彙評》卷一二）

（清）無名氏：「律詩亦不可純恃性靈。似此古色斑爛，正得少陵遺意。但天分人工，終有高卑大小，此不可强也。」（同上）

（清）李光垣：見其三「集評」。

（清）李懷民評頷聯：「妙在『憑醫』、『寄信』，字極尋常，事極閒心。」評尾聯：「（『本無』句）以此作骨。（『不是』句）本《莊子》。」（《重訂中晚唐詩主客圖》卷上）

其九

林下無拘束，閑吟①放性靈。〔一〕好時閑②藥竈，〔二〕高處置琴亭。更撰③居山記，唯尋相鶴經。〔三〕初當授衣假，無吏挽④門鈴。〔四〕

【校　記】

① 吟：全詩作「行」。

按：當作「閑」。一者，前句有「閑」，律詩用字當避免重複；二者，作「閑」與組詩寫元宗簡喜好「神方」（其二）、「行氣訣」（其六）、「仙家法」（其八）並「多將藥」（其三）難諧；三者，作「閒」與道教煉丹擇時合，據《黄帝九鼎神丹經訣》、《上洞心丹經訣》載，煉藥須避五種忌日：合藥、發火時避五石死日（如秋之丙戌日），置辦藥材準備煉丹時避五邪生日（如秋之壬申日），合製丹藥時避五嶽傷絶日（如秋之丙申日），合製神藥時避天開地破日（如秋之壬辰、壬戌日），合丹之時男避七月三日與七月甲寅日而女避正月七日與正月庚申日。

② 閑：宋本、陸本、席本、全詩作「開」。

③ 撰：宋本、劉本、陸本、庫本作「選」。

④ 挽：劉本、庫本作「换」。

【注　釋】

〔一〕林下：指隱士居所。唐靈徹《東林寺酬韋丹刺史》：「相逢盡道休官好，林下何曾見一人。」此指元宗簡昇平坊宅。

〔二〕好時：指良辰美景。閑藥竈：謂停止煉丹而欣賞美景。藥竈，道家煉丹爐。性靈：性情。

〔三〕居山記：記録有關隱居生活的著作。《隋書·經籍志二》（卷三三）載謝靈運有《居名山志》一卷。《太平御覽·地部》（卷四七）「嵊山」條：「王元琳謂之神明境。事備謝康樂《山居記》。」

相鶴經：書名。《郡齋讀書志》（卷一五）載，《相鶴經》爲「浮丘公撰」，「浮丘公授于王子晉，後崔文子學道于子晉，得其文，藏于嵩山之石室，淮南公採藥得之，乃傳于世」。二句將元宗簡比爲謝康藥、淮南公。

〔四〕授衣假：唐代内外官吏每年九月的假期。《唐會要·休假》（卷八二）：「内外官五月給田假，九月給授衣假，分爲兩番，各十五日。」授衣，製備寒衣。《詩·豳風·七月》：「七月流火，九月授衣。」馬瑞辰通釋：「凡言授者，皆授使爲之也。此詩『授衣』亦授冬衣使爲之。蓋九月婦功成，絲麻之事已畢，始可爲衣。」一説謂官家分發冬衣。孔穎達疏：「可以授冬衣者，謂衣成而授之。」門鈴：以繩繫鈴，繩端設於門外，人於門外拉繩，以代傳呼。唐李肇《翰林志》：「入門直西爲學士院，即開元十六年所置也。引鈴於外，惟宣事入」，「南北二廳皆有懸鈴，以示呼召」。二句謂授衣假剛開始，沒有胥吏登門相擾。

【集　評】

（清）李懷民評頷聯：「此亦唐人口頭如此。」（《重訂中晚唐詩主客圖》卷上）

其十

客散高齋晚，東園景象偏。〔一〕晴明猶有蝶，涼冷漸無蟬。藤折霜來子，蝸行雨後涎。〔二〕

新詩纔上卷，〔三〕已得滿城傳。

【注　釋】

〔一〕高齋：對元宗簡居所的美稱。東園：指元宗簡林園。或因昇平坊在朱雀街之東而得名。偏：多。唐白居易《醉後重贈晦叔》：「老伴知君少，歡情向我偏。」

〔二〕藤折子：藤上的果實折落。蝸行涎：蝸牛爬行時分泌黏液。

〔三〕上卷：謂繕寫並編輯成書。

【集　評】

（清）李懷民：「凡和詩者，因其所見而共賦之，其相和意不過隨時一點足矣，不得以盛唐『陽春一曲和皆難』等句而鋪張之致，使滿篇應酬濫語，而詩興反覺索然。此唐人和詩之體例也。」評頷聯：「寫秋意入微，妙，亦不多及。」評頸聯：「匠。」評尾聯：「和意妙，多贊不必。」「結出和詩意，渾雅無迹。」（《重訂中晚唐詩主客圖》卷上）

經王處士原居〔一〕

舊宅誰相近，唯僧近竹關。〔二〕庭閑①雲滿井，窗曉雪通山。〔三〕來客半留宿，借書多寄還。明時未中歲，〔四〕莫便一生閑。

【校　記】

①閑：英華（卷二三〇）作「寒」。

【注　釋】

〔一〕王處士：名不詳。羅聯添《張籍年譜·附録「交游考」》以爲乃王龜，或是。龜，王起子，《舊唐書》（卷一六四）有其傳：「字大年。性簡澹蕭灑，不樂仕進。少以詩酒琴書自適，不從科試。京城光福里第，起兄弟同居，斯爲宏敞。龜意在人外，倦接朋游，乃於永達里園林深僻處創書齋，吟嘯其間，目爲『半隱亭』。」姚合、白居易分別有《送王龜處士》、《題王處士郊居》詩。原居：原上的住宅。原，寬廣平坦之地。《詩·大雅·緜》：「周原膴膴，堇荼如飴。」鄭玄箋：「廣平曰原。」

〔二〕竹關：竹門。

〔三〕雲滿井：冬天井口水汽蒸騰，如雲霧繚繞。「窗曉」句：寫拂曉時窗外幽闃曠遠的雪景。

〔四〕明時：政治清明的時代。唐蘇頲《奉和姚令公温湯舊館永懷故人盧公之作》：「清路荷前幸，明時稱右弼。」中歲：中年。唐王維《終南别業》：「中歲頗好道，晚家南山陲。」

【繫　年】

據王建同唱看，當作於元和八年（八一三）秋建入京至大和四年（八三〇）春籍卒之間，季節爲冬。按：詩寫王處士原居的僻静優雅、王處士的好客散淡以及詩人對其出仕的勸勵。

【同　唱】

王建《贈王處士》：「松樹當軒雪滿池，青山掩障碧紗幮。鼠來案上常偷水，鶴在床前亦看棋。道士寫將行氣法，家童授與步虚詞。世間有似君應少，便乞從今作我師。」（全詩卷三〇〇）

按：與張籍詩所寫當爲一人，或爲同唱。

不食仙姑山房〔一〕

寂寂花枝①裏，草堂唯素琴。〔二〕因山②曾改眼③，〔三〕見客不言心。月出溪路静，鶴鳴雲樹

深。〔四〕丹砂如可學，便欲住幽林。〔五〕

【校　記】

①花枝：英華（卷二二六）作「桂花」。

②山：英華作「仙」。

③眼：英華、庫本作「姓」。

【注　釋】

〔一〕不食仙姑：見《不食姑》（卷二）注釋〔一〕「不食姑」。

〔二〕素琴：不加裝飾的琴。

〔三〕山：謂居山學道。改眼：改變對世事的看法。

〔四〕鶴：見《夜宿黑竈谿》（卷二）注釋〔三〕。

〔五〕丹砂：礦物名。色深紅，又稱「朱砂」。古代道教用以化汞煉丹，故常借以稱丹藥。南朝梁江淹《蓮花賦》：「味靈丹砂，氣驗青臒。」此借指修仙之法。二句流露詩人對修仙的懷疑。

【集　評】

（清）黄周星：「舉世人皇皇謀食，安得此仙姑乎？當焚香萬拜而師事之。」「若果有此仙姑，張子房何必從赤松游耶？」評首聯：「此處『花枝』、『素琴』，俱非尋常點綴。」評頷聯：「實無可言。」（《唐詩快》卷九）

江頭

晚步隨江遠，來帆過眼頻。試尋新住客，少見故鄉人。回首憐歸翼，長吟任①此身。〔一〕應同南浦雁，更見嶺頭春。〔二〕

【校　記】

① 任：英華（卷一六二）作「在」。

【注　釋】

〔一〕憐：謂羡慕。歸翼：指歸巢的鳥。任此身：謂任憑自己漂泊不歸。

〔二〕南浦：地名。所指不詳。應在今贛、湘境内。嶺：五嶺。

【繫　年】

當作於貞元九年(七九三)秋張籍游贛湘經長江時。按：詩寫旅中的鄉思。

舊宮人〔一〕

歌舞①梁②州女，〔二〕歸時白髮生。全家没蕃地，〔三〕無③處問鄉程。宮錦不傳樣，御香空記名。〔四〕一身難自説④，愁逐路人行⑤。

【校　記】

① 歌舞：席本、全詩校「一作得寵」。

② 梁：席本作「秦」。按：當作「秦」。據詩頷聯知宮人故鄉已淪陷，而梁州唐時未曾陷敵。《元和郡縣圖志·秦州》(卷三九)：「寶應二年(七六三)陷於西蕃。」西蕃，即吐蕃。秦州，治上邽(今甘肅天水市)。

③ 無：席本作「何」。

④ 説：庫本作「遂」。

⑤ 人行：劉本作「行人」。

【注　釋】

〔一〕舊宫人：前朝宫女。

〔二〕梁州：治所在南鄭縣（今陝西漢中市東）。

〔三〕蕃：指吐蕃。參《西州》（卷一）注釋〔二〕。

〔四〕不傳樣：不能傳出其式樣。空記名：只記得其名。唐代宫廷所用器物、服飾形制以及藥、膳配方等禁止外傳。王建《宫詞》：「供御香方加減頻，水沈山麝每回新。内中不許相傳出，已被醫家寫與人。」二句謂宫女出宫後不再使用宫中器物。

【繫　年】

當作於元和元年（八〇六）以後張籍居京爲官時期。按：現存唐詩中唯張籍、王建與項斯作此題，三詩或同唱，即作於元和八年王建入京後。又，項斯（八〇二—八四七？）有《留别張水部籍》，作於長慶二年（八二二）盛春至四年五月張籍爲水部員外郎期間；詩云「子城西並宅，御水北同渠」，知二人此前「並宅」街西，關係至厚。據項斯年齡推知，二人訂交當在元和末長慶初（時項斯未及弱冠）。故三人同唱當在長慶四年（八二四）二月或寶曆二年（八二六）十二月朝廷「出」宫人（見卷二《送宫人入道》「繫年」）時。又，長慶四年距寶應二年（七六三）吐蕃陷秦州六十餘年，與詩所寫宫人年齡難符，疑張籍所寫非實。又按：詩寫「舊宫人」的悲劇人生與親人陷敵而無家可歸的淒涼心境。

【集　評】

（清）李懷民評首聯：「先放此句。」評頷聯：「不覺其爲偶句也。」評頸聯：「只舉纖瑣一二，而所包者多矣。」（《重訂中晚唐詩主客圖》卷上）

【同　唱】

王建《舊宫人》：「先帝舊宫宫女在，亂絲猶挂鳳皇釵。霓裳法曲渾抛卻，獨自花間掃玉階。」（全詩卷三〇一）

項斯《舊宫人》：「自出先皇玉殿中，衣裳不更染深紅。宫釵折盡垂空鬢，内扇穿多減半風。桃熟亦曾君手賜，酒闌猶候妾歌終。如今還向城邊住，御水東流意不通。」（全詩卷五五四）

春日留别①

游人欲别離，醉復②對③花枝。看卻④春又⑤晚，莫輕少年⑥時。〔一〕臨行記分處，回首⑦是⑧相思。各向天涯去，重來未⑨有⑩期。

【校　記】

①詩題才調(卷三)作「惜别」。

②醉復：才調、全詩作「半醉」，劉本、庫本作「醉後」。

③對：英華(卷二八八)作「看」。

④卻：才調作「着」，席本、全詩作「著」。

⑤又：原本作「人」，據才調、英華、宋本、全詩等改，作「人」失律；庫本作「將」。

⑥少年：才調、宋本、唐音(卷四)、席本、庫本作「年少」。

⑦首：才調作「面」。

⑧是：庫本作「更」。

⑨未：才調作「不」。

⑩有：才調、全詩作「可」。

【注　釋】

〔一〕看卻：猶「看著」。「莫輕」句謂當珍惜青春。

【繫　年】

當作於張籍早期求學或漫游時。按：詩寫詩人離別友人的悲傷。

【集　評】

（清）馮舒評第三句：「惜。」（清宋邦綏《才調集補注》卷三引）

（清）李懷民評首句：「唱起。」評頷聯：「如此對法純是古味融結，卻非偷春格。」（《重訂中晚唐詩主客圖》卷上）

没蕃故人〔一〕

前年伐①月支，城上②没全師。〔二〕蕃漢斷消息，死生長別離。無人收廢帳，歸馬識殘旗。欲祭疑君在，天涯哭此時。

【校　記】

①伐：英華（卷三〇四）、宋本、律髓（卷三〇）、陸本作「戍」，石倉（卷五九）作「討」。按：以安史亂後吐蕃不斷侵擾斷，當作「戍」。

②上：英華、席本作「下」。

【注　釋】

〔一〕蕃：指吐蕃。參《西州》（卷一）注釋〔二〕。

〔三〕月支：古族名。曾游牧於敦煌、祁連間，漢文帝時，遭匈奴攻擊，西遷塞種故地（今新疆西部伊犁河流域及其以西一帶）。此借指吐蕃。城：當指唐軍戍守的邊城。

【繫　年】

當作於貞元年間。按：詩懷念在與吐蕃交戰中失去的友人，悲涼沉痛。

【集　評】

（元）方回：見《征西將》（卷二）「集評」。

（清）查慎行：「結意深慘。」（《瀛奎律髓彙評》卷三〇）

（清）紀昀：「第四句即出句之意，未免敷衍。」（同上）

（清）賀裳：「司業律詩以淺淡而妙，然實鴻鵠之腹毳也。余惟喜其《寄劉和州》：『晚來江氣連城白，雨後山光滿郭青。』光景可思。又《憶陷蕃故人》：『無人收廢帳，歸馬識殘旗。欲祭疑君在，天

涯哭此時。』誠堪嗚咽。」(《載酒園詩話又編》「張籍王建」條)

(清)李懷民:「只就喪師事一氣叙下,至哭故人處,但用尾末一點,無限悲愴。」「水部極沉著,詩便不讓少陵。」評首聯:「直起。」評頷頸聯:「慘戚。」(《重訂中晚唐詩主客圖》卷上)

(清)潘德輿:「張文昌《没蕃故人》詩云:『欲祭疑君在,天涯哭此時。』語平澹而意沈痛,可與李華『其存其没』數語並駕。陳陶『無定河邊』二語,緊於李、張而味似少減。此等處難于言説,悟者自悟。」(《養一齋詩話》卷二)

(清)俞陛雲:「詩爲吊絶塞英靈而作,蒼涼沉痛,一篇哀誄文也。前四句言城下防胡,故人戰殁,雖確耗無聞,而傳言已覆全師,恐成長别。五六言列沙場之廢帳,寂無行人,戀落日之殘旗,但餘歸馬,寫出次句覆軍慘狀。末句言欲招楚醑之魂,而未見崤函之骨,猶存九死一生之想。迨終成絶望,莽莽天涯,但有一慟。此詩可謂一死一生,乃見交情也。」(《詩境淺説·甲編》)

錢鍾書:「唐之一文(『其存其殁,將信將疑』)一詩(『可憐無定河邊骨,猶是深閨夢裏人』),皆言居者不省行者之死生,即張籍《没蕃故人》所詠:『欲祭疑君在,天涯哭此時。』知征人已死,家人之心亦死;想征人或尚生,則家人望絶還生,腸回未斷,癡心起滅,妄念顛倒。」(《管錐編》第三册第一五條)